LIBRO DE BUEN AMOR

COLECCIÓN CLÁSICOS HUEMUL

Director:
Prof. JUAN CARLOS PELLEGRINI

INTRODUCCION

TIEMPO DE TRANSICIÓN

El hombre vive conforme a las normas éticas del medio social donde desenvuelve su vida, razón por la que sus actos y conducta deben juzgarse de acuerdo con los patrones morales imperantes en su tiempo. Error grande es tachar ligeramente de libertino a don Juan Ruiz, arcipreste de Hita, sin observarlo a través del lente de una sociedad corrupta, donde la intriga era instrumento de poder; la codicia, el abuso y la deshonestidad, atributos de mandatarios; en la cual el clero había perdido la prístina pureza que dieron a la doctrina apóstoles y mártires; la gente burguesa estaba presta a copiar los vicios de la clase alta y los aldeanos y siervos eran de una ignorancia tal que sólo se atenían a la voz de los instintos.

Para ponerse en ambiente el lector tendría que comenzar con la lectura de las cantigas de los clérigos de Talavera para ver cómo en defensa de sus apetitos carnales los miembros del cabildo eclesiástico no vacilaron en recurrir al rey en un intento de sobreponer la autoridad temporal a la espiritual, donde altos dignatarios no tenían pudor en revelar los nombres de sus barraganas y de los presentes que les hacían, y hasta donde hubo quien pretendió que era acto de caridad recoger viudas o huérfanas para tenerlas en mancebía. Nuestro arcipreste no fue sino un miembro más de una sociedad en fermentación, donde, sobre la

5

impronta celtibérica, visigodos, árabes y judíos mezclaban sus pasiones y esperanzas para contribuir a la formación de un tipo étnico capaz de todas las heroicidades.

Si bien la hazaña de expulsar a los moros de la Península correspondió a los Reyes Católicos, en el siglo XV, no es menos cierto que después de triunfar Alfonso XI en la batalla del Salado, en 1340, el peligro africano quedó descartado. Restaron, es cierto, todavía importantes baluartes, pero ya la agresividad, el fanatismo y el poderío morisco habían desaparecido y los califas debieron recurrir a alianzas o al servicio mercenario de reyes y caballeros hispanos para mantenerse en la precariedad de sus reinos.

La primera mitad del siglo XIV, que es en la cual actuó el arcipreste, se caracterizó por la permanencia en los reinos cristianos de masas de musulmanes residuales que preferían el sometimiento a la pérdida de sus bienes. En esa época confusa durante la cual se cambiaba de religión por conveniencia, cuando el señor trocaba su fidelidad por unas monedas, el hijo no tenía inconveniente en alzarse en contra del padre, el hermano apuñalaba al hermano para llegar al trono y los favoritos lucían su desenfado en las cortes, no es extraño que un modesto arcipreste pudiese olvidar, por momentos, votos y reglas para probar la fruta excitante del pecado; pero, con todo, la parte sana de su naturaleza lo llevó a no olvidar la religión y a tratar de moralizar, si bien sin la austeridad del dómine ni la puritana rigurosidad de los fanáticos. Por eso debemos convenir con don Marcelino Menéndez y Pelayo en que nuestro autor

"debe ser considerada con relación a su tiempo y no con relación a los tiempos posteriores a la gran reforma del Concilio de Trento; no tuvo, considerado como poeta, el menor intento de propaganda moral ni inmoral, religiosa ni antirreligiosa fue un cultivador del arte puro, sin más propósito que el de hacer reír y dar rienda suelta a la alegría que rebosaba en su alma aun a través de los hierros de la cárcel y a la malicia picaresca, pero en el fondo muy indulgente, con que contemplaba las ridiculeces y aberraciones humanas, como que se reconocía cómplice de todos ellos..."

EL HOMBRE

Poco es lo que se conoce con respecto a sus datos personales. Álvarez de la Villa dice al respecto:

"Vivió a mediados del siglo XIV, siendo arzobispo de Toledo don Gil de Albornoz (1337-1367) y reinando en Castilla el señor rey Alfonso XI. Unos creen que fue natural de Alcalá, otros de Guadalajara. Murió antes de 1351."

Otros sostienen que debió de nacer hacia el año 1283, pero la fecha es mera suposición y no cuenta con documentación que la sostenga. En cuanto al lugar, es presumible que fuese Alcalá, ya que en el códice de Salamanca que ha conservado el poema, dice Trotaconventos a la mora (1510): "Hija, mucho os saluda uno que es de Alcalá..."

En cuanto a su aspecto personal, sabemos por la descripción que hace la trotera a doña Garoza que era robusto, de miembros grandes y musculosos, velludo, cabeza grande, cuello corto, ojos pequeños, cejas apartadas y negras, boca sensual de grandes labios rojos y húmedos, de nariz muy aguileña que la afeaba, talla no muy alta, pero andar enhiesto y sosegado.

Aplicando al mismo una axiología actual podemos clasificarlo como un amoral, dando al prefijo su sentido privativo. El inmoral realiza sus actos a conciencia y con cierta mórbida delectación, el amoral no ve en ellos maldad y hasta los justifica. No de otra manera puede explicarse que para obtener el amor o la consecución de sus deseos apele a Dios, a la Virgen y a los santos. Así, cuando va a intentar el mayor de los pecados —cometer sacrilegio con una monja—, dice muy suelto de cuerpo:

"En el nombre de Dios fui a misa una mañana.
Vi estar a la monja en oración, lozana..." (1499),

y hasta llega a indignarse porque doncella tan gentil tuviera que vestir los negros hábitos: "¡Desaguisado hizo quien la mandó vestir lana!" Si ello pudiera tener alguna excusa en los seglares no tiene justificación en quien, como ordenado, hizo iguales votos de castidad y de temperancia. La gran cultura que Juan Ruiz manifiesta a través de la pureza de su latín, de las citas de autores y del conocimiento de libros nos hace suponer que debió tener sus dejos de alquimista y que en esos menesteres buscaría a la par de la piedra filosal algún poderoso bebedizo para ¹ amor. Es altamente sintomático que sus dueñas muriesen casi siempre al poco tiempo de conocerlo. Un sendero de muerte se abre tras sus pasos y hasta su misma cara mensajera. Trotaconventos, debe pagar tributo a esa fatalidad. Sabemos que las conquistas del arcipreste no se debían a sus dotes físicas, ya que era poco agraciado, ni a sus versos, muchas veces tomados con ironía, sino que debía valerse de los oficios de entendederas, con las cuales, junto a los regales, es de suponer le enviaría dulces que contendrían la sustancia dominadora de la voluntad, pero que tenía efectos mortales, y no es errado pensar que la pobre vieja, tentada alguna vez por el deseo, habrá sustraído alguno de esos presentes ponzoñosos y de ahí, también, el sentimiento de culpa que existe en esas estrofas contra la muerte, que tienen característica de diatriba. Da mucho asidero a esta creencia la estrofa que dice:

"Si la hechizó o le dio atincar
o si le dio rainela o si le dio mohalinar
o si le dio ponzoña o algún adamar,
muy pronto la supo de su seso sacar" (941).

No hay duda en cuanto a su desempeño como arcipreste, cargo de respeto, que no le impidió tañer toda clase de instrumentos, frecuentar tabernas y mesones, asistir a las ferias y romerías, redactar cantares de ciegos, escolares y juglares, codearse con tahúres y hasta dar con sus huesos en la prisión.

Durante trece años permaneció en la cárcel por orden del arzobispo de Toledo, antes citado, y las causas debieron de ser justificadas y graves, porque no obstante el carácter autobiográfico de la obra, en parte alguna protesta con vehemencia en contra de la injusticia ni hace gala de su inocencia, sino más bien pretende echar un piadoso velo sobre ese período de su existencia. En la oración con que comienza el libro no atribuye su castigo a venganzas ni a obras de enemigos, sino pide a Dios que lo saque del encierro, solicita "misericordia" y que lo libre de su "saña", y al dirigirse a la Virgen impetra otra vez "gracia" y sólo muy fugazmente se refiere a los "mezcladores", vale decir, calumniadores, como culpables de su estado. Únicamente en la última estrofa de la cantiga de loores a Santa María dice: "Sufro gran mal / sin merecer..."; y agrega: "Porque pienso ser muerto", lo que nos da una idea de que algo muy turbio debió enviar a nuestro clérigo a iniciar, para las nacientes letras castellanas, ese dualismo de cárcel-literatura que habría de proseguir más tarde el angélico Fray Luis de León y continuar el genio de la lengua, don Miguel de Cervantes.

EL ARTISTA

De Juan Ruiz dijo la vieja en su elogio "que sabe los instrumentos y todas las juglarías" (1489), pero dentro de ese marco popular, fresco y naciente puso todo el saber del mester de clerecía. En su faceta poética realizó la comunión de la manera grave, elevada y rítmica del *maestro con las "fablas", comparaciones y burlas del bufón. Es un auténtico poeta, gran psicólogo, con un agudo poder de observación de la naturaleza en sus diversas manifestaciones, fue "naturalista" antes que se hubiese inventado dicha escuela, escribió "serranillas" un siglo antes que el Marqués de Santillana, los humanistas, débenle mucho y el género "picaresco" tiene en su obra muchos antecedentes, tanto con Fernand García como con el criado llamado Hurón.*

Como Shakespeare en el drama, Juan Ruiz lo hizo en la poesía: explotó todas las canteras del conocimiento que llegaron a sus manos, ya sean apólogos latinos u orientales, los fabliaux franceses oídos a los peregrinos galos que iban a Santiago de Compostela, la comedia latina Pamphilus, las obras de Virgilio y su leyenda, las de Ovidio, las colecciones de Esopo y de Fedro, pero no las copió servilmente sino las transformó dándoles nueva vida, inyectó en ellas el colorido y multiforme mundo de los tahúres, endicheras, juglares, dueñas cautivas en palacios o conventos, clérigos olvidados de sus votos, etc., y les dio brillo con el vigoroso lenguaje del pueblo y sus refranes y proverbios.

Martín Alonso dice:

"Tuvo el don literario por excelencia, el don rarísimo hasta un siglo después de su poema de tener 'estilo'. Se puso él en la obra con absoluta y cínica franqueza. Escribió la epopeya cómica de una edad entera, con ironía superior y trascendental. Al conjuro de sus versos brota un rayo de luz y alegría en la grandeza melancólica de las viejas y desoladas villas de Toledo, Segovia, Guadalajara, teatro de sus andanzas, con intimidad de truhanes, tahúres y ciegos y con su sátira cómica risueña y benévola, pero acerba y optimista. Sus lozanías están muy lejos de la lubricidad de Boccaccio; su gracia vigorosa y desenfadada está más cerca de Chaucer."

La intención del autor, que se repite una y otra vez, es escribir un libro de buen amor, para que el hombre o la mujer ansiosos de salvación encuentren en sus páginas el modo de evitar las asechanzas del mal y sigan la senda de la perfección.

En la parte en prosa así lo dice:

"Porque leyendo y apreciando el mal que hacen o tienen voluntad de hacer los lujuriosos publicadas sus malas artes y las muchas engañosas maneras que usan para pecar y perder a las mujeres, refrescarán su memoria y no despreciarán su buen nombre, porque es mucho desatino quien su buen nombre menosprecia."

Insiste sobre lo mismo en la estrofa 13:

"Que aqueste libro de buen amor pueda fazer
tal que aproveche al alma y al cuerpo dé placer",

y en el cantar donde explica cómo ha de entenderse su libro insiste en que:

"De la santidad mucha es bien gran leccionario,
mas de juego y de burla es pequeño breviario."

El segundo verso de los citados delata, sin embargo, la verdadera intención del autor que no puede refrenar sus pasiones ni su espíritu de juglar. Pese a sus buenos deseos, a despecho de sus imploraciones a Dios y a la Virgen, sale por ahí justificando a los que gustan de las maestrías y malas artes del loco amor:

"porque es cosa humana el pecar, si algunos (cosa que no consejo) quisieran usar del loco amor aquí hallarán algunas maneras para hacerlo. Y así de este mi libro todo hombre o mujer, el cuerdo, el orate, el que entendiere el bien y escogiere la salvación y obrare bien amando a Dios como también el que quisiere el loco amor en la carrera en que anduviere podrá, cada uno por su cuenta, decir *Intellectum tibi dabo*".

O, lo que es lo mismo, Dios te ha dado inteligencia y úsala como mejor creyeres.

Aparte de este propósito religioso-profano, Juan Ruiz intentó escribir una especie de manual para juglares porque lo compuso

"para dar a algunos lecciones y muestras de versificar, rimar y trovar: con trovas, estrofas y versos que hice cumplidamente según lo que esta ciencia requiere".

LA LENGUA

La lengua castellana forjada por Alfonso X sobre el rudo latín de los legionarios y mercaderes era dura, áspera y m. nótona, pero cumplía con la finalidad expuesta por el soberano en el prólogo del Lapidario:

"mandolo trasladar del arábigo en lenguaje castellano porque los homnes lo entendiesen mejor et se sopiesen dél más aprovechar".

La misma se continúa y perfecciona en la obra del Infante Juan Manuel, de expresión selecta y concisa, de frase densa e intencionada como cuadraba a su condición de moralista, pero adquiere elasticidad, frescura y belleza en la obra del arcipreste, que no aspira a enseñar ni a dogmatizar sino a entretener. Sagaz escudriñador de la vida y de la realidad, no estudia a la humanidad desde el exterior, sino se sumerge en ella, comparte sus apetencias, ríe con ella, sufre sus penas, participa de sus actividades y se deja salpicar por sus vicios.

Sus frases escapan con fuerza de vertiente, y si alguna vez tienen frescura y cristalina trasparencia, en otras arrastran arenilla, residuos y aun guijarros. Sin embargo encanta la ternura y espontaneidad de sus versos sonoros y ágiles donde alternan los diminutivo con los refranes, como chiquillos traviesos que, libres de la vigilancia del dómine, gritan sus burlas, sus afectos o la simplicidad de sus instintos. He aquí un ejemplo:

434 "La nariz afilada, los dientes menudillos
iguales y bien blancos, un poco apretadillos,
las encías bermejas, los dientes agudillos,
los labios de su boca, bermejos, angostillos."

La juglaría de Juan Ruiz fue hispano-árabe y por eso tuvo una penetración tan grande en un pueblo influido por ambas culturas, al punto que un siglo más tarde, todavía, en ferias, tabernas y romerías, los errabundos recitadores no decían que iban a referirse a este o aquel cuento, sino con una especie de cómplice sonrisa, anunciaban para ilustración de los presentes: "Agora comencemos del libro del Arcipreste..." Así fue conocido en su época y en años posteriores. El autor, modestamente, al referirse a él, hablaba de "Trovas et cuentos rimados". "Libro de cantares" llamóle Janer; "Libro del Arcipreste de Hita" el Marqués de Santillana. Al ser publicado por la imprenta se lo llamó "Poesías" primero y "Cantares" más tarde. En cuanto a la actual denominación de "Libro de Buen Amor", son muchos los autores que sostienen que es una creación de don Ramón Menéndez Pidal que lo dedujo de las alusiones de algunas coplas como la 18, 66, 932, etc.; pero Sainz de Robles afirma que el nombre fue "propuesto por Wolf, aprobado por Menéndez Pidal y adoptado por Ducamin".

Su vocabulario es concreto, acumula los sustantivos para darles función adjetiva y no vacila en repetir el concepto para conseguir mayor vigor: "batallas y peleas" (235), "injurias y disputas" (235), "mueren de malas muertes" (232).

"En su sintaxis las frases desfilan en parejas —dice Martín Alonso— o en series opuestas acaso por influencia del paralelismo hebreo y la antítesis literaria."

Su comparación es directa: "como el rubí pequeño...", "blanco cuello de garza", "el andar enhiesto como el de pavón", "más ancha que mi mano tiene la su muñeca", etc. En lugar de metáforas echa mano de proverbios y refranes.

"Sentencia muy usada. refrán no mentiroso:
más vale rato oportuno que largo día ocioso."

"EL LIBRO DE BUEN AMOR"

Muchas son las clasificaciones que se ha pretendido dar a la presente obra. Consideramos con Menéndez y Pelayo que la misma puede descomponerse del modo siguiente:

a) *Una novela picaresca de forma autobiográfica.*
b) *Una colección de "enxiemplos".*
c) *Una paráfrasis del* Arte *de amar de Ovidio.*
d) *Una forma dramática de la comedia* De vetula *de Pamphilo.*
e) *Un poema burlesco o parodia épica de la Batalla de don Carnal y doña Cuaresma.*
f) *Varias sátiras.*
g) *Una colección de poesías líricas: sagradas y profanas.*
h) *Varias digresiones morales.*

De todo tuvo el buen Juan Ruiz menos de místico. Los loores a la Virgen, las cantigas y los gozos carecen de toda originalidad y pecan de pesadez. Quien lee uno de ellos ya sabe de memoria el argumento y tratamiento de los demás. La pasión de nuestro Señor, no obstante su grandiosidad, no le arranca sino lugares comunes y repetición de episodios gastados. Es que el arcipreste, no obstante llevar hábitos, no tenía religiosidad. Únase a ello la falta de adjetivos en su vocabulario y se verá que fue un excelente descriptor. Son admirables sus retratos. Gran belleza tiene la estrofa que describe a doña Endrina cruzando la plaza, así como aquellas en que el Amor le indica las condiciones que deben reunir las dueñas y que van desde la estrofa 430 a 435. Son de igual manera felices las descripciones de las serranas, en especial la que hace de la hombruna mujer que había superado a los monstruos del Apocalipsis, como también es bien preciso en la de su criado Hurón.

La falta de nexos conjuntivos y prepositivos le hace insistir en el "et" y en "ca" o "que", mientras que sus diálogos comienzan casi indefectiblemente con "dijo" o "díjele", sin utilizar: respondió, inquirió, preguntó, contestó, etc.

El modo de presentar los diversos asuntos es, en general, el diálogo. Ora es el autor y el Amor, otra él mismo y Venus, después Trotaconventos con doña Endrina, más tarde doña Urraca y una dueña, y así sigue con una viuda, la morisca, y hasta toma forma dialogada la imprecación que hace el autor en contra de la muerte.

La técnica, también repetida, es oponer un "enxiemplo" a otro para sacar de cada uno la moraleja que más convenga a los propósitos de quien lo enuncia.

Si en la lírica erótica se nota la influencia de lo provenzal, como hay rastros del modo francés en los apócopes: yaz', pud', dixel', faz', etc., no es menos cierto que se anticipó a Micer Francisco Imperial en el empleo de la alegoría. Pocos autores, sin embargo, han señalado que el llanto del arcipreste por la muerte de Trotaconventos tiene bastantes méritos como para ser puesto a la par de las célebres Coplas de Jorge Manrique. No negamos a este último su tono elegíaco y la delicadez de la forma, pero el sentido filosófico corre parejo en ambas composiciones. Juan Ruiz es objetivo, cruel y descarnado, pero coincide en la valoración del mundo y de sus cosas, de la fugacidad de los bienes terrenos, de la ingratitud de los amigos, de los parientes y en la codicia de los herederos. Manrique presenta la Muerte detrás de un velo mientras el arcipreste la desnuda. Por ella "los ojos más hermosos se clavan en el techo", se pierde el habla, se anulan los sentidos, se "yerman los poblados, se pueblan los cementerios", ella excita el egoísmo al punto que se olvidan las oraciones, las limosnas, el luto y el duelo. Su poder es tal que hasta ya en la misa de difuntos hace que se claven en la viuda los ojos codiciosos y que ella piense en el nuevo matrimonio. Mientras Manrique nos llena los ojos con lágrimas, Juan Ruiz nos deja un regusto de amargura.

El espíritu rebelde del poeta se trasluce en el ejemplo de las ranas que demandaban rey a Júpiter, donde sostiene que los pueblos tienen el gobierno que se merecen, pero proclama que:

"Quien no tuviera amo, no quiera ser mandado.
Libertad y soltura no es por oro comprado."

Una característica del poema que deriva de su condición juglaresca es que la cesura está en concordancia con el sentido y no con el número de sílabas y por esa misma razón algunos cantares tienen versos que nos parecen sueltos, pero que tendrían musicalidad al ser repetidos o entonados al compás de los instrumentos.

Finalmente podemos decir que, por su construcción técnica, una parte se adapta al "mester de clerecía", aunque sin sujetarse mucho a sus normas, y la otra, destinada al canto o al recitado, que es donde mejor alienta el espíritu de este clérigo atormentado que buscaba iluminar su camino hacia el cielo con las llamas de su carne encendida de humana sensualidad, al "mester de juglaría", aunque ni una ni otra escuela puedan reclamarlo íntegramente como suyo.

B. Velmiro Ayala Gauna

BIBLIOGRAFIA

a) *Sobre el Arcipreste*

AGUADO, J. M., *Glosario sobre Juan Ruiz, poeta castellano del siglo XIV*. Madrid, Espasa-Calpe, 1929.

ALONSO, DÁMASO, *Primavera temprana de la literatura europea*. Madrid, Guadarrama, 1961.

ANZOÁTEGUI, I. B., "El Arcipreste de Hita". En *Extremos del mundo*. Madrid, Espasa-Calpe, 1942.

AZORÍN, "Juan Ruiz". En *Al margen de los clásicos*. Madrid, 1915.

BONILLA Y SAN MARTÍN, A., *Antecedentes del tipo celestinesco en la literatura latina*. En *Revue Hispanique*, XV, 1906, p. 372-86.

BOUDET, T. J., Conde de PUYMAGRE, *Les vieux auteurs castillans*. París, Metz, 1891. Tomo II.

CASTRO, AMÉRICO, "El libro de Buen Amor del A. de H." En *Comparative Literature*, Eugene (Oregon), IV, 1952, p. 193-213.

DUCAMIN, JEAN, *Juan Ruiz, Arcipreste de Hita*. Toulouse, Bibliothèque Meridionale, 1901.

HANSSEN, F., "Los metros de los cantares de Juan Ruiz". En *Anales de la Universidad de Chile*, 1902.

HART, T. R., "La alegoría en el Libro de Buen Amor". Madrid, *Revsita de Occidente*, 1959.

KOVACCI, OFELIA, "Introducción y notas" al *Cancionero* de Jorge Manrique. Buenos Aires, Clásicos Huemul, 1965.

LIDA, MARÍA ROSA, "Notas para la interpretación, influencia, fuentes y texto del Libro de Buenos Amor". En *Revista de Filología Hispánica*, II, Buenos Aires, 1940, p. 105-50. "Nuevas notas para la interpretación del Libro de Buen Amor". En *Nueva Revista de Filología Hispánica*, XIII, México, 1959, p. 17-82.

MENÉNDEZ PIDAL, G., "El Arcipreste de Hita". En *Historia General de las literaturas hispánicas*, dirigida por G. Díaz Plaja, I, 1949.

19

MENÉNDEZ PIDAL, RAMÓN, *Mis páginas preferidas*. Madrid, Gre-dos, 1957.

MENÉNDEZ Y PELAYO, M., *Antología de poetas líricos caste-llanos*. Madrid, 1892.

PUYOL Y ALONSO, J., *El Arcipreste de Hita, Estudio crítico*. Madrid, 1906.

SAINZ DE ROBLES, F. C., *Ensayo de un diccionario de la lite-ratura*. Madrid, Aguilar, 1953.

VALBUENA PRAT, A., *Historia de la literatura española*. Barce-lona, Gili, 1950.

VOSSLER, K., *Formas literarias en los pueblos románicos*. Buenos Aires, Col. Austral, 1.

b) *Sobre la lengua*

ALONSO, MARTÍN, *Ciencia del lenguaje y arte del estilo*. Madrid, Aguilar.

—*Evolución sintáctica del español*. Madrid, Aguilar, 1962.

LAPESA, RAFAEL, *Historia de la lengua española*. Madrid, Esce-licer, 1959.

MENÉNDEZ PIDAL, R., *Orígenes del español. Estado lingüístic* de la Península Ibérica hasta el siglo XI. Madrid, Espasa Calpe, 1950.

REAL ACADEMIA ESPAÑOLA, *Gramática de la lengua español.*

VALDÉS, JUAN DE, *Diálogo de la lengua*. Madrid, Perlado, 194.

LIBRO DE BUEN AMOR

Las llamadas (1) remiten a las Notas (págs. 205-213) y los asterisco (*) al Vocabulario (págs. 215-218).
Véase en pág. 203 el significado de las citas latinas.

1 Señor Dios, que a los judíos, pueblo de perdición,
   sacaste de cautivo del poder del Faraón,
   a Daniel sacaste del pozo de Babilón [2]:
   sácame, a mí, cuitado, de esta mala prisión.

2 Señor, tú diste gracia a Ester la Reyna [3],
   ante el rey Asuero hubo tu gracia dina.
   ¡Señor! dadme tu gracia y tu merced ayna [*],
   sácame de esta lazeria [*], de esta prisión [indina] [4]

3 Señor, tú que sacaste al profeta del lago,
   de poder de gentiles sacaste a Santiago,
   a santa Marina libraste del vientre del drago:
   líbrame, ¡Dios mío!, de esta prisión do yago.

4 Señor, tú que libraste a la santa Susaña,
   del falso testimonio de la falsa compaña [5]:
   líbrame tú, mi Dios, de esta cuita tan maña,
   dame tu misericordia, retírame tu saña.

5 A Jonás, el Profeta, del vientre de la ballena
   donde moró tres días, dentro, en la mar plena
   sano y salvo sacaste como de casa buena;
   así, ¡Mesías!, sálvame sin culpa y sin pena.

6 Señor, a los tres niños de muerte los libraste,
   del horno de gran fuego sin lesión [arrancaste] [6],
   de las ondas del mar a San Pedro tomaste:
   ¡Señor!, que a tu arcipreste digan que así sacaste.

7 También tú, que dijiste a los [7] tus servidores
   con ellos te opondrías a reyes dezidores [*]
   y el poder les darías de que hablasen mejores:
   Señor, sé tú conmigo, guárdame de traidores.

8 El nombre [8] profetizado fue grande: Hemanuel,
   Hijo de Dios muy alto, Salvador de Israel;
   en su salutación el ángel Gabriel
   te hizo cierto de esto [9] y tú fuiste cierta de él.

9 Por esta profecía y la salutación,
    por el nombre tan alto, Hemanuel, salvación:
    Señora, dame gracia, dame consolación,
    gáname de tu Hijo gracia y bendición.
10 Dame gracia, Señora de todos los señores,
    tira de mí tu saña, tira de mí rencores:
    haz que todo se torne sobre los mezcladores *,
    ayúdame, Gloriosa, Madre de pecadores.

Intelectum tibi dabo, et instruam te in via hac, qua gra
dieris: firmabo super te oculos meos. El profeta David, ha
blando por el Espíritu Santo, a cada uno de nosotros, no
dice en el salmo trigesimoprimero del verso décimo, que e
el que primero arriba escribí. En ese verso yo entiendo tre
cosas, las cuales, según algunos doctores filósofos, están e
el alma y son propiamente suyas, a saber: entendimiento, vo
luntad y memoria. Las cuales, cuando son buenas, traen a
alma consuelo y prolongan la vida del cuerpo y le dan honr
y buena fama desde que, mediante el buen entendimiento, sab
el hombre distinguir el bien del mal. Por consiguiente, un
de las peticiones que demandó David a Dios, para que su
piese su Ley, fue ésta: *Da mihi intellectum*, etc. Porque e
hombre, entendiendo el bien, tendrá temor de Dios, el cua
es comienzo de toda sabiduría sobre la cual dice el dich
profeta: *Initium Sapientiae timor Domini.* Porque luego est
el buen entendimiento en los que temen a Dios. Y, por l
tanto, sigue su razonamiento el dicho David en otro luga
en que dice: *Intellectus bonus omnibus facientibus eum*, etc
Otrosí, dice Salomón en el Libro de la Sabiduría: *Qui time*
Dominum, faciet bona. Y esto se entiende en la primera ra
zón del verso, que yo comencé, cuando dice: *Intellectum til*
dabo. Y luego de que está informada e instruida el alma
que se ha de salvar en el cuerpo limpio, piensa, ama y dese
el hombre el buen amor de Dios y sus mandamientos. Y d
esto igual dice el Profeta: *Et meditabor in mandatis sui*
quae dilexi. Y otrosí desecha y aborrece el alma el pecad
del amor loco de este mundo. Y de esto dice el salmista: *Qu*
diligitis Dominum, odi·e malum, etc. Y por consiguiente si
gue, luego, la segunda razón del verso que dice: *Et instruan*
te. Y desde que el alma con el buen entendimiento y la buen
voluntad, con buen recuerdo escoge y ama el buen amor, qu
es el de Dios y lo pone en la celda de su memoria y al acor
darse de ello conduce al cuerpo a hacer buenas obras, po
medio de las cuales se salva el hombre. Y esto dice el Apósto

San Juan, en el *Apocalipsis*, de los buenos que mueren haciendo obras de bien: *Beati mortui, qui in Domino moriuntur: opera enim illorum sequuntur illos.* Y otrosí dice el Profeta: *Tu reddes unicuique juxta opera sua.* Y de esto concluye la tercera razón del verso primero que dice: *In via hac, qua gradieris; firmabo super te oculos meos.* Y por ende debemos aceptar sin duda que las obras están en la buena memoria, que con buen entendimiento y buena voluntad escoge el alma y ama el amor de Dios para salvarse por ellas. Dios, atraído por las buenas acciones que hace el hombre en camino de su salvación en que anda, coloca sus ojos sobre él. Y ésta es la sentencia del verso que empieza primero: *Breve*, como quiere que las veces que se acuerde del pecado, lo desee y lo cometa, ya que este desacuerdo no viene del buen entendimiento, ni tal deseo no viene de la buena voluntad, ni de la buena obra viene la tal obra: antes proviene de la flaqueza de la naturaleza humana, propia del hombre que no puede escapar del pecado. Así dice Catón: *Nemo sine crimine vivit.* Y también dícelo Job: *Quis potest facere mundum de inmundo conceptum semine?* Quasi dicat: Ninguno, salvo Dios. Y viene asimismo de la mengua del buen entendimiento, que no se lo tiene entonces porque el hombre piensa vanidades del pecado. Y de este tal pensamiento dice el salmista: *Cogitationes hominum vanae sunt.* Y dice otrosí a la gente muy disoluta y de mal entendimiento: *Nolite fieri sicut equus et mulus, in quibus non est intellectus.* Y aun digo que viene de la pobreza de la memoria que no está instruida en el buen entendimiento, de manera que no puede amar el bien ni acordarse de ello para hacerlo. Y viene otro sí esto por razón de que la naturaleza humana está más preparada e inclinada al mal que al bien y al pecado que a la virtud, según dice el Decreto. Y éstas son algunas de las razones por las cuales fueron escritos los libros de la ley, del derecho, de las enseñanzas de las costumbres y de otras ciencias. Para lo mismo fueron hechas la pintura, la escritura y las imágenes talladas por razón de que la memoria humana es deleznable y así lo dice el Decreto. Porque el tener todas las cosas en la memoria y no olvidarlas es atributo de la Divinidad y no de la humanidad, según dice el Decreto. Y por esto es más apropiada la memoria del alma, que es espíritu de Dios, espíritu creado por Él, perfecto y que vive siempre en Dios. Así también dice David: *Anima mea illi vivet: quaerite Dominum, et vivet anima vestra.* Y no es apropiada al cuerpo humano, que dura poco tiempo. Y dice Job: *Breves dies ho-*

minis sunt; y agrega *Homo natus de muliere: breves die hominis sunt.* Y sobre esto afirma David: *Anni nostri sicu aranea meditabuntur,* etc. De donde yo, de mi poquilla ciencia y de mucha y gran rudeza, entiendo cuántos bienes hac perder al alma y al cuerpo y los males muchos que prepar y trae el loco amor del pecado del mundo, escogiendo y aman do con buena voluntad la salvación y gloria del paraíso par mi alma, hice esta pequeña obra en procura del bien y com puse este libro nuevo, en el que están descriptas algunas ma neras, maestrías y sutilezas engañosas del loco amor del mun do que usan algunos para pecar. Leyendo u oyendo las cuales el hombre o mujer de buen entendimiento que se quiera salva escogerá y obrará conforme a ellas y podrá decir con el sal mista: *Viam veritatis,* etc. También los de poco entendimien to no se perderán, porque leyendo y apreciando el mal qu hacen o tienen voluntad de hacer y los lujuriosos publicada sus malas artes y las muchas engañosas maneras que usa para pecar y perder a las mujeres, refrescarán su memori y no despreciarán su buen nombre, porque es mucho desatin quien su buen nombre menosprecia: el Derecho lo dice querrán más amarse a sí mismos que al pecado, que la bie entendida caridad comienza por uno mismo: el Decreto l dice y desecharán y aborrecerán las maestrías y malas arte del loco amor que hace perder las almas y caer en la ira d Dios, acortando la vida, dando mala fama, atrayendo deshor ra y muchos daños a los cuerpos; empero porque es cosa hu maná el pecar, si algunos (cosa que no aconsejo) quisiera usar del loco amor, aquí hallarán algunas maneras para ha cerlo. Y así de este mi libro todo hombre o mujer, el cuerd y el orate, el que entendiere el bien y escogiere la salvación obrare bien amando a Dios como también el que quisier el loco amor en la carrera en que anduviere, podrá, cada un por su cuenta, decir: *Intellectum tibi dabo,* etc. Y ruego aconsejo a quien lo viere u oyere que practique bien las tr cosas del alma. Primero, que quiera entender bien y juzg con acierto mi intención, el porqué lo hice, la finalidad c lo que dice y no se base solamente en el son de las palabr ya que, según derecho, las palabras sirven a la intención no la intención a las palabras. Y Dios sabe que mi intenci no fue hacerlo para dar manera de pecar ni decir mal, sir inducir a las personas al juicioso obrar y dar ejemplos buenas costumbres y enseñanzas de salvación para que tod estén prevenidos y se puedan poner a salvo de los males los que algunos usan para el loco amor. San Gregorio di

ue menos hieren al hombre los dardos si antes los ve venir
mejor nos podremos cuidar de las cosas cuyos efectos co-
ocemos. Y compúselo también para dar a algunos lecciones
muestras de versificar, rimar y trovar: con trovas, estro-
as y versos que hice cumplidamente, según lo que esta ciencia
equiere. Y porque de toda buena obra es comienzo y funda-
ento Dios y la fe católica, que lo dice la primera decretal
e las Clementinas, que comienza *Fidei Catholicae fundamen-*
, ya que donde no hay este cimiento no se puede levantar
bra firme ni edificio seguro conforme a las palabras del
póstol, por tanto, yo también comencé mi libro en el nom-
re de Dios y tomé el verso primero del salmo que es el de
Santa Trinidad y de la fe católica, a saber, *Quicumque*
ult, y, en especial, el verso que dice: *Ita Deus Pater, Deus*
lius, etc.

AQUÍ DICE DE CÓMO EL ARCIPRESTE ROGÓ A DIOS QUE LE CONCEDIERA LA GRACIA DE PODER HACER ESTE LIBRO

11 Dios Padre, Dios Hijo, Dios Espíritu Santo:
    el que nació de Virgen, esfuerzo nos dé tanto,
    que siempre lo loemos en prosa y en el canto,
    y sea de nuestras almas cobertura * y manto. [10]

12 El que hizo el cielo, la tierra y el mar,
    Él me dé la su gracia y me quiera alumbrar,
    que pueda de cantares un librete [11] rimar,
    que los que lo oyeren puedan solaz tomar.

13 Tú, Señor, Dios mío que al hombre diste el ser,
    ayuda a tu arcipreste y alivia su quehacer,
    que aqueste libro de buen amor pueda fazer
    tal que aproveche al alma y al cuerpo dé placer.

14 Si queréis señores oír un buen solaz,
    escuchad el romance, sosegados y en paz:
    no os diré mentira en cuanto en él yaz [12];
    como por todo el mundo se usa y se faz.

15 Y porque mejor sea de todos escuchado,
    hablaros he por trovas y por cuento rimado:
    es un decir hermoso y saber sin pecado,
    razón más placentera, hablar más apostado.

16 No penséis que es libro de sucio devaneo,
    no toméis por broma algo que en él leo:
    que a veces buen dinero se oculta en vil correo,
    así en feo libro yace el saber no feo.

17 El ajenuz [18] por fuera más negro es que caldera
   y por dentro muy blanco más que la peñavera [14];
   blanca harina se oculta en negra cobertera,
   azúcar blanco y dulce yace en vil cañavera.

18 Bajo la espina yace la rosa, noble flor,
   la fea letra guarda saber del gran doctor;
   como la mala capa cubre buen bebedor,
   así un mal tabardo* lo cubre al buen amor.

19 Porque de todo bien es comienzo y raíz
   la Virgen María es que yo, Juan Ruiz,
   Arcipreste de Hita, de ella, suprema lis,
   cantaré sus siete gozos en versos que así diz.

GOZOS DE SANTA MARÍA

20 ¡Oh, María!,
   luz del día,
   tú me guías
   todavía.

21 Dame gracia y bendición
   y de Jesús consolación,
   que pueda con devoción
   cantarte con alegría.

22 Este primer gozo se lea:
   en ciudad de Galilea,
   Nazareth creo que sea,
   tuviste mensaje un día.

23 El ángel que a ti vino
   fue Gabriel santo y dino:
   trájote mensaje divino
   diciéndote: "Ave María".

24 Desde que el mandato hubiste
   humildemente lo recibiste.
   Luego, Virgen, concebiste
   al hijo que Dios envía.

25 En Belén esto acaeció.
   El segundo gozo fue cuando nació
   y, sin dolor, apareció
   de ti, Virgen, el Mesías.

26 El tercer gozo cuentan las leyes
   fue cuando vinieron los reyes
   y adoraron al que veyes*
   en tu brazo, do yacía.

27 Ofrecióle mirra Gaspar,
   Melchor fue el incienso a dar,
   oro ofreció Baltasar
   al que Dios y hombre era.

28 La alegría cuarta y buena
   fue cuando la Magdalena
   te dijo de gozo plena
   que el Hijo tuyo vivía.

29 El quinto placer hubiste
   cuando al tu Hijo viste
   subir al cielo y le diste
   gracias al Dios do subía.

30 Madre, fue tu gozo sexto
   cuando en los discípulos presto
   fue el Espíritu Santo puesto
   en tu santa compañía.

31 Al séptimo, ¡Madre Santa!,
   toda la Iglesia canta:
   subiste con gloria tanta
   al cielo y cuanto allí había.

32 Reinas con tu Hijo querido,
   Nuestro Señor Jesús: pido
   que por ti sea de nos vido [15]
   en la gloria sin fallía. [16]

33 Virgen, del cielo Reyna, [17]
   y del mundo medicina,
   quisiérasme, muy dina,
   que de tus gozos aína
   escriba yo prosa dina
   para servirte.

34 Decir quiero tu alegría,
   rogándote todavía,
   pecador,
   que en la gran culpa mía
   no pares mientes [18], María,
   sino al loor.

35 Tú siete gozos hubiste;
   el primero, cuando recibiste
   salutación
   del ángel y cuando oíste:
   ¡Ave María!, que concebiste
   de Dios, nuestra salvación.

36 El segundo fue cumplido
   cuando fue de ti nacido,

sin dolor,
de los ángeles servido,
fue luego conocido
por Salvador.

37 Y fue tu gozo tercero
cuando vino el lucero
a mostrar
el camino verdadero
a los reyes, compañero
fue en guiar.

38 Fue la cuarta alegría
cuando te dijo, María,
el Gabriel
que Jesucristo
y que la señal sería
verlo a él.

39 El quinto fue un gran dulzor
cuando a tu hijo, Señor,
viste subir
al cielo, hasta su Padre mayor
y tú quedaste con amor
de a Él ir.

40 El sexto no es de olvidar:
a los discípulos vino a alumbrar
con espanto;
tú estabas en ese lugar,
descender viste y entrar
al Espíritu Santo.

41 El séptimo no tiene par
cuando por ti quiso enviar
Dios, tu Padre.
Al cielo te hizo llevar
y con Él te hizo asentar
como a Madre.

42 ¡Señora!, oye al pecador
porque tu Hijo, el Salvador,
por nosotros descendió
del cielo y fue morador
de tu vientre, blanca flor,
y por nosotros murió. .

43 A nosotros, pecadores,
no aborrezcas.
Te pedimos que aparezcas.

¡Madre de Dios!,
con nosotros, pura y fresca.
nuestras almas a él ofrezcas.
¡Ruega por nos!

AQUÍ HABLA DE CÓMO TODO HOMBRE SE DEBE ALEGRAR AUN EN MEDIO DE SUS PREOCUPACIONES Y DE LA DISPUTA QUE GRIEGOS Y ROMANOS SOSTUVIERON [19]

44 Es consejo del sabio y dícelo, Catón
que el hombre a los cuidados que tiene en corazón
entremezcle placeres y alegre la razón,
que la mucha tristeza mucho pecado pon. [20]

45 De las cosas sensatas no se puede reír
por eso algunas burlas aquí habré de incluir:
y cuando las oyeres no quieras comedir*,
salvo en la manera de trovar y decir.

46 Entiende bien mis dichos y piensa en su sentencia,
no acontezca contigo como al doctor de Grecia
con un bribón romano de muy poca sapiencia,
cuando Roma pidió a Grecia los dones de su ciencia.

47 Sucedió que los romanos leyes no poseían,
fueron a demandarlas a los griegos, que las tenían:
respondieron los griegos que no las merecían,
ni entenderlas podrían, pues tan poco sabían.

48 Pero, si querían obtenerlas y usar,
que antes les convenía con sus sabios disputar,
para ver si las entendían y merecían llevar:
con esta respuesta artera queríanse excusar.

49 Los romanos dijeron que placíales de buen grado;
y para la disputa hicieron un convenio firmado:
como no entenderían un lenguaje no usado,
disputarían por señas, por señas de letrado.

50 Establecieron el día en que habrían de contender
y se fueron los romanos tristes no sabiendo qué hacer,
porque no eran letrados, ni podrían entender
a los doctores griegos ni a su mucho saber.

51 Estando en esa cuita dijo un ciudadano
que pusieran de rival a un bellaco* romano,
librando a Dios le inspirase hacer señas con la mano
y tales las hiciere, y fueles consejo sano.

52 Fueron a un bellaco muy grande e ingenioso:
"Tenemos con los griegos un convite espinoso

a disputar con señas", dijéronle: "Te daremos gozosos
lo que tú quieras, pero ¡sálvanos de este acoso!"

53 Vistiéronle muy ricos paños de gran valía
como si un doctor fuese en filosofía;
subió a la alta cátedra con fiera altanería
y dijo: "Que ahora vengan los griegos con toda su
[porfía."

54 Llegó en seguida un griego, doctor muy esmerado,
escogido entre todos y de todos loado,
subió en otra cátedra, frente al pueblo admirado,
y comenzaron las señas como era lo tratado.

55 Levantóse el griego sosegado en su andar,
y mostró sólo un dedo que está junto al pulgar;
luego se asentó en el mismo lu...;
mientras el bravo rival comenz... accionar.

56 Mostró éste tres dedos hacia el griego tendidos,
el pulgar y los dos que con él van seguidos,
a manera de arpón, los otros dos encogidos,
y luego sentóse el necio mirando sus vestidos.

57 Levantóse el griego, tendió la palma llana,
y asentóse después con la memoria sana:
levantóse el bellaco con fantasía vana
y mostró el puño cerrado, de pelear con ganas.

58 A todos los de Grecia dijo el sabio griego:
"Merecen los romanos las leyes, no lo niego."
Levantáronse todos en paz y con sosiego;
gran honra ganó Roma por un vil andariego.

59 Preguntáronle al griego qué fue lo que dijera
por señas al romano y qué le respondiera.
Dijo: "Mostréle que hay un Dios, el romano dijo
[que er
uno en tres personas y tal señal hiciera.

60 Dije que era todo a su entera voluntad;
respondió que en su poder lo tenía y es verdad.
Desde que vi que entienden y creen en la Trinidad
entendí que en las leyes merecen potestad."

61 Prguntáronle al romano qué entendió en sus antojos.
"Díjome que con un dedo me quebraría un ojo;
por esto tuve gran pesar y tomé gran enojo.
Respondíle con saña, con ira y con cordojo*

62 que yo le quebraría ante toda la gente
con dos dedos los ojos, con el pulgar los dientes.
Díjome después que le parase mientes
que dejaría de una palmada a mis oídos ardientes.

63 Yo le respondí que le daría tal puñada
    que ya nunca en su vida la vería vengada;
    desde que vio la pelea tan mal aparejada,
    dejó de amenazar a quien no le cedió en nada."

64 Por esto dice bien la patraña de la vieja fardida*
    "No hay palabra mala si por mala no es tenida."
    Verás que bien es dicha, si bien fuese entendida,
    entiende bien mi libro y tendrás dueña garrida.

65 La burla que encontrares no la tengas por vil,
    la intención de este libro meditala sutil,
    sabrás del mal y el bien, oculto o señoril, [22]
    como no hallaras en otros de trovadores mil.

66 Hallaras muchas garzas y no hallarás un huevo; [23]
    remendar bien no sabe todo altayate* nuevo.
    A trovar con locura no creas que me muevo,
    lo que el buen amor dice, con razón te lo pruebo.

67 En general a todos habla la escritura:
    los cuerdos con buen tino la leeran con cordura,
    los mancebos livianos guardense de locuras,
    escoja lo mejor el de buena ventura.

68 Las del buen amor son razones encubiertas,
    trabaja donde hallares estas señales ciertas;
    si su razón entiendes o en su sentir aciertas,
    no diras mal del libro ni tendreis con el reyertas.

69 Donde creas que miente, dice mayor verdad.
    En las coplas punteadas ** yace la falsedad,
    los dichos buenos o malos por sus puntos juzgad,
    las coplas con punteos load o denostad.

70 De todos los instrumentos yo, libro, soy pariente,
    bien o mal puedes puntearme y te dire ciertamente,
    lo que tú decir quisieres y haz punto y detente,
    si bien supieres puntearme siempre me tendrás en
                                              [mente.

AQUÍ DICE DE CÓMO, SEGÚN LA NATURALEZA, LOS HOMBRES
Y LOS ANIMALES BUSCAN LA COMPAÑÍA DE LAS HEMBRAS

71 Como dice Aristóteles, es cosa verdadera,
    el mundo por dos cosas trabaja: la primera
    es por tener sustento; la otra cosa era
    por tener ayuntamiento con hembra placentera.

72 Si lo dijese yo, sería de dudar...
    Dícelo un gran filósofo: ¿Quién lo va a refutar?

De lo que dice el sabio no debemos dudar
que por obras se prueban el sabio y su opinar.

73 Que dice verdad el sabio claramente se prueba:
hombres, aves, animales, toda bestia de cueva,
quiere, según natura, pareja siempre nueva;
y mucho más el hombre, que toda cosa que se mueva.

74 Digo que más el hombre, que toda otra criatura,
porque ellas a tiempo cierto se juntan por natura. [25]
El hombre de mal seso en todo tiempo sin mesura
cada vez que puede quiere hacer esta locura.

75 El fuego siempre quiere estar en la ceniza
porque siempre arde más cuando más se le atiza
el hombre cuando peca bien ve que se desliza
al mal, y no se para, pues natura lo enriza.*

76 Y yo, porque soy hombre, como todos, pecador,
tuve de las mujeres, a veces, gran amor.
Probar todas las cosas no es por ende peor,
que saber del bien y del mal y usar de lo mejor.

DE CÓMO EL ARCIPRESTE SE ENAMORÓ

77 Así fui por un tiempo de una dama cautivo.
En brindarle mi amor no fui por cierto esquivo,
pero buenas palabras, un gesto alegre o vivo
y nada más me dio siempre con aire altivo.

78 Era dueña en todo y de dueñas señora,
no podía estar solo con ella ni una hora;
muchos hombres había allí donde ella mora:
mucho más la guardaban que judíos la Tora. [26]

79 Conocía la nobleza del oro y de la seda, [27]
muy cumplida de bienes, [28] andaba mansa y leda.
Tenía buenas costumbres, era tranquila y queda:
No podía cautivarla por pintada moneda. [29]

80 Envíele la cantiga que antes está puesta,
con una mensajera que tenía dispuesta:
Dice verdad la fábula: que la dueña compuesta,
si no quiere el mandado, no da buena respuesta.

81 Dijo la dueña cuerda a la mi mensajera:
"Yo veo a otras muchas creer en ti, parlera,
y terminar muy mal. Yo aprendí en su manera
tal como la raposa en ajena mollera."

82 Dicen que sufría el león un gran dolor:
   las bestias todas vinieron a ver a su señor,
   tomó placer por ello y sintióse mejor,
   alegráronse todos pues le tenían amor.

83 Para hacerse más gratas, para más le alegrar,
   convidáronse todas en darle de yantar,*
   dijeron que eligiese una para sacrificar:
   para que alcance a todos al toro hizo matar.

84 Hizo partidor* al lobo, mandó que a todos diese,
   éste apartó los menudos para que león comiese,
   y para sí la canal,* la mejor que se viese:
   después al león pidió el lobo la mesa bendijese.

85 "Señor" —dijo— "tú estás flaco, esta vianda liviana
   cómela tú, señor, que te será buena y sana,
   para mí y los otros deja la canal que es vana".
   El león la oyó sañudo, pues de comer tenía gana.

86 Alzó el león la mano para la mesa santiguar,
   dio un gran golpe en la cabeza del lobo por lo castigar
   que el cuero con la oreja del casco hizo arrancar.
   Y el león a la raposa mandó la vianda dar.

87 La vulpeja,* de miedo, y también por artera,
   toda la canal del toro al león le dio entera,
   y para sí y los otros la menudencia era:
   maravillando al león tan buen reparto hiciera.

88 "¿Dónde aprendió, comadre, a hacer tal partición
   tan buena, tan derecha y arreglada a razón?"
   Ella dijo: "Del lobo en la cabeza aprendí la lección:
   lo que hay que hacer o no, conforme a la ocasión."

89 "Por tanto yo te digo, vieja falsa y no amiga,
   que jamás a mí vengas ni cosa tal me digas:
   si no quieres te santigüe como el león en la cantiga
   que el cuerdo en el mal ajeno se castiga." [30]

90 Según dice Jesucristo cosa no hay escondida,
   que, al cabo de algún tiempo, no sea bien sabida:
   mi secreto fue nueva por todos conocida,
   más guardaron la dueña, mucho más fue prohibida.

91 Nunca más desde esa hora la pude hablar o ver:
   envióme un recado, que pugnase en hacer
   alguna trova triste, que pudiese ella aprender,
   que cantase la pena de no poderla ver.

92 Por cumplir el mandato de aquella mi señor [31]
   hice un cantar tan triste como este triste amor;

cantábalo la dueña, creo que con dolor,
creo, pues de como lo hizo, no puedo ser trovador.

93 Dice el proverbio viejo: "quien matar quiere su can
achaque le levanta para no darle pan".
Querían separarnos, como hecho lo han,
y a ella con calumnias y mentiras le van:

94 que me loaba de ella como de buena caza,
y liviandad hablaba sin haber de ello traza.
Dijo la dueña airada: "Con los amigos pasa
que son como los paños, les falla alguna hilaza."[32]

95 Como dice la fábula, cuando a otros someten
palabra que le dicen al corazón le meten:
pusieron tan gran saña los que así se entremeten
que ella dijo: "Los novios no dan cuanto prometen."

96 Como además de bella también era letrada,
muy sutil y entendida, cuerda, bien mesurada,
dijo a la dueña mía que de correo era usada
esta fábula compuesta de Isopete [33] sacada:

97 "Cuando el hombre se quiere casar con dueña honrada
promete y manda mucho, pero, cuando es ganada,
de cuanto le promete o da poco o da nada;
hace como la tierra cuando estaba preñada."

EJEMPLO DE CUANDO LA TIERRA BRAMABA

98 "La tierra toda un día se comenzó a agitar:
tan hinchada se puso que iba a reventar;
sus gritos eran tremendos, tremendo su bramar,
y como parturienta se comenzó a quejar.

99 La gente que, espantada, sus bramidos oía,
en la preñez pensaron y tanto se dolía
que temieron que un monstruo voraz de ella saldría,
serpiente o bestia enorme que al mundo comería.

100 Oyendo esos bramidos pensaban huir
hasta que en el día final vieron salir
a un triste ratoncillo, fue cosa de reír:
¡tanto grito y espanto do vino a concluir!

101 A muchos le sucede lo que pasó a tu amo.
Prometen mucho trigo; dan poca pajatamo*;
ciegan con ilusiones, puro bulto es su ramo;
¡vete!, dile que no me quiera, pues no le quiero
[ame

102 El hombre que mucho habla en obras desmerece,
se puede hacer gran ruido chocando dos nueces;

las cosas más valiosas también se vuelven heces,
las viles y despreciables pueden ser caras, a veces.

103 Desde entonces tratóme con desprecio y gran saña,
apartóse de mí y puso en su juego maña;
a veces es engañado el que cree que engaña,
pensé la mi tristeza trovar cual buena hazaña.

104 Hice luego esta cantiga de verdadera salva,
mandé que la dieran por la noche o al alba:
no la quiso tomar y dijo yo: "Muy mal va,
con el tiempo se encoge mejor la yerba malva." [34]

DE CÓMO TODAS LAS COSAS DEL MUNDO SON VANIDAD, SALVO EL AMOR DE DIOS

105 Como dice Salomón, y dice la verdad,
las cosas de este mundo son todo vanidad,
todas son pasajeras y se van con la edad;
salvo el amor de Dios, todas son liviandad.

106 Desde que vi a la dueña desavenida y cambiada,
dice: "Querer donde no me quieren no conduce a nada;
insistir donde no me llaman es vanidad probada";
di por perdido el pleito pues de mí fue alejada.

107 Sabe Dios que esta dueña y otras que traté,
siempre quise guardarlas, servirlas procuré,
si servirlas no pude, tampoco maltraté,
de dueña mesurada buen recuerdo dejé.

108 Sería villanía y torpe proceder
mezquindades decir de una noble mujer,
porque en dama lozana, gentil y de buen ver,
todo el bien del mundo está con el placer.

109 Si Dios cuando formó al hombre entendiera
que era mala cosa la mujer, no la diera
al hombre por pareja, ni de él no la hiciera:
si para bien no fuera tan noble no saliera.

110 Si a la mujer el hombre no la apreciase en bienes,
no tendría tantos presos el amor como tiene,
por más santo o santa que sea, se mantiene
el deseo de hallar compaña que bien viene.

111 Una fábula [35] lo dice y os la repito ahora:
"Un ave sola ni bien canta ni bien llora".
El mástil sin la vela no está a toda hora,
sin la noria las berzas no son tan rendidoras.

112 Y como a mí me estaba faltando compañía,
codiciaba tener el bien que otro tenía,

puse el ojo en mujer no santa [36] y más sentía,
que penaba por ello y otro en balde la había.

113 Y como no podía con ella conversar,
busquéme un mensajero y me fui a confiar
en un mi compañero, súpome el clavo echar [37];
él comió la vianda, a mí me hizo rumiar.

114 Hice con tal pesar esta trova cazurra;
la dueña que la oyere de mí mal no discurra;
deberían decirme necio o bien bestia burra
si, a tan gran escarnio, no lo tomase a burla.

DE LO QUE ACONTECIÓ AL ARCIPRESTE
CON FERNANDO GARCÍA, SU MENSAJERO

115 *Mis ojos no verán luz*
pues perdido he a Cruz.

116 Cruz, cruzada, panadera,
tomé por entendedera:
tomé senda por carrera*
como un andaluz.

117 Cuidando de que la habría,
díjele a Fernand García
que tuviese a pleitesía
de ser mediador y duz*.

118 Dijo que lo hacía agradado;
se hizo de la Cruz privado.
A mí me dio a rumiar salvado;
él se comió el pan más duz*.

119 Prometióle por mi consejo
trigo que tenía añejo;
y le presentó un conejo
el traidor falso marfuz*.

120 ¡Dios confunda al mensajero
que sólo su bien produce!
¡No medre Dios conejero
que la caza así conduce!

121 Cuando la Cruz veía yo siempre me humillaba,
santiguábame a ella dondequiera la hallaba,
el compaño de cerca en la cruz adoraba:

del mal de la cruzada yo no me cuidaba [38].

22 Para el escolar goloso, mi socio en la cucaña [39],
hice esta otra trova, no penséis cosa extraña,
porque antes ni después no hallé en España
quien así me hiciese de escarnio magadaña*.

AQUÍ HABLA DE LAS CONSTELACIONES Y PLANETAS, BAJO CUYA INFLUENCIA LOS HOMBRES NACEN, Y DEL JUICIO QUE CINCO SABIOS DIERON EN EL NACIMIENTO DEL HIJO DEL REY MORO ALCARAZ

23 Los antiguos astrólogos dicen que la ciencia
de la astrología es muy buena sapiencia:
que el hombre cuando nace recibe la influencia
del astro que domina y esto dan por sentencia.

24 Esto dice Tolomeo y lo dice Platón,
otros muchos maestros en este acuerdo son:
según el ascendente y la constelación
del que nace es el hado, la suerte y condición.

25 Muchos hay que trabajan por lograr clerecía [40].
Invierten mucho tiempo y dinero en cuantía;
y al cabo saben poco, su hado así los guía,
no pueden desmentir a la astrología.

26 Otros entran en órdenes para salvar sus almas,
otros en vano se esfuerzan por dominar las armas;
otros sirven señores con las sus manos ambas;
pero muchos de aquestos dan en tierra de palmas.

27 Ni acaban en la orden, ni se hacen caballeros,
ni logran de señores mercedes o dinero;
¿por qué puede ser esto? Según los estrelleros*,
ya traían marcado al nacer su sendero.

28 Para que creas el curso de estos signos cabales,
te contaré el juicio de cinco naturales*,
que juzgaron a un niño por diversas señales
y predijeron su muerte por espantosos males.

29 Era un rey de moros que Alcaraz de nombre había.
Nacióle un hijo bello como otro no tenía,
envió por sus sabios, saber de ellos quería
el signo y el planeta del hijo que nacía.

30 Entre los estrelleros que le vinieron a ver
vinieron cinco de ellos de gran fama y saber,
desde que vieron el signo en que hubo de nacer
dijo uno muy triste: "Apedreado ha de ser".

131 Juzgó otro y dijo: "Éste ha de ser quemado".
    Y un tercero exclamó: "El niño ha de ser despeñado"
    El cuarto añadió: "El infante ha de ser colgado".
    Y el quinto sentenció: "Ha de morir ahogado".

132 Cuando el rey se enteró de opiniones tan contrarias
    impuso a los maestros sentencias carcelarias;
    hízoles tener presos en celdas solitarias
    y dio sus predicciones por mentiras palmarias.

133 Creció el infante y cuando hubo a mancebo llegado
    pidió al rey, su padre, que le fuese otorgado,
    el ir a correr monte [41], cazar algún venado,
    y concedióle el padre porque era de su agrado.

134 Esperaron un día claro para ir a cazar,
    pero, llegando a un monte, se empezó a levantar
    una tormenta súbita, comenzó a granizar
    y en menos de una hora empezó a apedrear.

135 Acordóse el ayo de aquello que anunciaron
    los sabios estrelleros que su signo cataron*;
    "Señor", dijo "cubrámonos que los que a vos miraron
    no sean verdaderos en lo que adivinaron".

136 Pensaron en seguida un albergue buscar,
    mas como es verdad que no puede fallar
    lo que Dios ha ordenado y su curso regular
    nada podrá torcer ni tampoco estorbar.

137 Por huir de la gran piedra el infante aguijó;
    cruzando por un puente un gran rayo le dio;
    abrióse grande hoyo y por él se despeñó,
    en un árbol del río de sus faldas colgó.

138 Estando así colgado agitarse le vieron
    mientras el agua lo ahogaba, socorrer no pudieron;
    las cinco predicciones todas bien se cumplieron.
    El poder de los sabios de relieve pusieron.

139 Cuando el rey vio cumplido lo que quiso negar,
    mandó a los estrelleros de su prisión soltar.
    Hízoles regalos sumos y mandóles usar
    de su astrología que no se podía dudar.

140 Yo creo en los astrólogos, su verdad es patente,
    pero Dios, que crió los mundos y su gente,
    cambiar puede los hechos y ponerlos diestramente
    según la fe católica, de esto soy creyente.

141 Puedes creer en natura con todas sus mudanzas,
    pero coloca en Dios tu más firme esperanza,
    porque creas mis dichos y tomes confianza
    pruébolo brevemente con esta semejanza: [42]

142   Cierto es que el rey tiene en su reino poder
de dar fueros y leyes y derechos hacer;
sobre esto manda hacer libros y cuadernos componer:
para el que hace un yerro qué pena debe haber.

143   Sucede de que alguno puede hacer gran traición,
así que por el fuero debe morir por razón,
pero por los privados [43] que en su ayuda son,
si piden merced del rey, dale cumplido perdón.

144   Y si por ventura aquel que lo sirvió
al rey por algún tiempo, pecado cometió,
su piedad y servicio al mismo conmovió
y del yerro hecho cumplido perdón dio.

145   Y así como por imperio del fuero debía de morir
y el hacedor del fuero no lo quiere consentir,
no importa, el rey dispensa contra el fuero y lo hace vivir;
quien puede hacer leyes, contra ellas puede ir.

146   Asimismo puede el papa decretales* librar
en que a sus súbditos manda cierta penas dar,
pero puede muy bien contra ellas dispensar,
y por gracia o servicio la pena perdonar.

147   Vemos todos los días sucederse estos hechos,
pero, por todo eso, las leyes y el derecho,
y el fuero escrito no son para desecho;
antes son ciencia cierta y de mucho provecho.

148   Así nuestro Señor, cuando el cielo creó,
puso en él sus signos y planetas ordenó,
sus poderíos ciertos y juicios otorgó;
pero mayor poder retuvo que a nadie se lo dio.

149   Así que por ayuno, limosna u oración,
y por servir a Dios con mucha contrición,
se vencen signos malos y a su constelación;
el poderío de Dios vence a la tribulación.

150   No son los estrelleros por eso mentirosos,
juzgan, según natura, para sus cuentos hermosos;
ellos y la su ciencia son ciertos, no dudosos;
mas contra Dios no pueden ir, no son poderosos. [44]

151   No sé astrología ni soy de ella maestro;
ni sé del astrolabio más que buey de cabestro; [45]
mas porque cada día veo pasar sus hechos,
por eso es que lo digo y además veo esto.

152   Muchos nacen en Venus, [46] planeta que convida
a amar a las mujeres, y nunca se les olvida;
trabajan y se afanan, muy mucho, sin medida;
pero los más no recaudan la cosa tan querida.

153 Bajo este signo tal creo que yo nací:
siempre pugné en servir dueñas que conocí,
el bien que me hicieron no lo desagradecí:
a muchas serví mucho y nada conseguí.

154 Aunque ha probado mi signo ser fatal,
persisto er servir dueñas me salga bien o mal;
aunque el hombre no guste la pera del peral,
el estar a la sombra es placer general.

155 Mucha nobleza hay en quien a dueñas sirve,
lozanía, franqueza, buen hablar se le pide;
en servir a la dueña, el bueno no se esquive,
que si mucho trabaja, en mucho placer vive.

156 El amor hace sutil al hombre más rudo [47],
hácele hablar hermoso al que antes era mudo,
al hombre que es cobarde, hácele atrevudo [48];
al perezoso cambia en presto y muy agudo.

157 Al mancebo mantiene en frescura y esbeltez,
al viejo perder le hace mucho de su vejez,
hace blanco y hermoso al negro como pez,
lo que es poco valioso, amor le da gran prez.

158 El que está enamorado, por muy feo que sea,
al igual que su amiga aunque sea muy fea,
el uno y la otra no hay cosa que vean,
que tan bien le parezca ni que tanto desea.

159 El babieca, el torpe, el necio y el pobre,
a su amiga parece lucero y ricohombre,
más noble que los otros; conviene que así se obre:
cuando un amor se pierda, con otro se recobre.

160 Y puesto que su signo sea de tal natura
como es este mío, recuerde la escritura:
"el buen esfuerzo vence a la mala ventura",
y a toda pera dura el tiempo la madura [49].

161 Una falla le encuentro al amor poderoso,
la cual a vos, dueñas, yo descubrir no oso
para que no me tengan por decidor medroso,
y es esto: que el amor siempre habla mentiroso.

162 Además, según he dicho en la otra conseja,
lo que er sí es torpe con amor bien semeja,
tiene por noble cosa lo que no vale una arveja:
lo que aparenta ser no es, ¡abre bien tus orejas!

163 Si las manzanas siempre tuviesen tal sabor
por dentro, cual de fuera dan vista y color,
no habría entre las plantas frutas de tal valor;
se pudren antes que otras, ¡pero dan buen olor!

164 Así igual el amor de palabras se llena;
toda cosa que dice nos parece muy buena,
pero no todo es canto cuando el ruido suena;
porque descubrí esto, dueña, no tengáis pena.

165 Dice: "por las verdades se pierden los amigos
y por no decirlas se hacen enemigos";
así entended de claro los proverbios antiguos [50]
y nunca les deis fe a loores de enemigos.

DE CÓMO EL ARCIPRESTE SE ENAMORÓ Y DEL EJEMPLO DEL LADRÓN Y EL MASTÍN

166 Como dice el sabio, es cosa dura y fuerte
dejar la costumbre, el hado y la suerte;
la costumbre es otra natura ciertamente,
muy poco se la pierde hasta que viene la muerte.

167 Y porque es costumbre, entre jóvenes usada,
querer siempre tener alguna enamorada
para gozar del placer del amor con amada,
tomé una nueva amiga, una dueña encerrada. [51]

168 Dueña de buen linaje y de mucha nobleza,
todo saber de dueña sabe con sutileza,
cuerda y de buen seso, no sabe de vileza.
A otras muchas dueñas de buen saber, las veza. [52]

169 De talla muy apuesta y de gusto amorosa,
lozana, señoril, placentera y hermosa,
cortés y mesurada, halagüeña y donosa,
graciosa y despertando amor en toda cosa.

170 Por amor de esta dueña hice trovas y cantares,
sembré avena loca en las riberas del Henares; [53]
es verdad lo que dicen los antiguos refranes:
"Quien en la arena siembra sólo trilla pesares."

171 Para poder ganar una dueña tan dina,
no le ofrecí ni paños ni cinta mala o fina,
ni cuentas ni rosarios, ni sortija mezquina,
sino sólo estas cántigas que mi querer anima.

172 No quiso recibirlas, comprendió mi impureza,
me tomó de babieca y dijo: "No hay pereza
en los hombres que dan poco y piden gran riqueza.
Llévaselas y dile que no merca con franqueza.

173 Y no perderé yo a Dios y al paraíso
por pecado del mundo que es sombra de aliso, [54]
ni soy tan simple como él pensarlo quiso:
Quien toma debe dar; dale este sabio aviso".

174 Así me ocurrió a mí con esta dueña sin par
lo que aconteció al ladrón que entraba a hurtar,
y se halló un gran mastín que comenzó a ladrar;
el ladrón, por hurtar algo, le comenzó a halagar.

175 Le lanzó medio pan que traía en la mano;
dentro iban carazas; [55] lo barruntó el alano
y dijo: "No quiero mal bocado que no me sería sano,
por el pan de una noche no perderé cuanto gano.

176 Por la poca vianda que esta noche cenaría,
no perderé los manjares y el pan de cada día;
si yo tu mal pan comiese, con ello me ahogaría,
tú hurtarías lo que guardo y yo gran traición haría.

177 Al señor que me crió no haré tal falsedad:
que tú hurtes el tesoro que confió a mi lealtad;
tú llevarás sus bienes y yo haría gran maldad:
¡Vete de aquí ladrón!, no quiero tu bondad.

178 Comenzó a ladrar mucho, el mastín era carnicero,
tanto siguió al ladrón que huyó más que ligero.
Así me aconteció a mí y a mi buen mensajero
con esta dueña cuerda y con la otra primero.

179 Fueron intentos vanos que me dieron mancilla.
Ella dijo: "Uno cuida el bayo y otro lo ensilla." [56]
Retiréme de esa dueña y creí en la fablilla [57]
que dice: "Por lo perdido no estés mano en mejilla."

180 Porque según os he dicho, en mi destino creo,
será, a veces, mi signo y otras mi mal empléo,
pero nunca puedo lograr lo que deseo
y por eso, muchas veces, con el Amor peleo.

DE CÓMO EL AMOR VINO AL ARCIPRESTE
Y DE LA PELEA QUE CON ÉL SOSTUVO

181 Os diré de una pelea. Triste una noche vino
y me encontró pensando en lo amargo de mi sino:
cuando un hombre grande, hermoso y suave vino;
yo le pregunté quién era y dijo: "Soy Amor, tu
[vecino.

182 Con la saña que tenía comencé a denostar
y díjele: "Si Amor eres, no puedes aquí estar;
eres mentiroso, falso en tu actuar;
salvar no puedes uno y puedes cien mil matar.

183 Con sutiles mentiras y engañosas lisonjas
emponzoñas las lenguas y tus saetas mojas;

44

al que mejor te sirve lo hieres cuando arrojas,
apartas de su amiga al hombre que te enoja.

184 Traes enloquecidos a muchos con tu saber,
les haces perder el sueño, el comer y el beber,
haces a muchos hombres tanto osar y atrever
que por ti cuerpo y alma comienzan a perder.

185 No tienes regla cierta, ni tienes en ti tiento,
a veces te conduces con proceder violento,
y otras tu artería la vas tendiendo lento.
De cuanto yo te digo, tú sabes que no miento.

186 Cuando los hombres prendes, no das por ellos nada,
les haces de día en día la vida muy pesada;
haces al que te cree correr en tu mesnada
y por placer escaso sudar larga jornada.

187 Eres tan enconado que tus fieras heridas
no las curan los físicos, emplastos ni bebidas,
y el hombre fuerte o necio que contigo se mida,
por mucho que se esfuerce al suelo lo derribas.

188 De cómo enflaqueces las gentes y las dañas,
muchos libros hay escritos, de cómo los engañas
con tus muchos cortejos y con tus muchas mañas;
cuando falla la fuerza, dícenlo tus hazañas."

EJEMPLO DEL MOZO QUE SE QUERÍA CASAR CON TRES MUJERES [59]

189 Era un alocado mancebo, apuesto y muy valiente;
no quería casarse con una solamente,
sino con tres mujeres. Por cambiarle la mente
porfiaba su familia, pero muy vanamente.

190 Su padre y su madre y su hermano mayor
aconsejáronle mucho y que por su amor
con dos sólo casase, primero con la menor
y después de un mes cumplido casase con la mayor.

191 Hizo su casamiento con esta condición
y pasado el primer mes le fueron con la razón [60]
de que el otro su hermano con una y con más no
quería que le casasen a ley y bendición.

192 Respondióle el casado que tal cosa no hiciesen:
que él tenía mujer y que ambos compartiesen
compañía tan buena, y que esto le dijesen,
de casarlo con otra no se entrometiesen.

193 El buen hombre que era el padre de este necio
tenía un gran molino con gran muela de precio;

antes de ser casado el garzón* era tan recio
que con el pie la muela paraba con desprecio.

194 Esta proeza grande de fuerza y valentía
antes de ser casado muy ligero la hacía.
Y, pasado ya el mes de casamiento había,
para probar como antes se vino allí un día.

195 Probó parar la muela del modo acostumbrado,
levantólo de piernas y lo echó despatarrado.
Incorporóse el necio maldiciendo su hado
y dijo: "¡Ay, molino recio! ¡Así te vea casado...!"

196 A la mujer primera él tanto la amó
que a las otras doncellas ya nunca más miró,
ni probó parar la muela, ni siquiera intentó;
así su devaneo el garzón loco domó.

197 Eres padre del fuego, pariente de la llama,
más arde y más se quema aquel que más te ama;
amor, a quien más te sigue, quémasle cuerpo y alma,
lo destruyes del todo como el fuego a la rama.

198 Los que no te probaron, en buen día nacieron,
gozaron sin cuidado, nunca se entristecieron,
pero, cuando te hallaron, todo su bien perdieron:
les fue como a las ranas cuando por rey pidieron.

EJEMPLO DE LAS RANAS QUE DEMANDARON REY
A JÚPITER [61]

199 Las ranas de un lago cantaban y jugaban,
nada les ofendía, bien solteras [62] andaban;
creyeron al diablo que en su mal se agradaba
y pidieron rey a Júpiter y mucho se lo rogaban.

200 Envióles don Júpiter una viga de lagar, [63]
la mayor que a mano tuvo; cayó en el lugar,
El gran golpe del leño hizo a las ranas callar,
pero muy pronto vieron que no era rey de castigar.

201 Subieron sobre la viga cuantas pudieron subir,
diciendo: "No es este rey de nos digno de servir."
Y pidieron otro a don Júpiter, como solían pedir.
Don Júpiter enojado húbolas de oír.

202 Envióles por rey cigüeña carnicera
que recorría el lago así como la ribera
y andando pico abierto, como era venternera,*
de dos en dos las ranas comía bien ligera.

203 Implorando a Júpiter dieron voces las ranas:
"Señor, señor, socórrenos, tú que matas y sanas;

el rey que nos mandaste por nuestras voces vanas
danos muy malas tardes y peores mañana.

204 Su vientre nos entierra, su pico nos estraga,
Señor, defiéndenos, nuestra folía* es bien paga.
Concédenos tu ayuda, sácanos esta plaga."

205 Respondióles don Júpiter: "Tened lo que pediste:
el rey tan demandado, por cuantas voces diste,
vengue vuestra locura, porque en mengua tuviste
ser libre y sin yugo: sufrid, pues lo quisiste."

206 Quien tiene lo que debe, con ello sea pagado;
quien puede ser su dueño, no sea enajenado;
quien no tuviera amo, no quiera ser mandado;
libertad y soltura no es por oro comprado.

207 Bien así les ocurre a todos tus contrarios:
de libres y señores se tornan tus vasallos;
tú no piensas por ellos sino para estragarlos,
en cuerpos y en almas así son devorados.

208 Lamentándose de ti, mas no les vale en nada,
que tan presos los tiene tu cadena doblada **
que no pueden fugarse de la pena asignada.
Responde a quien te llama, ¡vete de mi posada!

209 No quiero tu compañía, ¡vete de aquí, varón!
Das al cuerpo miseria, trabajo sin razón,
de día y de noche eres fino ladrón,
cuando el hombre está seguro, húrtasle el corazón.

210 Al punto que lo hurtas, luego lo enajenas,
se lo das a quien no lo ama, atorméntales con penas;
anda el corazón sin cuerpo sufriendo en tus cadenas,
pensando y suspirando por las cosas ajenas.

211 Lo haces andar volando como la golondrina,
revuélveslo a menudo, tu maldad no adivina:
ora piensa en Susana, 65 ora en Marcelina,
de diversas maneras tu queja es cruel espina.

212 En un punto lo pones a jornadas trescientas; 66
anda todo el mundo cuando tú lo alientas,
lo dejas solo y triste para que se arrepienta,
a quien no lo quiere ni lo ama siempre se lo mientas.

213 Varón, ¿qué tienes conmigo? ¿Qué mal acaso debo
que tanto me persigues? Te vienes manso y ledo.
Nunca me previenes con guiños o con el dedo; 67
y me das en el corazón y muy triste me quedo.

214 No te puedo prender, tanta es tu maestría,
y aunque así lo hiciese, no te mataría;

47

tú, cada vez que me prendes, ¡tanta es tu orgullía!.
que sin piedad me matas, sea noche o día.

215 Responde, ¿qué te hice? ¿Por qué dicha me quitas?
no me fue con las dueñas mi dicha muy bendita.
Todo cuanto anhelaba se trocaba en desdicha:
la hora en que te vi puedo llamar maldita.

216 Cuanto más aquí estás, tanto más me ensaño;
más duro es que trate viendo cuánto daño
siempre de ti me vino, con el sutil engaño
que andas urdiendo siempre cubierto con mal paño. [68]

AQUÍ HABLA DEL PECADO DE LA CODICIA

217 Contigo siempre traes los mortales pecados,
con codicia a los hombres los tienes engañados,
pretender les haces mucho y se vuelven tan osados
que olvidan los mandatos que de Dios fueron dados.

218 De todos los pecados es raíz la codicia:
ella es tu hija mayor, de mayordoma oficia;
ella es tu alférez, todos los actos vicia;
ella destruye al mundo, socava la justicia.

219 La soberbia y la ira no fallan do ella quepa;
la avaricia y lujuria que arden más que la estepa*,
gula, envidia y pereza que se pegan cual lepra,
de la codicia nacen, es ella raíz y cepa.

220 En ti hacen morada, alevoso traidor; [69]
con palabras muy dulces, con gesto engañador,
prometen y quieren mucho los hombres con amor,
para lograr lo que anhelan codician lo peor.

221 Codician los haberes que ellos no ganaron
por cumplir las promesas que en su pasión volearon;
muchos, enceguecidos, de lo ajeno tomaron
y así, cuerpos y almas, por siempre condenaron.

222 Murieron por sus hurtos de muerte repentina,
arrastrados o ahorcados de una manera indina;
en todo eres astuto, tu artería es malina;
quien tu codicia tiene al pecado se inclina.

223 Por la codicia hiciste a Troya destruir,
con la manzana de oro Paris debió decidir [70]
cuál era la más bella y a Venus fue a elegir,
porque le diera a Elena que codiciaba servir.

224 Por tu mala codicia los de Egipto murieron,
sus cuerpos enfermaron, sus almas se perdieron; [71]

fueron y son malditos de Dios los que te creyeron:
de tanto que codiciaron poco fue lo que hubieron.

225 Por la codicia pierde el hombre el bien que tiene,
busca tener mucho más de cuanto le conviene;
no logran lo que codician, ni lo suyo mantienen:
lo que le aconteció al perro, a ellos muy bien les viene.

EJEMPLO DEL ALANO* QUE LLEVABA UN PEDAZO DE CARNE EN LA BOCA

226 Un alano carnicero por un río cruzaba,
un pedazo de carne en la boca llevaba;
el espejo del agua, otro le reflejaba;
codicíolo tomar y perdió el que portaba.

227 El reflejo mentiroso y su pensar tan vano,
la carne que tenía perdióla el alano;
no tuvo lo que quiso, no le fue codiciar sano,
pensó ganar y perdió lo que tenía en mano.

228 Cada día le acontece al codicioso igual:
cuida ganar contigo y pierde su caudal;
de esta mala raíz nace todo el mal,
es la mala codicia un pecado mortal.

229 Lo más y lo mejor, lo que es más preciado,
desde que el hombre lo tiene por cierto bien ganado
nunca debe dejarlo por un vano cuidado:
quien deja lo que tiene, mal negocio ha buscado.

AQUÍ HABLA DEL PECADO DE LA SOBERBIA [72]

230 Con la mucha soberbia el miedo perderás;
piensas, ya sin miedo, cómo conseguirás
joyas para tu amiga si dinero no has:
por eso robas y hurtas, pero tu penarás.

231 La soberbia te hace cometer malas cosas,
robar a caminantes las joyas más preciosas,
maltratar las mujeres, no importa sean esposas,
vírgenes o solteras, viudas o religiosas.

232 Por tales maleficios la ley mándalos matar,
mueren de males muertes, no las puedes tú evitar,
llévalos el diablo por su mucha maldad:
el fuego infernal arde do logras asentar.

233 A muchos por tu soberbia los hiciste perder;
primero a muchos ángeles, con ellos Lucifer,

que por su gran soberbia y su mal proceder,
de las sillas del cielo hubieron de caer.

234 A pesar de su natura buenos fueron criados,
pero, por la gran soberbia, fueron y son dañados;
cuántos por tal pecado también fueron tocados
no se podrían escribir en mil pliegos contados.

235 Cuántas fueron y son las batallas y peleas,
injurias y disputas y contiendas muy feas
que, Amor, por tu soberbia se hacen, bien se vea:
que la maldad del mundo es doquier que tú seas.

236 El hombre muy soberbio y por tal muy osado,
que no ha temor de Dios y viola lo ordenado,
antes que otro muere, más flaco y quebrantado;
le pasa como al asno con el caballo armado.

EJEMPLO DEL CABALLO Y DEL ASNO

237 Iba al campo de lidia un caballo luciente,
porque mancilló a una dueña el su señor valiente;
la loriga* bien puesta, sin temores se siente,
lento, delante de él, iba un asno doliente.

238 Con los pies y las manos y con el noble freno,
el caballo soberbio de ruidos estaba lleno,
que a las otras bestias espanta como trueno:
el asno con el miedo se quedó y no le fue bueno.

239 Estaba padeciendo el asno con su carga,
andaba mal y poco y así el camino embarga; [73]
derribóle el caballo en medio de la varga*
y dijo: "Asno villano, buscad carrera larga."

240 Entró de un salto al campo, ligero, apercibido;
buscó ser vencedor y quedó él vencido;
en el cuerpo, muy fuerte, de un lanzazo fue herido;
las entrañas le salían, quedó casi perdido.

241 Desde que salió del campo no vale una cermeña *.
Lo pusieron a arar y a traer la leña,
a veces a la noria, a veces a la aceña*:
paga el rocín soberbio el amor de la dueña.

242 Tenía desolladas del yugo las cervices;
del hinojar, a veces, hinchadas las narices,
rodillas desolladas, oraciones mil dice;
ojos hundidos, rojos, cual patas de perdices.

243 Los cuadriles salidos, sumidas las ijadas,
el espinazo agudo, las orejas colgadas:

violo el asno necio, rió a las carcajadas,
y dijo: Compañero soberbio, ¿do fueron tus pechadas?
¿Dónde está el noble freno y tu dorada silla?
¿Dónde está tu soberbia y tu afán de rencilla?
Siempre vivirás mezquino y con mucha mancilla:
castigue tu soberbia tanta mala postilla".
Aquí tomen ejemplo y lección cotidiana
los que son muy soberbios con su jactancia vana:
que la salud y fuerza, valor, honor y fama,
se pierden con la edad, la vejez no los gana.

AQUÍ HABLA DEL PECADO DE LA AVARICIA

Quien peca de avaricia a nada llama mucho,
en el tomar se alegra, pero en dar no es muy ducho.
Para ti, avaro, el Duero no te hurtaría. Escucho
que siempre estás pidiendo como hambriento avechucho.
Por su gran mezquindad fue perdido el rico [74]
que al pobre San Lázaro no dio un solo zatico*.
No quieres ver ni amas al pobre grande o chico,
ni de tus tesoros les quiere dar un pico.
Aunque te es mandado por santo mandamiento
que vistas al desnudo y que hartes al hambriento,
y des al pobre posada, tanto eres avariento
que nunca diste uno, pero has pedido ciento.
Mezquino, ¿qué harás el día del Juicio Final
cuando de tus haberes y tu gran capital
te demandara Dios, que los dispensa, cuenta?
No te valdrán tesoros, ni reinos ni caudal.
Cuando tú eras pobres, que tenías gran dolencia,
entonces suspirabas y hacías penitencia,
pedías a Dios que te diese salud y mantenencia,
que ayudarías a los pobres sin hacerles falencia.
Oyó Dios tus querellas y diote buena ayuda
salud y gran riqueza y otras mercedes muchas,
y cuando ves a un pobre el ceño se te arruga,
haces como el lobo doliente con la grulla.

EJEMPLO DEL LOBO, DE LA CABRA
Y DE LA GRULLA

El lobo a la cabra la comía por merienda:
atravesósele un hueso, en agónica contienda,
ahogarse parecía, demandaba asistencia
a físicos y maestros y quería hacer enmienda.

253 Prometió al que lo sacase tesoros y gran riqueza.
    Vino la grulla del somo del alteza [75],
    sacóle con el pico el hueso con sutileza,
    y el lobo quedó como para comer sin pereza.

254 Pidió la grulla al lobo que la quisiese pagar;
    el lobo replicó: "¡Cómo! ¿No te pude yo clavar
    mis dientes en el cuello si quisiera apretar?
    Pues séate buen pago el no quererte matar…"

255 Bien, así tú lo haces ahora que estás lleno
    de pan y de dineros que forzaste de lo ajeno,
    no quieres dar al pobre un poco de centeno:
    pero así te secarás como rocío al sol pleno.

256 El hacer bien al malo no es cosa de provecho:
    el hombre desagradecido nunca paga el bien hecho;
    el reconocimiento no ha cabido en su pecho;
    el bien que se le hace dice que es por su derecho.

AQUÍ HABLA DEL PECADO DE LA LUJURIA

257 Siempre está la lujuria dondequiera que seas:
    adulterio, fornicación siempre los deseas,
    luego quieres pecar con cualquiera que veas,
    por colmar tu lujuria guiñando las oteas*.

258 Fue por la lujuria que el profeta David [76]
    mató a Urías, cuando lo mandó en la lid
    ponerse entre los primeros, cuando le dijo: "Id,
    llevad esta mi carta a Joab y venid".

259 Por amor de Betsabé, la mujer de Urías,
    fue el rey David homicida e hizo a Dios falsía;
    por eso no hizo el templo en todos los sus días,
    hizo gran penitencia por las tus maestrías.

260 Fueron por la lujuria cinco nobles ciudades [77]
    quemadas y destruidas, tres por sus maldades,
    dos sin más culpas que las sus vecindades;
    por malas vecindades se pierden heredades.

261 No te quiero por vecino, ni me vengas tan presto.
    Al sabedor* Virgilio [78], como dice en el texto,
    engañólo la dueña cuando lo colgó, en el cesto
    haciéndole creer que lo subía a la torre con esto [7

262 Por haber hecho deshonra y escarnio de su ruego,
    el gran encantador hízole un mal juego:
    la lumbre de la candela encantó y los fuegos
    que ardían en toda Roma fueren muriendo luego.

63 Así es que los romanos, del viejo a la criatura,
    no pudieron tener fuego por su desventura:
    si no lo encendían dentro de la natura
    de la mujer mezquina, ningún otro les dura.

64 Si uno le daba al otro el fuego o la candela,
    apagábase luego y venían todos a ella,
    encendían allí todos como en gran centella:
    así vengó Virgilio su deshonra y querella.

65 Después de esta vergüenza con que castigó a la dueña
    en saciar su lujuria aún Virgilio se empeña,
    así es que desencantó el fuego por que ardiese en la leña
    e hizo otra maravilla como el hombre no sueña.

66 Todo el suelo del río de la ciudad de Roma,
    que es el Tíber, caudal que muchas aguas toma,
    hízole volver cobre que reluce más que goma:
    en las dueñas tu lujuria de esta manera él doma.

67 Porque pecó con ella, sintióse escarnecida,
    mandó hacer una escalera que tenía escondida
    navajas afiladas, de modo que subida
    si fuese por Virgilio, le acabara la vida.

68 Él supo de estos hechos por su magia potente
    y nunca más fue a ella ni la tuvo presente;
    así es por la lujuria que verdaderamente,
    el mundo se escarnece y entristece la gente.

69 A muchos sé que matas, no sé de uno que sanes;
    presos de tu lujuria son grandes barraganes*,
    pero igual que a bufones los matas en sus afanes.
    Les pasa como al águila con los necios truhanes.

EJEMPLO DEL ÁGUILA Y DEL CAZADOR

70 El águila caudal canta sobre la haya [80],
    a todas las otras aves desde allí las atalaya;
    no hay pluma de ella que a la tierra vaya
    y el ballestero encuentre y aprecie más que saya.

71 Saetas y cuadrillos* que tiene preparados,
    con las plumas del águila los ha aparejado;
    fue así como yendo a herir a los venados
    vio al águila caudal y le dio en un costado.

72 Miró la dura flecha el águila herida,
    y vio que con sus plumas estaba guarnecida,
    y dijo para sí, con voz entristecida:
    "De mí salió quien me mató y me robó la vida".

273 El sabio, el mezquino, que su alma no cuida,
usando tu locura y tus malas partidas,
tiene perdido el cuerpo y el alma corrompida,
que de sí mismo sale quien destruye su vida.

274 Hombre, ave o bestia que el Amor violente,
y cometa lujuria, muy pronto se arrepiente;
entristece en un punto, luego flaqueza siente;
acórtase su vida: quien lo dijo no miente.

275 ¿Quién podría decir cuántos tu lujuria destruye?
¿Las fornicaciones y malos negocios que concluye?
El que tus tentaciones y locuras afluye,
el diablo se lo lleva, si de ellas no huye.

AQUÍ HABLA DEL PECADO DE LA ENVIDIA

276 Eres pura envidia como no hay en el mundo tanta.
Por los celos que derramas el hombre de ti se espan
si el tu amigo te dice un-consejo, ¡ya cuánta
tristeza y sospecha tu corazón quebranta!

277 El celo siempre nace de tu envidia pura,
temiendo que a tu amiga otro hable en locura;
por esto eres celoso y triste sin mesura;
siempre preso de celos, de otro bien no te curas.

278 Desde que vienen los celos en tu ser a arraigar
suspiros y sobresaltos te quieren ahogar;
de ti mismo ni de otros no te quieres fiar,
el corazón te salta, no puedes reposar.

279 Por tus celos y sospechas a todos aborreces,
procúrasles rencillas, del disgusto enflaqueces,
buscas malas contiendas y hallas lo que mereces.
Pásate lo que pasa en la red a los peces.

280 Entras en la pelea, no puedes de ella salir,
y por flaco y sin fuerzas no puedes resistir,
y no puedes vencer y tampoco evadir:
estórbate tu pecado y allí te hace morir.

281 Por envidia Caín a su hermano Abel
matólo y ahora yace, adentro en Mongibel [81].
Jacob a Esaú, por la envidia de él,
hurtóle sus bienes con un engaño cruel [82].

282 Jesús fue por envidia traicionado y vendido,
Dios verdadero y hombre, hijo de Dios querido,
por envidia fue preso, muerto y escarnecido:
en ti ningún bien he visto o conocido.

283 Cada día los hombres por codicia porfían,
     por envidia y por celos, hombres y bestias lidian:
     dondequiera que estés los celos allí se crían;
     la envidia los reparte en quienes en ti se fían.

284 Porque tiene tu vecino más trigo que tú paja,
     con tu mucha envidia levántasle baraja*,
     y así te acontece, por sacarle ventaja,
     como con los paveznos* le aconteció a la graja ⁸³.

EJEMPLO DEL PAVO REAL Y LA CORNEJA ⁸⁴

285 Al pavo real la corneja violе hacer la rueda;
     dijo con gran envidia: "Yo haré cuanto pueda,
     por ser tan hermosa"; la locura la enreda;
     la negra quiere ser blanca, pero negra se queda.

286 Peló todo su cuerpo, ninguna pluma deja,
     con las del pavo real se hizo nueva pelleja;
     hermosa, con lo ajeno, oronda va a la iglesia:
     algunos hacen esto, que hizo la corneja.

287 La corneja adornada como pavo real lucía,
     viéndose bien pintada, el orgullo le crecía,
     a mejores que ella les hizo descortesía:
     con los paveznos andaba tal si fuese otra cría.

288 El pavón, espantado, la tal hija no quiso,
     sospechó el mal engaño, le vio el color postizo,
     sacóle todas las plumas y la echó en el carrizo*:
     más negra parecía la graja que el erizo.

289 Así con tu envidia haces a muchos pretender
     pierden lo que ganaron por lo ajeno querer;
     intentan sobrepasar a otros y vencer
     y reciben el castigo de su mal proceder.

290 Quien quiere lo que no es suyo y a otros semejar,
     poniéndose algo ajeno para el triunfo buscar,
     lo suyo con lo ajeno pierde para su mal:
     quien se tiene por lo que no es, loco es, sin dudar.

AQUÍ HABLA DEL PECADO DE LA GULA

291 La golosina traes, goloso, laminero*,
     querrías cuantas ves gustarlas tú primero,
     eres tragón, pecado, sobre voraz, grosero;
     cuando comes pareces un lobo carnicero.

292 Desde que te conocí jamás te vi ayunar,
almuerzas de mañana, no pierdes el yantar,
sin mesura meriendas, mejor quieres cenar;
si tienes qué, lo quieres de noche saborear.

293 Con mucha vianda y vino crece mucho la flema,
duermes con tu amiga y te ahoga la postema,
llévate el diablo, en el infierno te quema,
tú dices al garzón* que coma bien y no tema.

294 Ya nuestro padre Adán por gula se perdió,
porque comió del fruto que comer no debió,
echóle del paraíso, Dios, en aquel día,
por ello en el infierno desde que murió yacía.

295 Mató la golosina a muchos en el desierto,
aun entre los mejores por ella fueron muertos;
el profeta lo dice y tenlo bien por cierto;
por comer y tragar siempre estás boquiabierto.

296 Hiciste por la gula a Lot [85], noble burgués,
beber tanto que durmió con sus hijas; pues ves
adonde ella conduce: porque donde mucho vino es,
acude la lujuria y todo mal después.

297 Muerte muy violenta trae la golosina
al cuerpo del goloso y a la su alma mezquina;
de esto hay muchas fábulas e historias paladinas;
decir he la más breve, que pronto se termina.

EJEMPLO DEL LEÓN Y DEL CABALLO

298 Un caballo muy gordo pacía en la dehesa;
vino el león de caza, le pareció buena presa;
el león tan goloso, al caballo sopesa:
"Vasallo", dijo, "mío, la mano tú me besa".

299 Al león gargantero* le respondió el caballo:
"Tú eres mi señor y yo soy tu vasallo,
y en besarte la mano bien sé que, ahora, te fallo,
pero ir a ti no puedo porque con un mal me hall

300 Ayer cuando me herraba un herrero maldito,
dejóme a medio clavar un clavo muy finito
que me molesta mucho: con tus dientes benditos
sácamelo y después cumpliré el requisito".

301 Acercóse el león por darle ese consuelo,
el herrado caballo bien se apoya en el suelo
y entre los ojos diole una coz con tal celo
que muerto lo mandó en un pesado vuelo.

302 El caballo con el miedo huyó aguas arriba,
pero había comido muchas hierbas nocivas
e iba muy cansado y se murió de adivas[86]:
a los locos golosos la muerte siempre arriba.

303 El comer sin mesura y la glotonería,
otrosí mucho vino beber en demasía,
matan más que cuchillo, ya Ipocrás[87] lo decía:
tú dices que quien bien come, bien crece en garzonía.

AQUÍ HABLA DEL PECADO DE LA VANAGLORIA

304 Ira y vanagloria tienes, en el mundo no hay tamaña;
más orgullo y más brío tienes que toda España.
Si no se hace como quieres, tomas ira y gran saña,
enojo y malquerencia andan en tu compaña*.

305 Por la gran vanagloria Nabucodonosor[88],
que era poderoso y de Babilonia señor,
poco a Dios apreciaba y no había de él temor:
sacóle Dios su poderío y todo su honor.

306 Quedó tan despreciable como un vil animal:
comía hierbas montesas, como los bueyes, igual;
de cabellos cubiertos, como las bestias tal,
uñas crió mayores que el águila caudal.

307 El rencor y el homicidio los tus criados son:
"Vos ves que soy Fulano, de garzones, ¡garzón!"
Dices muchos baldones*, así que de rondón,
se matan los babiecas donde tú estás, follón*.

308 Por culpa de la ira, Sansón[89] fuerza perdió
cuando su mujer Dalila los cabellos le cortó;
en ellos estaba su fuerza y cuando la recobró,
también por la ira a sí mismo y a otros muchos mató.

309 Con gran ira y saña Saúl, el que fue rey,
el primero que los judíos tuvieron en su Ley,
el mismo se mató con su espada; así ves
que no debes fiar en ti, ni tampoco creer.

310 Quien bien te conociere de ti no se fiará;
el que tus obras viere, de ti se arredrará;
cuanto más te usare, menos te preciará;
cuanto más te probare, menos te amara.

311 Por ira y vanagloria el león orgulloso,
que fue con todas las bestias cruel y muy dañoso,
se mató a sí mismo, colérico, orgulloso:
decirte he el ejemplo, séate provechoso.

312 El león orgulloso con ira y valentía,
cuando era mancebo a todas las bestias corría:
unas veces las mataba, a otras las hería,
pero con la vejez, enfermo y débil se sentía.

313 Cuando las otras bestias supieron su flaqueza.
quedaron muy alegres, otro vivir empieza;
contra él vinieron todas por vengar sus proezas,
aun el asno necio venía a la cabeza.

314 Todos al león hirieron y no poquillo,
el jabalí sañudo hundíale el colmillo,
le herían con los cuernos el toro y el novillo,
hasta el asno atrevióse a ofenderlo el muy pillo.

315 Lanzóle un par de coces, en la frente se las dio:
al león una gran ira le apretó el corazón
y con sus mismas uñas fin a su vida pon;
de la ira y vanagloria ese fue el galardón.

316 El hombre que tiene estado, honra y gran poder,
lo que para sí no quiere, no lo debe a otro hacer,
que muy pronto se puede todo el poder perder
y lo que él hizo a otros le pueden devolver.

AQUÍ DICE DEL PECADO DE LA PEREZA

317 De la pereza eres mesonero y posada,
nunca quieres que el hombre por bondad haga nad
desde que lo ves ocioso le das vida pesada,
en pecado comienza y en mala tristeza acaba.

318 Nunca estás baldío: aquel que una vez atas,
tú le haces pensar engaños, componendas y trampa
deléitase en pecados, vivir mintiendo tratas:
con tus malas maestrías almas y cuerpos matas.

319 Otros a la pereza unen hipocresía,
andan con gran simpleza fingiendo pleitesía,
pensando viven tristes, la vista no desvían,
con ojos de raposa las hermosas espían.

320 De cuanto bien predicas, tú no practicas cosa,
engañas a todo el mundo con palabras hermosas,

quieres lo que el lobo quiere de la raposa:
¡abogado de fuero [90], oye lección provechosa!

AQUÍ SE HABLA DEL PLEITO QUE EL LOBO Y LA RAPOSA
SOSTUVIERON ANTE DON XIMIO, JUEZ DE BUGÍA

21 Hurtaba una raposa a una vecina un gallo,
    la vio el lobo y mandó en seguida dejarlo;
    dijo que no debía por ser ajeno hurtarlo;
    y él no veía la hora de que pudiese tragarlo.

22 Lo que él más hacía, a otros reprochaba,
    censuraba a los otros lo que él en sí loaba,
    lo que él más amaba en otros denostaba,
    decía que no hiciesen lo que él acostumbraba.

23 Emplazóla por fuero el lobo a la comadre,
    el juicio se llevó ante un juez muy grande.
    Don Ximio era su nombre, de Bugía era alcalde,
    era sutil y sabio, su fama no era en balde.

24 Hizo el lobo demanda en muy buena manera,
    apta y bien formada, clara y bien certera;
    tenía un abogado que ligero y sutil era:
    el galgo que a las raposas las tiene a las carreras.

25 "Ante vos, muy honrado, de gran sabiduría [91],
    don Ximio, ordinario alcalde de Bugía,
    yo, el lobo, la querello a esta comadre mía:
    un juicio propongo contra su picardía.

26 Y digo que, ahora, en el mes de febrero,
    era del mil trescientos en el año primero,
    reinante nuestro señor el león masillero*
    que vino a nuestra ciudad a hacer cumplir los fueros,

27 en casa de don Cabrón, mi vasallo y mi quintero,
    entró a hurtar de noche, pasó por un agujero
    y salió hurtando un gallo, el nuestro pregonero.
    Se lo llevó y comió, a mi pesar, casi entero.

28 De esto lo acuso ante vos, buen varón,
    pido que la condenes por sentencia y razón,
    que sea ahorcada y muerta como ladrón:
    esto me ofrezco a probar so pena de talión".

29 Siendo la sentencia en juicio leída,
    fue sabia la vulpeja* y bien apercibida:
    "Señor", dijo, "en leyes yo soy mal sabida,
    dadme un abogado que luche por mi vida".

330 Respondió el alcalde: "Llegué recientemente
a esta vuestra ciudad, no conozco la gente,
pero te doy de plazo que tengas días veinte
y hayas tu abogado, vencido el plazo, vente".

331 Puso fin el alcalde al tiempo de juzgar.
las partes, cada una, pensaron en buscar
cuál dineros, cuál prendas para al abogado dar:
ya sabía la raposa quién le había de ayudar.

332 El día fue vencido del plazo señalado,
vino doña Marfusa* con un gran abogado
un mastín ovejero de carrancas* ornado;
el lobo cuando lo vio quedó muy espantado.

333 Este gran abogado propuso por su parte:
"Alcalde, señor don Ximio, cuanto el lobo departe,
cuanto demanda y pide, lo hace con gran arte,
pero que es fino ladrón y no halla qué lo harte.

334 Por tanto yo propongo contra él exención
legítima y buena, porque su petición
no debe ser oída, ni tal acusación:
él hacer no la puede porque es fino ladrón.

335 A mí me ocurrió que de noche y de día,
se llevaba hurtadas a las ovejas mías,
vi que las degollaba con aquellas sus crías;
antes que las comiese yo se las quité ya frías.

336 Muchas veces por hurto fue por juez condenado,
por sentencia y por derecho es muy difamado,
por consiguiente ninguno puede de él ser acusado,
ni en vuestra audiencia oído, ni escuchado.

337 Otrosí le opongo que ha sido excomulgado
por la mayor excomunión salida de prelado,
porque tiene barragana pública y es casado
con su mujer doña Loba, que mora en vil forado*.

338 Su manceba es la mastina que guarda las ovejas,
de ahí que sus dichos no valgan dos arvejas
ni se debe atender a sus malas consejas:
absolved a mi comadre que vaya por las callejas".

339 El galgo y el lobo estaban encogidos,
otorgáronlo todo por el miedo transidos;
dijo luego la marfusa: "Señor, prestadme oídos,
en reconvención pido que mueran por haberme ofendi

340 Allí echaron razones todos en su porfía,
pidieron al alcalde que les asignase día

60

en que diese sentencia final cual bien sabía,
y él les puso por plazo después de Epifanía.

41 Don Ximio fue a su casa, con él fue gran compaña,
con él fueron las partes buscándole la maña,
ahí van los abogados con sus tretas y hazañas:
tratan de envolver al juez, mas ninguno lo engaña.

42 Cada una de las partes a su abogado escucha,
le ofrecen al alcalde un salmón o una trucha,
y en secreto regalos de calidad muy mucha;
se arman zancadillas en esta falsa lucha.

43 Llegado que fue el día para dar la sentencia,
ante el juez, las partes estaban en presencia;
dijo el buen alcalde: "Buscad buena avenencia
antes que yo decida, ya tenéis mi licencia".

44 Pugnan los abogados por la intención saber
del alcalde, y qué es lo que quiere hacer,
cuál sentencia daría, cuál su favorecer,
mas no pudieron cosa saber ni comprender.

45 A solas le buscaban para hacerle decir
algo de la sentencia, su corazón descubrir;
él mostraba los dientes, mas no para reír,
ni una palabra sola le hicieron proferir.

346 Dijéronle las partes y los de sus abogados
que en su derecho estaban bien firmes y plantados;
no querían avenencias, ni acuerdos, ni tratados;
pedían que con sentencia fueran de allí librados.

347 El alcalde letrado y de muy buena ciencia
usó bien de su oficio, guardó bien su conciencia,
y estando ya sentado delante de la audiencia
por sí mismo leyó el escrito de sentencia.

348 "En el nombre de Dios", el juzgador decía,
"yo, don Ximio, ordinario alcalde de Bugía,
vista la demanda que el lobo interponía,
en que a la marfusa robo atribuía.

349 Y vistas las excusas y las explicaciones
que la vulpeja ha dado en sus declaraciones,
y vista la respuesta y las replicaciones
que propuso el lobo en todas sus razones.

350 Y visto lo que pide en su reconvención
la comadre contra el lobo y los que con él son,
visto todo el proceso y la argumentación
y las partes que piden sentencia sin dilación.

351 Ya por mí examinado todo el proceso hecho,
consultado el consejo que me hizo provecho
de hombres sabedores de fueros y derecho,
sólo Dios ante mis ojos, ni ruegos, ni cohechos:

352 fallo que la demanda del lobo es bien cierta,
bien apta y bien forrmada, bien clara y bien abierta,
fallo que la raposa, es, en parte, bien cierta,
en sus declaraciones, excusas y reyertas.

353 La exención primera es en sí perentoria,
pero la excomunión es aquí dilatoria;
diré un poco de ella, que es de gran historia:
¡Abogado de romance [92], esto ten en memoria!

354 La exención primera fue bien planteada,
pero la excomunión fue un poco errada
porque falta la prueba que debió ser nombrada
hasta con nueve días de plazo ser probada.

355 Por acta o por testigo o por buen instrumento
de público notario, veraz conocimiento,
esta tal dilatoria precisa fundamento,
que esto es perentorio debéis estar atentos.

356 Cuando la excomunión por dilatoria se pone
nueve días de plazo se dan al que se opone,
por perentoria esto guarda y no te encone,
que esto a muchos abogados se olvida y se pospone.

357 En toda perentoria la excomunión es tal
cuando se pone contra testigos en pleito criminal;
si es contra juez su proceso no val';
quien de otra guisa* obra, yerra y hace mal.

358 Fallo que la vulpeja no se pudo ofender
porque le achacan algo que ella acostumbra hacer;
su exención no puedo estudiar ni atender:
ni debe el abogado tal petición traer.

359 Aunque contra la parte y contra el mal testigo
sea la exención probada, no habrá otro castigo;
se archivará la demanda, sus dichos no valen un higo
ni la pena ordinaria tendrán, yo os lo digo.

360 Al testigo falso o al que quiere variar,
el alcalde ha derecho de hacerle atormentar,
no por la exención, sino porque en su mano está:
en los pleitos criminales su oficio ha gran lugar.

361 Por exención se puede la demanda desechar,
y se deben los testigos anular y aun tachar;

por exención no puedo yo condenar ni matar:
no puede más el alcalde que el derecho mandar.

362 Por tanto yo fallo por la su confesión
del lobo ante mí dicha, y por otra cosa no,
fallo que es probado lo que la marfusa pon',
y por ende pongo silencio al lobo en la cuestión.

363 Pues por su confesión, su costumbre y su uso,
es manifiesto y cierto lo que la marfusa puso,
pronuncio que la demanda que él hizo y propuso,
no le sea recibida, ni se le dé ningún curso.

364 Pues que el lobo confiesa que hizo lo que se le acusa,
y es manifiesto y cierto que esas costumbres usa,
no le debe responder en juicio la marfusa;
recibo sus explicaciones, doy por buena su excusa.

365 No le sirva que diga que por miedo y pavura
hizo la confesión sin decir verdad pura,
porque su miedo era vano y no habló con cordura,
porque donde buen alcalde juzga toda cosa es segura.

366 Doy licencia a la raposa que vaya a la salvajina [93],
pero no la absuelvo del hurto tan aína,
sino mando no hurte más el gallo de la vecina".
¡Ella dice no lo tiene, mas le hurtará la gallina!

367 No apelaron las partes, el fallo fue aceptado,
porque no pagaron costas ni fueron condenados;
esto fue porque las partes no lo han observado
ni fue el pleito seguido y se fueron por su lado.

368 Después los abogados dijeron contra el juez
que había mucho errado y perdido el buen prez[*],
pero las opiniones de ese u otro jaez
no las apreció don Ximio cuanto vale una nuez.

369 Díjoles que él podía poner en aplicación
lo que manda el derecho y es por constitución,
que de los hechos ajenos él no hacía mención:
¡tomaron los abogados del juez buena lección!

370 Le opusieron también una justa razón:
de que expuestos los cargos en criminal acusación,
no podía dar licencia, que no hay excepción,
para la sentencia en esta condición.

371 A eso el alcalde Ximio una respuesta dio:
que él especial poder tenía, del rey en su comisión,
y, además, para todo esto, cumplida jurisdicción;
¡mucho los abogados aprendieron en esta cuestión!

372 Tal eres como el lobo: censuras lo que haces,
reprochas en los otros el lodo en que tú yaces;
eres mal enemigo; a aquellos que te place,
haces con gran maestría caer en tus enlaces.

373 En obras de piedad tú nunca paras mientes,
ni visitas a presos, ni quieres ver dolientes,
sino a los solteros, sanos, mancebos y valientes,
mientras a las dueñas les susurras entre dientes.

374 Rezas muy bien las horas con garzones golfines*,
Cum his qui oderunt pacem del salterio en sus fines
dices: *Ecce quam bonum*, con sonajas y bacines*,
In noctibus extollite, después vas a maitines.

375 Donde tu amiga mora comienzas a levantar:
Domine labia mea en alta voz a cantar,
primo dierum omnium, los instrumentos haces sonar,
nostras preces ut audiat y la haces despertar.

376 Cuando la sientes a ella tu corazón se ensancha,
con la maitinada cántate en las frías mañanas,
con *laudes aurora lucis* dasle grandes gracias,
con *miserere mei* responde la muchacha.

377 En saliendo el sol comienzas con tus tretas,
Deus in nomine túo rogar a tu alcahueta,
que la lleve por agua y haga labor completa,
con el pretexto del agua va a verla la estafeta.

378 Y si es de las que no suele andar por las callejas,
que la lleve a las huertas a ver rosas bermejas,
si cree la babieca sus dichos y consejas,
frutas malas le da de *quicumque vult* la vieja.

379 Y si es dueña, tu amiga, que a esto no se aviene
por ser católica, busca manera que le conviene:
os, lingua, mens la invade, a su razón no se atiene,
va la dueña a la tercia caridad y se entretiene.

380 Tú vas luego a la iglesia a decir tu razón,
más que por oír misa o ganar de Dios perdón:
quieres misa de novios* sin gloria y sin son,
cojeas al dar la ofrenda, bien trotas si hay ocasión.

381 Acabada la misa rezas también la sexta
con la vieja que tiene a tu amiga dispuesta
comienzas *In verbum tuum* y dices tú a ésta:
Factus sum sicut uter por la gran misa de fiesta.

82 Dices: *Quomodo dilexi* hablar con vos, varona*;
    Suscipe me secundum, que para la mi corona
    Lucerna pedibus meis es la vuestra persona.
    Ella dice: *Quam dulcia!* y que vuelvas a nona*.

83 Vas a rezar la nona con la dueña lozana,
    Mirabilia comienzas, dices de aquesta plana:
    Gressus meos dirige; responde doña fulana:
    Iustus es, Domine; tañe a nona la campana.

84 Nunca vi sacristán que a vísperas mejor taña:
    toca sus instrumentos con buen arte y gran maña;
    la que viene a tus vísperas no sabe que la engañas
    con *virgam virtutis tuae* la envuelven tus patrañas.

85 *Sede a destris meis*, dices a la que viene;
    cantas: *Laetatus sum* si ella se aviene;
    Illuc enim ascenderunt a aquel que se detiene;
    la fiesta de seis capas, contigo la Pascua tiene [96].

86 Nunca vi cura de almas que tan bien diga completas:
    vengan hermosas o feas, sean blancas o sean prietas,
    te dicen: *Converte nos*, de grado abres las puertas;
    después: *Custodi nos*, te ruegan las encubiertas.

87 Hasta el *quod parasti* no las quieres dejar;
    Ante faciem omnium las sabes alejar;
    Ado gloria plebis tuae las sabes apartar;
    Salve, regina, dices si de ti se van a quejar.

AQUÍ HABLA DE LA PELEA QUE EL ARCIPRESTE
TUVO CON DON AMOR

88 Con la pereza traes muchos males y llantos,
    muchos otros pecados, antojos y espantos;
    no te detienes en hombres castos ni en dignos santos.
    A los tuyos das obras de males y quebrantos.

89 El que en tus garras cae es mentiroso, perjuro,
    por cumplir tus deseos se hace hereje duro;
    más cree en tus halagos, tan necios e inseguros,
    que no en la fe de Dios: ¡vete, yo te conjuro!

90 No te quiero, Amor, ni al suspiro, tu hijo,
    me haces andar en balde y me dices: "dijo, dijo";
    y tanto más me aquejas cuanto yo más me aflijo.
    No me vale tu vanagloria un vil grano de mijo.

91 No tienes miedo ni vergüenza de reina o de rey,
    te mudas donde te pagan, no te importa la ley,

huésped eres de muchos, pronto dejas su grey
y vas de un lado a otro como un caballo o buey.

392 Con tus muchas promesas a muchos embeliñas*
y al cabo son muy pocos a quien bien adeliñas*,
no te faltan lisonjas como hojas a las viñas:
atraes más necios locos que piñones hay en piñas.

393 Haces como el pícaro en su misma manera:
atalayas de lejos y cazas a la primera,
al que quieres matar, sacas a la carrera
del lugar encubierto y le haces celada fiera.

394 Tiene un hombre su hija, de corazón amada,
lozana y hermosa, por muchos deseada,
encerrada y guardada y con mimos criada,
do piensa tener algo al fin no tiene nada.

395 Cuidanse de casarla como las otras gentes
porque se honren con ella sus padres y parientes:
como mula empacada aprieta ella los dientes
y mueve la cabeza pues tiene otras mientes.

396 Tú susurras en su oreja y le das mal consejo,
que siga tu mandato, que siga tu trebejo*:
los cabellos en trenza, el peine y el espejo;
busca un amigo en quien no es con ella parejo.

397 El corazón le cambias de mil modos a esa hora:
si hoy casarla quieren, de otro se enamora;
una veces en saya, otras en alcandora*;
entrégase la loca do tu locura mora.

398 El que más en ti cree, más mal por eso vive;
tanto ellas y ellos el daño no perciben,
ni que pecado engañoso tan sólo de ti reciben,
debilidad y tristeza les das aunque se esquiven.

399 Das muerte perdurable a las almas que hieres,
das muchos enemigos al cuerpo que requieres,
haces perder la fama al que más amor dieres,
a Dios pierde y al mundo, Amor, el que más quie[r]

400 Destruyes las personas, los haberes estragas,
almas, cuerpos y haciendas como langosta tragas,
en todos tus vasallos las virtudes apagas,
prometes grandes cosas, poco y muy tarde pagas.

401 Eres muy gran gigante al tiempo de mandar,
eres enano chico cuando lo has de dar;
ofreces de buen grado, pero te sabes mudar:
tarde y de mala gana cumples y aun te quieres bur[lar]

02 A la lozana vuelves loca o medio boba,
    haces con tu gran fuego como hace la loba:
    el más astroso lobo elige de la manada toda,
    y con ése es el que incuba a la lobuna moda.

03 Así muchas hermosas su cordura reducen,
    con quien se les antoja muy orondas se lucen,
    sea feo u ocioso; mil pecados producen:
    cuanto más en ti creen, tanto peor se conducen.

04 Haces por mujer fea perder al hombre apuesto,
    piérdese por vil hombre, mujer de gran repuesto [97].
    Tú juegas con cualquiera si es que el ojo le has puesto
    bien te puedo decir antojo por denuesto.

05 Conducta tienes de diablo: dondequiera que mores,
    haces temblar los hombres, demudar los colores,
    perder el seso y habla, sentir muchos dolores:
    traes a los hombres ciegos si oyen tus loores.

06 Al cazador semejas que usa su señuelo:
    canta con dulce engaño que al ave pone en celo
    y se mete en el lazo que le corta su vuelo.
    ¡Vete de mí, malvado, tu vecindad no anhelo!

EJEMPLO DEL TOPO Y DE LA RANA

07 Acontece cada día a tus amigos contigo
    lo que aconteció al topo, que quiso ser amigo
    de la brillante rana, que lo llevó consigo:
    entiende bien mi fábula y por qué te la digo.

08 Tenía un buen topo su cueva en la ribera;
    creció tanto el río que maravilla era,
    le rodeó toda su cueva, no pudo salir fuera;
    vino hasta él bailando la rana vocinglera.

09 "Señor enamorado", dijo al topo la rana,
    "quiero ser tu amiga, tu mujer o tu hermana,
    yo te sacaré en salvo ahora en la mañana,
    llevarte he al otero en casa seca y sana.

10 Yo sé nadar muy bien, no me hundo ni por asomo,
    ata con tu pie el mío y monta sobre mi lomo,
    sacarte he en salvo, bien pronto verás cómo
    ponerte he en el otero, a las aguas las domo".

11 Así cantaba la rana con dulce persuasión;
    pero tenía otra idea dentro del mal corazón.
    Confió en ella el topo, los dos atados son,
    atan los pies en uno, las voluntades no.

412 No conservó la rana la postura que trajo,
dio un salto en el agua y se sumió hacia abajo;
el topo hacia arriba tiró con gran trabajo:
uno abajo, otro arriba, tiraban a destajo.

413 Un milano hambriento volaba en la ocasión
buscando qué; esta pelea vio
y se lanzó sobre ellos veloz como un ciclón;
al topo y a la rana, atados, los llevó.

414 Comióselos a los dos, no calmaron su hambre;
así hace con los locos tu mala vedegambre: [98]
cuando los tiene atados con tu engañoso estambre*
todos juntos perecen en tu perverso enjambre.

415 Los necios y las necias que una vez enlazas,
de tal modo los tratas con tus fuertes mordazas,
que no tienen de Dios miedo, ni de sus amenazas;
el diablo se los lleva presos en sus tenazas.

416 De unos y de otras eres igual destructor,
tanto al engañado como al engañador:
como el topo y la rana perecen o peor;
eres mal enemigo cuando te finges amador.

417 Toda la maldad del mundo, veneno y pestilencia,
derrama tu falsa lengua bajo hermosa apariencia:
dices palabras dulces para tener avenencia
y haces malas obras que siembran malquerencia.

418 Del bien que el hombre dice, buscas que cumplir no tra
el corazón y lenguas son falsos en tal combate;
¡confunda Dios el cuerpo do tal corazón late!
¡Lengua tan enconada Dios del mundo arrebate!

419 No es bueno para el hombre todo creer muy ligero,
todo lo que le dicen péselo bien primero;
no le conviene al bueno el ser muy lisonjero;
en el decir sea amable, pero justo y sincero.

420 Bajo la piel de oveja [99] traes dientes de lobo,
al que una vez atraes te lo llevas en robo,
matas al que más quieres, agobias en gran modo;
gran carga das al débil sin brindarle acomodo.

421 Contento esto te digo, de que nada te debo,
pues cobras intereses peor que un usurero,
cazas la gran ballena usando poco cebo:
mucho más te diría, salvo que no me atrevo.

422 Porque de muchas dueñas malquerido sería
y mucho garzón loco conmigo porfiaría;
por tanto no te digo el diezmo que podría:
pues cállate y callemos, Amor, ¡sigue tu vía!...

423 El Amor, con mesura, diome respuesta luego:
"Arcipreste, sañudo no seas, yo te ruego,
no digas mal de amor en verdad ni en juego,
porque a veces poca agua hace apagar gran fuego.

424 Por poco maldecir se pierde gran amor,
de pequeña pelea nace un gran rencor,
por un mal dicho pierde al vasallo su señor;
el bien decir siempre hace de lo bueno mejor.

425 Escucha con mesura pues dijiste baldón*,
no debe amenazar el que pide perdón,
de quien bien eres oído escucha la razón:
si mis consejos sigues, mujer no dirá "no".

426 Si tú hasta ahora cosa alguna lograste
de dueñas y de otras a quien dices amaste,
cúlpate a ti mismo, pues por torpe fallaste,
porque a mí no acudiste ni tratarme probaste.

427 Quisiste ser maestro antes que discípulo ser,
y no sabrás lecciones sin al sabio atender;
oye y lee mis consejos y sabrás bien hacer:
conseguirás la dueña y otras podrás atraer.

428 Para todas las mujeres el amor no se aviene:
no quieras amar dueñas que a ti no te convienen;
es un amor baldío, de gran locura viene,
siempre será mezquino quien vano amor mantiene.

429 Si leyeres o Ovidio [100], el que fue mi criado,
en él hallarás fábulas que le hube yo mostrado,
muchas buenas maneras para el enamorado:
Pánfilo [101] y Nasón así lo han demostrado.

430 Si quieres amar dueña o cualquier otra mujer,
muchas cosas antes deberás aprender;
para que ella te quiera en amor acoger
sabe, primeramente, la mujer escoger.

431 Busca mujer hermosa y donosa y lozana,
que no sea muy alta, pero tampoco enana;
si pudieras, no quieras amar mujer villana,
porque de amor no sabe y es como bausana*.

432 Busca mujer de talla, de cabeza pequeña,
cabellos amarillos, pero no cual alheña*,
las cejas apartadas, largas, altas y en peña [102],
bien ancha de caderas: ésta es talla de dueña.

433 Ojos grandes, someros, pintados, relucientes
    y de largas pestañas, bien claras y rientes,
    las orejas pequeñas y finas. Para mientes
    si tiene el cuello alto, tal lo quieren las gentes.

434 La nariz afilada, los dientes menudillos,
    iguales y bien blancos, un poco apretadillos;
    las encías bermejas, los dientes agudillos,
    los labios de su boca, bermejos, angostillos.

435 Con boquilla pequeña formada en buena guisa,
    la faz blanca, sin vellos, clara y lisa,
    trata de haber mujer. Sus formas analiza
    que con su talla acuerden en muy perfecta guisa.

436 Que la tu mensajera de ti sea parienta,
    que bien leal te sea y no sea tu sirvienta;
    no imagine la dueña lo que con ella intentas:
    quien en mal trato anda es fácil se arrepienta.

437 Trata en cuanto puedas que la tu mensajera
    sea bien razonada, sutil, dicharachera;
    sepa mentir con arte y siga la carrera,
    que más hierve la olla si tiene tapadera.

438 Si parienta no tienes toma una de esas viejas
    que andan por las iglesias y conocen las callejas,
    llevan cuentas al cuello, saben muchas consejas,
    con lágrimas de Moisés [103] encantan las orejas.

439 En todo son muy grandes maestras esta paviotas*;
    andan por todo el mundo, por plazas y por cotas*;
    a Dios alzan las cuentas, rezan preces grandotas.
    ¡Ay! ¡Cuánto mal hacen estas viejas arlotas!*

440 Busca una de esas viejas que ofician de hierberas,
    andan de casa en casa y llámanse parteras;
    con polvos y afeites, y son brujas de veras,
    echan la moza en ojo [104] y ciegan bien de veras.

441 Busca mensajera entre las viejas pegatas*
    que usan mucho los frailes, las monjas, las beatas;
    como son andariegas merecen las zapatas:
    estas trotaconventos hacen muchas baratas.

442 Donde están estas mujeres mucho se van a alegrar:
    a muy pocas les pueden sus artes enojar;
    para que a ti no te mientan sábelas halagar,
    que tal encanto tienen que bien pueden cegar.

443 De todas estas viejas ésta es la mejor;
    ruégale que no te mienta, muéstrale buen amor,

que mucha mala bestia vende buen corredor
y mucha mala ropa cubre buen cobertor.

444 Si dijera que la dueña no tiene miembros grandes,
ni los brazos delgados, tú luego la demandes
si tiene pechos chicos. Si dice sí, le mandes
te la describa toda porque más cierto andes.

445 Si dice que los sobacos tiene un poco mojados
que ha piernas pequeñas y largos los costados,
que es ancha de caderas, de pies chicos, formados,
como esa mujer no se halla en todos los mercados.

446 En la cama muy loca, en la casa muy cuerda:
no olvides a tal dueña, antes bien la recuerda;
esto que yo te enseño con Ovidio concuerda
y para esto busca la más fina avancuerda*.

447 Tres cosas yo no oso ahora descubrir:
son tachas encubiertas de mucho maldecir;
pocas son las mujeres que de ellas pueden salir:
Si las dijese yo, comenzarían a reír.

448 Guárdate bien que no sea vellosa ni barbuda;
¡a tal media diabla el infierno la sacuda! [105]
Si tiene la mano chica, es delgada y voz aguda,
a tal mujer, si puedes, de buen seso la muda.

449 Al fin de sus razones hazle una pregunta:
si es mujer alegre, si al amor se repunta;
si tiene sueras* frías, si demanda cuanto barrunta,
si al hombre dice sí: a tal mujer te ayuntas.

450 Mujer tal es de servir, mujer tal es de amar,
es mucho más placentera que otras en doñear;
si tal mujer quisieres y la supieres cobrar
haz mucho por servirla en decir y en obrar.

451 Dale joyas hermosas, cada vez que pudieres;
y cuando no quisieres o cuando no tuvieres,
promete y ofrece mucho aunque no se las dieres:
quedará muy confiada y hará lo que quisieres.

452 Sírvela sin disgustos, sirviendo el amor crece;
el servicio en el bueno nunca muere ni perece;
si se tarda o se pierde, el amor nunca fallece,
que siempre el gran trabajo todas las cosas vence.

453 Agradécele mucho lo que por ti hiciere,
cotízalo más alto de cuanto ello valiere;
no le seas tacaño en lo que te pidiere,
ni seas porfiado contra lo que te dijere.

454 Frecuenta a menudo a la que bien quisieres,
no tengas miedo a darle el tiempo que pudieres,

y no tengas vergüenza si con ella estuvieres,
no seas perezoso do buena hacina* vieres.

455 Cuando la mujer ve al perezoso y cobardo
dice entre dientes: "¡Oxte*, tomaré mi dardo!"
No demuestres pereza, ni te envuelvas en tabardo*,
que el vestido más chico sea tu ardit alardo [106].

456 Son la gran pereza el miedo y cobardía,
torpeza y suciedad, vileza y astrosía*;
por la pereza pierden muchos mi compañía,
por pereza se pierde mujer de gran valía.

EJEMPLO DE LOS DOS PEREZOSOS QUE SE QUERÍAN CASAR CON UNA DUEÑA

457 Decirte he la hazaña de los dos perezosos,
que querían casarse y andaban muy ansiosos;
ambos de una misma dueña estaban codiciosos,
eran muy bien apuestos y verás cuán hermosos.

458 El uno era tuerto de su ojo derecho,
ronco era el otro, cojo y medio contrahecho.
El uno con el otro tenían gran despecho
creyendo que ya habían su casamiento hecho.

459 Respondióles la dueña que se iba a casar
con el más perezoso, que a ése había de tomar;
esto decía la dueña queriéndoles engañar.
El cojo fue el primero en sus razones dar.

460 "Señora", dijo, "oye primero mi fiel relación:
yo soy más perezoso que este mi compañón;
por pereza de tender el pie hasta el escalón,
caí de la escalera y gané esta lesión.

461 Otra vez yo nadaba en un río de aquí;
hacía un calor muy grande, como jamás sentí;
perdíame de sed, tal pereza hay en mí,
que por no abrir la boca hasta el habla perdí".

462 Después que calló el cojo, dijo el tuerto: "Señora,
chica es la pereza que éste dijo ahora;
deciros he la mía, como nunca en ninguna hora
ver puede el hombre de los que a Dios adora.

463 Yo estaba enamorado de una dueña en abril;
estando cerca de ella, galano y señoril,
me vino a las narices descendimiento vil:
por pereza de limpiarme perdí la dueña gentil.

464 Aun más diré, señora: una noche yacía
en la cama despierto y muy fuerte llovía;
abrióse una gotera por do el agua corría
y una gota en mi ojo a menudo caía.

465 Tuve por gran pereza la cabeza mover;
la gotera, que os digo, con el mucho llover,
el ojo de que soy tuerto me lo vino a romper".

466 "A fe", dijo la dueña, "que ambos pares estáis,
en cuestión de pereza ni perdéis ni ganáis;
ya veo, torpe rengo, de qué pie cojeáis;
ya veo, tuerto sucio, que siempre mal miráis.

467 Buscad para casaros dueña que no se fije
en torpeza o vileza y a quien las hace elige.
Yo busco para amigo quien a sus vicios rige,
sin tacha ni vileza que a las dueñas aflige".

468 Hazle de una vez la vergüenza perder,
porque esto cuenta mucho si así la quieres ver:
desde que una vez pierde vergüenza la mujer
más diabluras hace que el hombre suele hacer.

469 Talante de mujeres ¿quién lo habrá de entender,
sus muchas arterías, sus tretas y mal saber?
Cuando son entendidas y el mal quieren hacer,
alma, cuerpo y fama, todo echan a perder.

470 Desde que el tahúr le pierde vergüenza al tapete,
si la capa se juega, también juega el bonete;
desde que la danzarina en el baile se mete,
siempre los pies le bailan con cualquier sonsonete.

471 Tejedor y danzarina nunca tienen los pies quedos,
en el telar y en el danzar siempre les bullen los dedos;
mujer desvergonzada ni aun por cien Toledos
dejaría de hacer sus antojos más feos.

472 No abandones tu dueña, Dios así lo dispuso.
Mujer, molino y huerta siempre quieren el uso;
buscan estar presentes y a la vista. Compuso
el trovador muchos versos que los veréis desuso*.

473 Esto es cosa cierta: el molino andando gana,
huerto mejor labrado da la mejor manzana;
mujer bien atendida siempre anda lozana.
Cuida de estas tres cosas y no será tu obra vana.

474 Del que olvidó la mujer te diré la hazaña;
si creyeres que es burla, dime otra tan maña*:
era don Pitas Pajas un pintor de Bretaña,
casóse con mujer moza, lucióse en su compaña.

475 Antes del mes cumplido dijo él: "Nuestra dona,
Yo *volo* ir a Flandes, *portaré muita bona*" [108].
Ella dijo: "Monseñor, anda en buena hora,
mas no olvidéis vuestra casa y a la mía persona".

476 Dijo don Pitas Pajas: "Dueña de gran hermosura,
yo quiero hacer sobre ti una buena figura,
porque seáis guardada de cometer locura".
Respondió ella: "Señor, haced vuestra pintura".

477 Pintóle bajo el ombligo un pequeño cordero.
Fuese don Pitas Pajas a hacerce mercadero.
Tardó fuera dos años, en tierras de extranjero,
se le hacía a la dueña cada mes un año entero.

478 Como gustó la moza muy poco de casada
ya que con su marido hizo poca morada,
tomó un "entendedor"* y pobló la posada;
se despintó el cordero y de él no quedó nada.

479 Cuando supo ella que volvía el pintor
envió a toda prisa a buscar su amador;
díjole que le pintase como pudiese mejor
en el mismo lugar un cordero menor.

480 Pintóle con el apuro un crecido carnero
que lucía en la cabeza su bien astado apero*;
luego en ese día vino un mensajero
a decir que don Pitas se acercaba ligero.

481 Cuando de Flandes hubo el pintor venido
fue de la su mujer con desdén recibido;
desde que ya en palacio encontróse el marido,
la señal que la hiciera no la echó en olvido.

482 Dijo don Pitas Pajas: "Madona, si gustáis,
mostradme la figura y hayamos buen solaz".
Respondió la mujer: "Por vos mesmo mirad
allí y ardidamente haced lo que queráis".

483 Miró don Pitas Pajas el sobredicho lugar
y encontró un gran carnero con armas de prestar [109].
"¿Cómo es eso, madona, qué esto pudo cambiar:
aquí yo pinté un cordero y hallo este animal?"

484 Como en estos hechos es siempre la mujer
sutil y malsabida, dijo: "¡Hay que ver!
¿Cómo en dos años el cordero no había de crecer?
¡Si quisierais cordero, más pronto hubieras de volver!"

485 Evita este castigo, que tu honra no se dañe,
no seas Pitas Pajas para que otro te engañe;
cumple lo prometido en lo que a ti te atañe,
tus deberes no olvides para que no te regañe.

486 Quien levanta la liebre y la mueve del cubil,
pero no la sigue y toma es un cazador vil,
otro Pedro que la sigue y la corre más sutil,
tómala. Esto acontece a cazadores mil.

487 Dice la mujer entre dientes: "Otro Pedro ahora obtuve
más joven y más ardiente que el primero que tuve;
comparado con éste poco vale el que hube,
con éste y por éste haré yo todo. ¡Así Dios me ayude!"

488 Otrosí cuando vieres a quien anda con la dueña,
por derecho u otra cosa háblale bien de ella;
si pudieres, dale algo; no levantes querella,
que estas cosas pueden a la mujer vencedlla.

489 Por bien poquilla cosa de tu haber le dieres,
servirte ha lealmente, hará lo que quisieres;
hará por el dinero todo cuanto pidieres:
sea poco o sea mucho, dale cuanto pudieres.

EJEMPLO DE LA PROPIEDAD QUE EL DINERO DA

490 Mucho hace el dinero, mucho es de amar:
al torpe vuelve listo y hombre sin igual,
hace correr al cojo, al mudo le hace hablar,
el que no tiene manos dinero quiere tomar.

491 Sea un hombre necio y rudo labrador,
los dineros le hacen hidalgo y sabedor;
cuanto más dineros tiene, tanto más es su valor;
el que no ha dineros no es de sí señor.

492 Si tuvieras dinero tendrás consolación,
placer y alegría, del papa bendición,
comprarás el paraíso, ganarás salvación;
a veces el dinero puede más que la oración [110].

493 Yo vi allá en Roma, donde está Su Santidad [111],
que todos ante el dinero sentían humildad,
gran honor le rendían con gran solemnidad:
todos ante él se humillaban como ante majestad.

494 Hacía muchos priores, obispos y abades,
    arzobispos, doctores, patriarcas, potestades;
    a muchos clérigos necios les daba dignidades.
    Hacía verdad de mentira y de mentiras verdades.

495 Convertía a no pocos en clérigos ordenados,
    a otros en monjes o monjas, religiosos sagrados;
    el dinero los daba por bien examinados;
    de los pobres decía que no eran letrados.

496 Daba muchos juicios, mucha mala sentencia,
    con malos abogados para su subsistencia;
    tenía malos pleitos con malas avenencias.
    El dinero cambiaba los fallos y penitencias.

497 El dinero quebranta las adenas dañosas,
    libra de cepos y grillos o cárceles peligrosas;
    al que no tiene dinero le ponen las esposas:
    por todo el mundo hace cosas maravillosas.

498 Le vi hacer maravillas donde mucho se usaba:
    muchos merecían la muerte de los que él vida daba;
    otros eran sin culpa y luego los mataba:
    muchas almas perdía, muchas almas salvaba.

499 Hace perder al pobre su casa y su viña,
    sus muebles y sus bienes, todo lo desaliña;
    por todo el mundo cunde su sarna y su tiña,
    donde el dinero juzga, allí el ojo se guiña [112]

500 Él hace caballeros de necios aldeanos,
    en condes y ricoshombres trasforma a los villanos [113]
    Con el dinero andan los hombres muy lozanos,
    en todo lugar le besan muy humildes las manos.

501 Vi poseer al dinero las mayores moradas,
    altas y muy costosas, hermosas y pintadas,
    castillos, heredades, villas almenadas:
    al dinero servían y para él fueron compradas.

502 Comía muchos manjares de diversa natura,
    vestía nobles paños, doradas vestiduras,
    traía joyas preciosas de soberbia moldura,
    muy ricas guarniciones, finas cabalgaduras.

503 Yo vi a muchos monjes, en sus predicaciones,
    denostar al dinero y a sus tentaciones;
    y después, por dineros, otorgan los perdones,
    absuelven los ayunos y hacen oraciones.

504 Aunque lo desprecian los monjes por las plazas,
    guardándolo en los conventos en vasos y en tazas;

con el dinero cubren sus menguas y sus razas,
más escondrijos tiene que el tordo o la picaza.

505 Monjes, clérigos y frailes que dicen a Dios servir,
si barruntan que un rico está para morir,
cuando oyen de su dinero el áureo retintín,
por quién se lo llevará, comienzan a reñir.

506 Donde quiera que los frailes no toman el dinero
bien tratan de sacarlo a los sus herederos,
luego lo toman presto sus hombres despenseros*:
pues que se dicen pobres, ¿para qué quieren tesoreros?

507 Allí están esperando el reparto postrero,
aún no es muerto y dicen *Pater noster* en mal agüero.
Como los cuervos al asno cuando le secan el cuero
dicen: "Mañana lo tendremos, que es nuestro por el
[fuero".

508 Toda mujer del mundo, modesta o de nobleza,
págase del dinero y de mucha riqueza;
yo nunca vi hermosa que quisiera pobreza
en lugar del dinero y toda su grandeza.

509 El dinero es alcalde y juez muy loado,
es hábil consejero y sutil abogado,
alguacil y merino [114], entendido, esforzado,
de todos los oficios es muy apoderado.

510 En suma, yo te digo, tómalo tú mejor:
el dinero del mundo es gran revolvedor,
señor hace del siervo y del siervo, señor;
toda cosa mundana se hace por su amor.

511 El dinero cambia las cosas a su manera,
toda mujer codiciosa por él se desespera,
por joyas y dinero saldrá muy de carrera:
el dinero quiebra peñas, hiende dura madera.

512 Derriba fuertes muros, hace caer gran torre,
las cuitas y los apuros el dinero socorre,
no hay siervo que no libre y sus penas ahorre:
del que no tiene que dar, su caballo no corre.

13 Las cosas que son graves las hace muy ligero:
por tanto, con tu vieja, sé pródigo y sincero,
que poco o que mucho, tenga ganancia, espero:
no me conforman juguetes donde no anda el dinero.

14 Cuando algo no dieres, cosa mucha ni poca,
sé franco de palabra, no digas razón loca;
quien no tiene miel en panal, téngala en la boca:
mercader que esto hace sus bienes bien coloca.

515 Si sabes instrumentos bien tañer o templar,
  si sabes o compones un hermoso cantar,
  cuando te encuentres en honesto lugar
  y la dueña te oiga, no dejes de trovar.

516 Que si una cosa sola a la mujer no muda,
  muchas cosas juntas pueden ir en tu ayuda;
  después de que la oiga quizá el desdén sacuda,
  y, también con el tiempo, que hasta tu lado acuda.

517 Con una flaca cuerda no alzarás gran tranca,
  ni con un solo "¡arre!" no corre bestia manca,
  a la peña pesada no mueve una palanca:
  con cuños y con mazos poco a poco se arranca,

518 Prueba con tus regalos ganar su simpatía,
  soporta sus desdenes, en vencerla confía;
  no será tan esquiva que no halle mejoría,
  ni te canses en seguirla: vencerá tu porfía.

519 Al que mucho la sigue, al que mucho la halaga,
  en el corazón lo tiene aunque sorda se haga,
  y si, además por esto le caen como plaga
  le riñen y le acusan, ¡mejor!, que eso bien paga.

520 Cuando más se la riñe, cuando más es corrida,
  cuando es más por el hombre maltratada y herida,
  tanto más por él anda muerta, loca perdida:
  no hace sino esperar la hora en que con él sea ida.

521 Cree la madre que con su rezongar,
  con correrla y herirla, burlar y denostar*,
  la mantendrá más casta y quieta la hará estar:
  éstos son aguijones que más la hacen saltar.

522 Debería la madre recordarse doncella,
  cuando su madre no se cansaba de herirla y reprender
  que eso más la encendía, pues debía por ella
  juzgar todas las otras y a la su hija tan bella.

523 Toda mujer nacida es así, según cuentan:
  todo lo que le prohíben a ella más le tienta,
  aquello más la enciende, perturba y atormenta;
  si no la cuidan tanto, anda tranquila y lenta.

524 A toda cosa brava el tiempo la amansa:
  la cierva no se puede correr porque nos cansa;
  el cazador que es ducho la toma si descansa:
  la dueña muy arisca con paciencia se alcanza.

525 Por una vez al día que el hombre se lo pide,
  cien veces por la noche de amor es requerida;
  doña Venus pide por él toda su vida,
  por tanto que la pide anda muy encendida.

526 Muy blanda es el agua, mas dando en piedra dura
muy repetidamente hace gran abertura;
el uso enseña al rudo más que una lectura:
mujer que es muy seguida se olvida de la cordura.

527 Cuida de envolverte con la tu mensajera,
cortejar no la quieras de ninguna manera,
porque perder te haría la dueña que quisieras:
una mujer de otra siempre tiene dentera*.

DE CÓMO EL AMOR ACONSEJA AL ARCIPRESTE QUE TENGA BUENAS COSTUMBRES Y, SOBRE TODO, QUE SE CUIDE DE BEBER VINO, SEA TINTO O BLANCO

528 Buenas costumbres adquiere y cuida mantener.
Guárdate, sobre todo, de mucho vino beber:
el vino hizo en sus hijas, a Lot [115], manos poner
y en vergüenza del mundo y saña de Dios, caer.

529 Hizo el cuerpo y el alma perder a un ermitaño,
que nunca lo bebiera y probó para su daño;
envolvióle el diablo con muy sutil engaño
y le perdió con él: oye el ejemplo extraño.

530 Era un ermitaño, cuarenta años tenía,
en el yermo, piadoso, muy bien a Dios servía;
en tiempo de su vida nunca el vino bebía,
en santidad y ayuno y en oración vivía.

531 Causaba gran pesar al diablo con esto
y pensó cómo podría apartarlo y bien presto.
Vino a él preparado con diabólico pretexto.
"¡Dios te salve, buen monje!", le dijo en simple gesto.

532 Maravillóse el monje y dijo: "A Dios me encomiendo;
dime qué cosa eres, porque yo no te entiendo.
Mucho tiempo hace que estoy a Dios sirviendo
nunca vi hombre aquí; ¡con la cruz me defiendo!"

533 No pudo el diablo a su persona llegar,
por miedo de la cruz, pero le empezó a tentar
diciendo: "El cuerpo de Dios, que deseas gustar,
te lo mostraré de modo que lo puedas tomar.

534 No debes tener duda que del vino se hace
la sangre verdadera de Dios, en ello yace
sacramento muy santo: pruébalo si te place".
En mentiras y engaños el diablo se complace.

535 Respondió el ermitaño: "Yo no sé lo que es vino".
Y le dijo el diablo por sacarle de tino,

en seguida: "Aquellos taberneros que van por el camino
te lo darán si lo pides para tu quehacer divino".

536   Hízole ir por el vino y cuando hubo venido,
invitó: "Saca y bebe, ya que lo has traído;
prueba un poco tan sólo. Después que hayas bebido
verás que mi consejo te será bien habido".

537   Bebió el ermitaño mucho vino sin tiento
y como era fuerte y puro, perdió el entendimiento
cuando el diablo vio su plan en movimiento,
ya armó junto a la ermita también su alojamiento.

538   "Amigo", díjole, "no sabes de noche ni de día,
cuál es la hora cierta, ni cómo el mundo se guía:
toma gallo que te muestre las horas cada día;
con él alguna hembra: con ellas mejor cría".

539   Creyó en el mal consejo: el vino lo cegaba,
y estando con el vino vio cómo se apareaba
el gallo con la hembra y eso le deleitaba:
le invadió la lujuria desde que con vino estaba.

540   Ardió en él la codicia, raíz de todos males
con lujuria y soberbia: tres pecados mortales;
luego viene homicidio: estos pecados tales
trae el mucho vino a los que de él se valen.

541   Descendió de la ermita, maltrató a una mujer,
ella dio muchas voces sin poder defender;
después que pecó con ella, temió denunciado ser,
y la mató el mezquino y se hubo de perder.

542   Como dice el proverbio, con palabras muy ciertas,
"que la maldad se ve, por bien que esté cubierta"
fue su mala acción al punto descubierta,
preso el monje fue presto y su causa fue abierta.

543   Descubrió que por el vino, mucho mal había hecho.
Fue luego ajusticiado como manda el derecho
y perdió cuerpo y alma el cuitado maltrecho:
en el beber de más se esconde mal provecho.

544   Hace perder la vista y disminuir la vida,
debilita las fuerzas si se toma sin medida;
hace temblar los miembros, la cordura se olvida,
y con el mucho vino toda cosa es perdida.

545   Pone fuerte el aliento, olor de vino fluye,
huele muy mal la boca, la vergüenza concluye,
quema las entrañas, el hígado destruye,
si quieres amar dueñas, presto del vino huye.

46 Los hombres embriagados más pronto envejecen,
hacen muchas vilezas, todos los aborrecen.
con la color perdida, se secan y enflaquecen.
A Dios olvidan mucho, sus pecados les crecen.

47 En donde manda el vino la razón no trabaja,
hacen ruido los beodos como puercos y grajas:
por ende vienen muertes, contiendas y barajas*:
el mucho vino es bueno en cubas o en tinajas.

48 Es el vino muy bueno en su misma natura:
muchas bondades doma tomado con mesura,
pero al que de más lo bebe, lo saca de cordura:
toda maldad comete y hace muchas locuras.

49 Por eso huye del vino y haz muy buenos gestos;
cuando hables con dueñas, trata de ser apuesto;
siempre hermosos piropos atesora dispuestos
y dilos suspirando, los ojos en ella puestos.

50 No hables muy de prisa, tampoco muy despacio,
no seas arrebatado, ni muy lerdo en el paso;
de todo lo que pudieras dar no seas escaso,
de lo que le prometieres no hagas ver fracaso.

51 A quien habla con apuro ninguno lo entiende,
quien habla muy pausado enoja al que lo atiende,
gran arrebato con locura contiende,
el balbuciente por torpe no se defiende.

52 Nunca hombre tardo recauda buen dinero,
ni se lo dan completo si lo ven costumero*;
al que de la noche al alba habla, no hacen verdadero,
pero, al que ofrece y da, a ése loan primero.

53 En todas tus luchas, en hablar y actuar,
escoge la mesura que es lo más natural:
pon en todas tus cosas ese sentido igual,
porque sin la mesura todo parece mal.

54 No quieras con los dados aumentar tu dinero,
porque es mala ganancia, peor que de logrero;
el judío al año da tres por cuatro, pero
el tahúr en un día dobla su mal dinero.

55 Cuando están los hombres por el juego encendidos,
despójanse por dados de todos sus sentidos,
sobre el tapete dejan dineros y vestidos;
los tahúres le sacan aun lo más escondido.

56 De los males de los dados el maestro Roldán [11*]
dice todas las arterías y las tachas que han;
más graneros rematan, pero sin comer pan,
que corderos la Pascua y gansos por San Juan.

557 No andes con bellacos ni seas peleador,
no quieras ser cazurro, ni escarnecedor;
ni a ti mismo o a tus actos les des mucho valor,
que el que mucho se alaba, de sí es denostador.

558 No seas maldiciente ni seas envidioso,
a la mujer que es cuerda no le seas celoso,
si algo te negare, no seas despechoso,
ni seas de sus bienes pedidor codicioso.

559 Ante ella no comentes nada de otra mujer,
porque en seguida a ella la harás entristecer;
pensará que a la otra querrías antes vencer;
puedes, por esa causa, a tu pleito perder.

560 A otra mujer no ensalces, pero a ella sí alaba:
las saetas no quieren ver en otra aljaba;
sus prendas de hermosura sobre todas proclama;
quien esto no practica consigue poco o nada.

561 No le seas mentiroso sino muy verdadero,
cuando estés junto a ella no te vuelvas parlero,
en las cosas de amor vuélvete placentero:
el que calla y aprende siempre sale primero.

562 Cuando se halle entre otros no te vuelvas molesto,
ni le hagas señales, con guiños u otros gestos,
porque muchos los entienden, quizá ya usaron esto;
desde lejos muéstrate, no te arrebates presto.

563 Sé como la paloma, limpio y mesurado,
sé como el pavo real, lozano y sosegado,
sé cuerdo, no sañudo, ni triste, ni airado:
en esto se esmera el que está enamorado.

564 Previénete de esto: cuando ames a alguna,
que no sepa que amas a otra mujer ninguna;
si no todo tu afán será sombra de luna
o como si sembraras en río o en laguna.

565 Piensa si consentirá tu caballo tal freno,
que tu amante amase también a fray Moreno;
piensa por ti mismo, profundiza en tu seno
y por tu corazón juzgarás el ajeno.

566 Sobre todas las cosas habla de su bondad;
no te alabes de su amor porque es gran maldad;
muchos pierden la dueña por decir necedad;
lo que por ti haga, bien oculto guardad.

567 Si el secreto guardases mucho hará por ti:
donde hallé secreto sus gozos compartí;
con hombres charlatanes nunca me entrometí
y a muchos de sus dueñas por esto los partí.

68 Como guarda el estómago en sí mucha vianda;
usa la discreción, que es mucho más blanda;
Catón [117], sabio romano, en su libro lo manda:
Quien usa discreción con buena amiga anda.

69 Clavando sus espinas descúbrese la zarza
échanla de la viña, de la huerta, de la haza*;
alzando su gran cuello descúbrese la garza:
el buen callar, cien sueldos vale en toda plaza.

70 A muchos hace mal el hombre que es chismoso,
a muchos los enreda, pero él no sale ganoso;
recelan de él las dueñas, lo saben ostentoso:
por mal dicho de uno se pierde todo el gozo.

71 Por un ratón pequeño, con poco queso preso,
dicen luego: "Los ratones hanse comido el queso"
¡Sea pasto de fieras, sea de males preso
quien así y a otros estorba con su mal seso!

72 De tres cosas que pidas a mujer halagüeña,
te dará la segunda si guardas la primera;
si las dos bien guardares, te dará la tercera:
no pierdas a la dueña por tu lengua parlera.

73 Si tú aplicar supieras las cosas que te digo,
mañana te abrira la puerta quien hoy cierra el postigo;
la que hoy te desdeña, mañana te querrá amigo:
haz caso de mi consejo, huye del loor enemigo.

74 Mucho más te diría si pudiese quedar,
mas tengo por el mundo otros muchos que aconsejar;
pésales mi tardanza, a mí que pesa el tardar:
enséñate enseñando y sabrás a otros enseñar.

75 Yo, Juan Ruiz, el sobredicho arcipreste de Hita,
de cuyo corazón el trovar no se quita,
os digo nunca hallé dueña como el Amor pinta,
ni creo que la halle en toda esta mi cuita.

DE CÓMO EL AMOR ABANDONÓ AL ARCIPRESTE Y DE CÓMO VENUS LO CASTIGÓ [118]

76 Se fue el Amor de mí y me dejó dormir;
mas cuando vino el alba empecé a discurrir
en lo que me enseñó y, por verdad decir,
hallé que en su enseñanza siempre usé vivir.

77 Maravilléme mucho desde que esto pensé,
de cómo en servir dueñas mucho tiempo pasé;

mucho las complací siempre, nunca me alabé;
¿cuál fue la razón negra porque no las logré?

578 Contra mi corazón yo mismo me torné,
porfiando le dije: "Ahora te pondré
frente a mujer halagüeña y de esta vez la tendré,
y si bien no la tengo, nunca más la lograré".

579 Mi corazón me dijo: "Hazlo y recaudarás;
si hoy no recaudares, mañana obtendrás
lo que muchos años acabado no has.
Cuando menos pensares, de pronto lo habrás".

580 Sentencia es muy usada, refrán no mentiroso:
"Más vale rato oportuno que largo día ocioso";
alejeme de la tristeza y cuidados dañosos,
busqué y hallé una dueña de quien era deseoso.

581 De talle muy apuesta, de gestos amorosa,
señoril, muy lozana, placentera y hermosa,
cortés y mesurada, halagüeña, donosa,
graciosa y risueña, tranquila, bondadosa.

582 De muy noble figura y probada virtud,
viuda, muy rica y moza en plena juventud,
muy bien acostumbrada: es de Calatayud;
era de mí vecina, mi muerte y mi salud.

583 Persona de nobleza y muy alto linaje,
poco salía de su casa, según moda y usaje*.
Fuime a doña Venus que le llevase mensaje,
porque ella es comienzo y fin de este viaje.

584 Ella es nuestra vida y ella es nuestra muerte,
enflaquece y mata al recio y al fuerte,
por todo el mundo tiene grande poder y advierte
que donde llega se obra según manda su suerte.

585 "Señora doña Venus, mujer de don Amor,
noble dueño, me humillo yo, vuestro servidor:
de todas las cosas sois vos señora y él señor,
todos os obedecen como a su hacedor.

586 Reyes, duques y condes y toda criatura
os temen y os sirven, complaceros procuran;
cumplid los mis deseos, dadme dicha y ventura,
no seas egoísta, ni esquiva, mala o dura.

587 No os pediré gran cosa para que me la puedas dar,
pero para mí, cuitado, difícil es de alcanzar;
sin vos yo no la puedo comenzar ni acabar;
seré bienaventurado si lo puedes otorgar.

588 Estoy herido y llagado, de un dardo soy perdido,
en el corazón lo traigo encerrado, escondido;

no puedo curar la llaga, matarme ha si la olvido
y aun decir no oso el nombre de quien me ha herido.

589 La llaga no me deja ni mirar, ni ver.
Todavía mayores peligros espero que han de ser;
recelo que mayores daños me podrán suceder:
físicos ni medicinas no me pueden socorrer.

590 ¿Qué camino tomaré para que me pueda salvar?
¡Pobre de mí! ¿Qué haré?... Si no la puedo mirar!
Profunda es mi querella, la razón me quiere dejar.
Y nada encuentro para mi consolar.

591 Y porque muchas cosas me embargan y escuecen,
he de buscar muchos cobros según me pertenecen:
las artes muchas veces, ayudan, fracasan otras veces,
por las artes viven muchos y por las artes perecen.

592 Si se descubre mi llaga, cuál es, de qué lugar
vino y digo quién me hirió, puedo tanto revelar
que perderé la medicina y la esperanza de sanar:
la esperanza con el ánimo suele, a veces, curar.

593 Y si encubro del todo la herida y su dolor,
si ayuda no demando para haber salud mejor,
por ventura me vendría otro peligro peor:
moriría del todo... ¡Nunca vi cuita mayor!

594 Mejor es mostrar el hombre su dolencia y sufrimiento
al médico y al amigo que le darán aliento,
medicina y consejo para su padecimiento,
que no el morir sin duda y vivir en tormento.

595 Más fuerte arde el fuego, escondido, encubierto,
que no cuando se inflama, esparcido, descubierto:
pues éste es el camino más seguro y más cierto,
en vuestras manos pongo mi corazón abierto.

596 Doña Endrina que vive aquí, en mi vecindad,
en hermosura, talla, donaire y gran beldad,
sobre y vence a todas cuantas hay en la ciudad:
si el amor no me engaña, yo os digo la verdad.

597 Esta dueña me hirió con saeta envenenada,
atravesó el corazón y en él la tengo hincada;
con toda mi gran fuerza no puede ser arrancada,
la llaga va aumentando, el dolor no mengua nada.

598 A persona de su clase yo no la oso hablar
porque es de gran linaje y dueña de buen solar,
tiene mejores parientes que yo, de mejor lugar,
y en decirle mi deseo no me oso aventurar.

599 **Con ofrendas y regalos ruéganle casamientos.**
En menos los tiene a todos que a dos viles sarmientos:
donde hay gran linaje son los desdeñamientos,
la gran riqueza pide más altos miramientos.

600 Rica mujer, aunque hija de un porquerizo vil,
escogerá el marido que quiere entre mil.
Pues que así no puedo tener la dueña gentil,
quiero tenerla por trabajo y por arte sutil.

601 Todas esas sus prendas me la hacen querer
y por lo mismo a ella no me puedo atrever;
otro medio no hallo, que me pueda socorrer,
si no vos, doña Venus, que lo podéis hacer.

602 Ya antes me atreví por loco amor mandado,
muchas veces se lo dije y quedé muy desdeñado;
no me aprecia en nada y esto me tiene apenado;
si no fuera mi vecina, no sería tan desgraciado.

603 Cuanto más está el hombre a gran fuego apegado,
tanto más se quema que si está más alejado:
tanto no sufriría si estuviese apartado.
¡Ay! señora doña Venus, ¡sea de vos ayudado!

604 Ya sabéis que mi amor con la pena es pareja,
ya sabéis mis peligros, ya sabéis mis consejas:
¿y no me dais respuesta? ¿No me oyen vuestras orejas?
¡Oíd muy mansamente mis cuitas y mis quejas!

605 ¿No ven los vuestros ojos mi triste catadura?
Saca de mi corazón la saeta tan dura,
confortadme esta llaga con juegos y con holgura,
que no queden sin remedio mi llaga y mi locura.

606 ¿Cuál es la dueña que tenga tanta maldad,
que al su servidor no le tenga piedad?
Me acerco a vos pidiendo me curéis con bondad
este amor que me mata peor que enfermedad.

607 El color he perdido, mis sesos desfallecen,
las fuerzas me abandonan, mi vista se oscurece.
Si vos no me ayudáis, mis miembros enflaquecen".
Respondió doña Venus: "Los seguidores vencen.

608 Ya fuiste aconsejado de Amor, el mi marido,
de él en muchas maneras fuiste apercibido,
porque fuiste sañudo, duro estuvo contigo.
Lo que él no te lo dijo, de mí lo habrás oído.

609 Si algo, por ventura, por mí fuere mandado
de lo que mi marido te hubo aconsejado,
tendrá valor más cierto, pues será confirmado:
el consejo más vale cuando es por muchos dado.

510 A toda mujer que mira mucho y es risueña,
   dile sin miedo tus cuitas, te escuchará la dueña
   y apenas de mil una te despreciará, y si no te desdeña,
   amarte ha, pues en ello piensa y sueña.

511 Sírvela, no te enojes: sirviendo el amor crece,
   el servicio en el bueno no muere ni perece;
   si tarda, no se pierde: el amor no fallece,
   el gran trabajo siempre todas las cosas vence.

512 Don Amor a Ovidio leyó en la escuela:
   no hay mujer en el mundo, ni grande ni mozuela
   que en trabajo y servicio no la tenga a la espuela [119]:
   que muy tarde o temprano de ti no se conduela.

513 No te espantes de ella por sus malas respuestas:
   con arte y con servicio las volverás apuestas,
   y siguiendo y sirviendo la tendrás muy dispuesta:
   si mucho se socava, la gran peña se acuesta.

514 Si la primera onda de la mar airada
   espantara al marinero cuando viene enojada,
   nunca en la mar entrara con su nave ferrada*:
   no te espante el fracaso de la primera jornada.

515 Jura muy muchas veces el astuto vendedor
   no dar la mercancía sino por gran valor;
   asediándolo mucho el hábil comprador,
   la lleva por el precio que le viene mejor.

516 Sírvela con gran arte; el cauto no machaca:
   el can que mucho lame sin duda sangre saca;
   las maestrías y el arte las fuerzas vuelven flacas,
   el conejo con maña se burla de la vaca.

517 A la muela pesada de la peña mayor
   la maestría y el arte la arrancan mejor:
   la mueven con quitarle la tierra en derredor;
   bien dirige a su dueña astuto servidor.

518 Con arte se quebrantan los corazones duros,
   tómanse las ciudades, derríbanse los muros,
   caen las torres fuertes, álzanse pesos duros,
   por arte juran mucho, por arte son perjuros.

519 Por arte los pescados se toman de las ondas,
   y los pies enjutos corren por mares hondas;
   con arte y paciencia no hay cosa que se esconda
   por arte no hay cosa que a ti no te responda.

520 El hombre pobre, con arte, vive de magro oficio,
   aleja los demonios, salva del maleficio;
   el que pobre cantaba tiene bienes propicios,
   hace andar a caballo al peón de servicio.

621 Los señores airados de manera extraña
por el mucho servicio pierden la mala saña;
con buen servicio vencen caballeros de España:
el vencer a una dueña no es osa tan tamaña.

622 No pueden dar los padres al hijo por herencia
profesiones ni oficios, el saber ni la ciencia,
no pueden dar de la dueña ni el amor ni querencia;
todo lo da el trabajo, el uso y la vehemencia.

623 Aunque te diga no y en zaherirte se ensañe,
no dejes de servirla, tu afán no se te dañe;
sirviéndole galante tu corazón se bañe:
no puede ser no se oiga campana que se tañe.

624 Con esto podrás a tu amiga conquistar,
la que era tu enemiga, mucho te querrá amar;
los lugares por donde ella suele cada día pasar,
por aquéllos tú debes, a menudo, pasear.

625 Si tienes ocasión dile piropos hermosos,
palabras bien sonantes con gestos amorosos:
con palabras muy dulces, con decires sabrosos,
crecen muchos amores y son más deseosos.

626 Quiere la juventud mucho placer consigo,
quiere la mujer al hombre alegre por amigo;
al sañudo y al torpe no le aprecian ni un higo
la tristeza y encono son malos enemigos.

627 La alegría al hombre lo hace apuesto y hermoso,
más sutil, más ardiente, más franco y más donoso;
no olvides los suspiros que son muy engañosos;
no seas muy parlero, no te tenga por mentiroso.

628 Por una pequeña cosa pierde amor la mujer;
por una pequeña tacha que en ti podría haber
tomará gran enojo y te querrá aborrecer:
ya te ha acontecido y podría suceder.

629 Donde hablares con ella si vieres que hay lugar,
un poco, como con miedo, no dejes de cantar;
muchas veces codicia lo que te va a negar,
darte ha lo que anhelas si reposo no te das.

630 Toda mujer ama al hombre apercibido,
desea más tal hombre que los bienes cumplidos;
no cuida de los débiles, enfermos o entristecidos,
que lo poco o lo mucho lo hacen al descuido.

631 Mas les gusta a las dueñas ser un poco forzadas,
que decir: "Hazte el gusto", como desvergonzada;
con un poquillo de fuerza queda más disculpada:
hasta en los animales esta cosa es probada.

632 Todas las hembras tienen en sí estas maneras:
 al comienzo del hecho, se muestran como fieras,
 muestran que tienen saña y son regateras*,
 amenazan, mas no hieren: en celo son arteras.

533 A pesar de la resistencia que venció en la pelea,
 nunca el buen amador de estas cosas alardea;
 la mujer más arisca a que el hombre guerrea,
 los cortejos la vencen por muy brava que sea.

534 El miedo y la vergüenza hacen que las mujeres
 no hagan las cosas del modo que tú bien quisieres;
 no es por no querer; así que si pudieres,
 toma de la dueña como ella te ofreciere.

535 De lo tuyo o de lo ajeno viste bien aplomado,
 sereno, no se advierta que lo llevas prestado,
 que no sabe tu vecino lo que tienes guardado:
 encubre tu pobreza con ropaje adornado.

536 El pobre con buen seso y la cara animada
 encubre la pobreza de su vida arrastrada;
 no prodiga sus lágrimas, tiene boca cerrada,
 antes que mostrarse pobre con quien no le dará nada.

537 La mentira, a veces, a muchos aprovecha,
 la verdad, otras veces, en muchos daño echa:
 muchos caminos largos un atajo endereza
 y se sale por ellos más antes a la dehesa.

38 Cuando vieres a algunos de su compañía,
 hazles muchos cumplidos, hábles bien con maña:
 cuando lo sabe la dueña su corazón se baña;
 servidor lisonjero a su señor engaña.

39 Donde hay muchos tizones y muchos cuidadores,
 mayor será el fuego y muchos los ardores:
 donde muchos le dijeren sus bienes y loores,
 mayor será tu queja y tus deseos mayores.

40 En cuanto están ellos de tus bienes hablando,
 luego está la dueña en su corazón pensando
 si lo hará o no: en esto está dudando;
 cuando vieres que duda, vete tú aproximando.

41 Si no hincas las espuelas en caballo remolón
 nunca perderá pereza ni valdrá un pepión [120];
 asno cojo si se queda necesita el aguijón:
 a mujer que está dudando acérquese el varón.

42 Desde que están dudando los hombres qué han de hacer,
 con poco trabajo se puede sus corazones vencer:
 la torre alta cuando tiembla señal es que va a caer,
 la mujer que está dudando muy fácil es de haber.

643 Si tiene madre vieja tu preciosa beldad,
no la dejará hablar contigo aparte o en soledad;
de la juventud es celosa siempre la ancianidad;
sábelo y perdónalo por achaques de edad.

644 Son muy desconfiadas estas viejas tiñosas,
mucho son de las mozas guardadoras celosas,
sospechan y barruntan a todas estas cosas;
bien sabe de la espina quien ya ha cortado rosas

645 Por lo tanto búscate una buena mensajera,
que sepa sabiamente andar esta carrera,
que bien entienda a ambos en gustos y maneras:
como don Amor te dijo, tal sea la trotera*.

646 Cuídate, no lo quieras todo de atropellada,
ni acometas cosas que la dejen espantada;
sin su placer no sea sujeta, ni tocada,
primero échale cebo que venga confiada.

647 Bastante ya te he dicho, más no puedo quedar;
luego que tú la vieres, comiénzale a hablar;
mil tiempos y maneras podrás después hallar;
el tiempo a todas las cosas devuelve a su lugar.

648 Amigo, en este hecho, ¿qué quieres más te diga?
Sé sutil y acucioso y conseguirás tu amiga;
no puedo aquí estar más, permíteme que siga".
Se fue doña Venus, solo quedé y con fatiga.

649 Confortan mas no sanan al doliente los juglares,
el dolor crece y no mengua oyendo sus cantares;
me aconsejó doña Venus, pero no llevó mis pesares,
otra ayuda no me dejó sino fábulas y parlares.

650 Amigos, mi gran pena a cada rato se ahonda,
voy a hablar con la dueña, ¡quiera Dios que responda!
Dejóme, marinero, lanzado en la mar honda;
dejóme solo y sin remos entre las bravas ondas.

651 ¡Pobre de mí! ¿Escaparé? El temor de ser muert
me hace mirar a todas partes en procura de puerto;
toda mi esperanza y mi consuelo cierto
está en aquella sola que me trae dolido y muerto.

652 Voy a hablar con ella, sin dudas ni recelos,
para que de mis labios conozca mis anhelos;
diciéndole mis cuitas comprenderá mis desvelos:
a veces de pocas palabras nace un gran consuel

653   ¡Ay Dios y cuán hermosa viene doña Endrina por la
                                        [plaza!
    ¡Qué talle, qué donaire, que alto cuello de garza!
    ¡Qué cabellos, qué labios, qué color, qué prestancia!
    Con saetas de amor hiere cuando sus ojos alza.

654   Pero tal lugar no era propicio para amores:
    a mí, luego, me invadieron mil miedos y temblores,
    los mis pies y las mis manos no eran de sí señores,
    perdí el tino, perdí fuerzas, se mudaron mis colores.

655   Unas palabras había pensado para le decir,
    que en presencia de acompañantes no podía descubrir;
    apenas me conocía ni sabía por dónde ir,
    pese a toda mi voluntad, mi deseo no se podía cumplir.

656   Hablar con mujer en plaza es cosa muy descubierta;
    a veces un can muy fiero está tras puerta abierta,
    bueno es el cortejar, pero con buena cubierta:
    donde es el lugar seguro, bien hablar es cosa cierta.

657   "Señora, desde Toledo una sobrina mía
    se os encomienda mucho y mil saludos os envía;
    si tuviereis lugar y tiempo, por cuanto de vos oía,
    deseaba mucho veros y conoceros quería.

658   Querían allá mis parientes casarme en esa razón
    con una doncella rica, hija de don Pepión;
    a todos di por respuesta que no la quería, no
    ¡de aquella sería mi cuerpo que tiene mi corazón!"

659   Puse más bajo el tono y dije que en broma hablaba,
    porque toda aquella gente de la plaza nos miraba;
    cuando vi que se habían ido, que ningún hombre quedaba,
    comencéle a decir del amor que me agobiaba.

660   . . . .
    122
    "Que otros no sepan el secreto que en el pecho
                                [guardamos;
    cuando los amigos se confían, son más fieles entreambos.

661   No hay en el mundo cosa que yo ame como a vos;
    desde que os vi una tarde, hacen ya los años, dos,
    que por vuestro amor yo sufro, que os amo más que
                                    [a Dios
    y no quiero poner persona que os lo diga sino yo.

662   Por la gran pena que paso os vengo a decir mi queja:
    vuestro amor es el tormento que mis horas aqueja,

no me abandona un minuto, no se aparta ni se aleja:
tanto me da la muerte cuando más se me aleja.

663 Recelo que a mis palabras no le habéis puesto oído:
hablar mucho con el sordo es tiempo perdido;
creed que os amo tanto que vivo consumido:
esto por sobre todas las cosas me tiene así afligido. ¿

664 Señora, no me atrevo a daros más razones
hasta que me respondáis a estos pocos sermones;
decidme vuestro pensar, veremos los corazones".
Ella dijo: "Vuestros dichos no me importan dos

[piñones

665 Así es como se engañan a otras muchas Endrinas:
el hombre tan engañoso así engaña a su vecina;
no creáis que estoy loca por oír cuán desatinas,
buscad otra que engañar con esas tus pamplinas".

666 Yo le dije: "¡Oh, señora, desarrugad el ceño!
Juntos están los dedos, mas no son todos parejos;
tampoco somos los hombres iguales en los consejos,
la piel tiene blanco y negro, pero todas son conejos.

667 Es frecuente que paguen justos por pecadores,
a muchos les achacan los ajenos errores,
sufren culpa del malo los buenos y mejores,
deben sufrir su pena los mismos hacedores.

668 El yerro que otro hizo a mí no me haga mal;
concededme que os hable allá en aquel portal:
no nos vea la gente y pueda pensar mal,
aquí os hablo de una cosa, de otras allá me oirás".

669 Paso a paso doña Endrina bajo el portal es ida,
bien serena y orgullosa, bien lozana y altiva,
los ojos puestos en tierra en un poyo se afirma
mientras seguía con ella la plática perdida.

670 "Escuchadme, señora, con vuestra cortesía,
un poquillo que os diga de la muerte mía;
no creas que lo hago con engaño o falsía
y no sé qué hacer puedo contra vuestra porfía.

671 A Dios juro, señora, por el sol y la tierra,
que todas mis palabras a la verdad encierran,
pero seguís más fría que nieve de la sierra,
y además sois tan joven, cosa que también me aterra

672 Me aventuro en hablaros pese a tal mocedad;
mas no penséis que os diga lisonja y vanidad;
quizá no me entendáis por vuestra poca edad;
más querréis con muñecas que con amor jugar.

673 Comprendo que es más propia para placentería
y para estos cortejos la edad de mancebía;
al madurar en años, va el seso en mejoría:
para entender las cosas el tiempo es mejor guía.

674 Todas las cosas hace el gran uso saber;
el arte con el uso son maestros de entender;
sin el uso y el arte poco se ha de pretender:
el trato con los hombres los hace conocer.

675 Id y venid a hablarme otro día, ¡por piedad!,
pues si hoy no creéis que os diga la verdad,
id y venid a hablarme. Sabréis de mi lealtad.
Usando oír mi pena, perderéis la crueldad.

676 Concededme, señora, por acto complaciente,
que vengáis otro día para hablar solamente;
yo pensaré en mi discurso, vos preparareéis la mente;
otra cosa no demando, mas, venid seguramente.

677 En el hablar se conocen los corazones sinceros:
yo sabré de vos algo y vos de mí como espero;
las mujeres y varones, aquí y en el mundo entero,
por las palabras se conocen y son amigos y compañeros.

678 Mientras uno no come ni comienza la manzana,
es su color y su vista alegría muy lozana;
es el hablar y la vista de la dueña tan lozana
del hombre consuelo grande y una alegría bien sana".

679 Esto dijo doña Endrina, esta dueña de prestar [¹²²]:
"Honra y no deshonra es cuerdamente hablar;
las doncellas y mujeres deben sus respuestas dar
a cualquiera que las hablare y con ellos razonar.

680 Por tanto esto os otorgo a vos u otro cualquiera:
hablad, pues, salvo mi honra, cuanto vos quisierais;
de las palabras en juego diré cuando las oyera
mi juicio, y si hay engaño, cuando lo entendiera.

681 Estar sola con vos, esto no consentiría,
no debe la mujer estar sola en tal compañía
porque nace mala fama y mi deshonra sería,
pero delante de testigos os he de hablar algún día".

682 "Señora, por la cortesía que ahora me prometéis,
no sé qué gracia daros que valga lo que merecéis;
a la merced de que ahora con las palabras hacéis
igualar no se podría con ninguna otra merced.

683 Pero fío en Dios que en tiempo, aun mejor día vendrá,
y cual es el buen amigo en las obras se verá;
un decir quiero y no oso, porque temo os pesará".
Ella dijo: "Pues decidlo y veré qué tal será".

684 "Señora, que me prometáis por el amor que tenemos
que si hubiese lugar y tiempo, cuando a solas estemos,
conforme yo lo deseo, que vos y yo nos abracemos;
como veis, no pido mucho y de esto no pasaremos".

685 Esto dijo doña Endrina: "Es cosa muy probada
que por sus besos la dueña queda muy engañada;
encendimiento muy grande siente al sentirse abrazada
toda mujer es vencida desde que esta joya es dada.

686 Lo que pedís no consiento salvo un apretón de mano
mi madre vendrá de misa, quiérome ir de aquí temprano
que no sospeche de mí que ando con seso vano;
tiempo vendrá en que podamos hablar vos y yo est
[verano"

687 Después fuese mi señora doña Endrina por su vía
Desde que hube nacido nunca vi mejor día,
solaz tan placentero y tan grande alegría:
quísome Dios bien guiarme en esta aventura mía.

688 Muchos males me aquejan a los que cura no encuentro
si mucho me habló la dueña con palabras de juego;
debo ser muy prudente pues si se divulga esto
perderá la dueña; el pesar sería inmenso.

689 Si no la sigo e insisto el amor se perderá,
y si ve que la olvido ella a otro buscará;
el amor con el uso crece, con desuso menguará,
si a la mujer olvidares, ella te olvidará.

690 Cuando le añades leña crece, sin duda, el fuego
si la misma escasea el mismo menguará luego:
el amor y la amistad crecen en el mutuo juego;
si a la mujer olvidares de nada te servirá el ruego.

691 Cuidados muy diversos crécenme de cada parte
en pensamientos contrarios mi corazón se reparte
para mi enorme pena no sé consuelo ni arte:
el amor, cuando está firme, todo miedo pone aparte

692 Muchas veces la ventura[124] con su fuerza y poder,
a muchos hombres no deja su propósito hacer:
por eso anda el mundo en levantar y caer;
sólo Dios y los trabajos pueden los hados vencer.

693 Ayuda la ventura al que bien quiere guiar,
y a muchos es contraria, sus planes suele estorbar;
el trabajo y los hados suélense acompañar,
pero sin Dios todo esto no se puede aprovechar.

694 Porque sin Dios no se puede lograr cosas que sea,
Dios guía mi obra, Él mi trabajo provea,

porque mi corazón vea lo que desea:
y cuando Él ¡amén! dijere, mi afán cumplido vea.

695   Hermano ni sobrino no quiero por ayuda:
cuando aquel fuego viene, todo corazón muda,
se pierde la lealtad y uno de otro duda;
amistad, deudo y sangre todo la mujer muda.

696   El cuerdo con buen seso pensar debe las cosas,
escoger las mejores y dejar las dañosas;
para sus mensajeros, personas sospechosas
nunca son a los hombres buenas ni provechosas.

697   Busqué   Trotaconventos cual me mandó el Amor;
de todas las terceras* encontré la mejor:
¡Dios y la ventura, no sé cuál fue el guiador!
Que acertar me hizo la tienda del sabio corredor.

698   Hallé una vieja cual había menester,
astuta y maestra de mucho saber;
doña Venus por Pánfilo [125] no pudo más hacer
que cuanto hizo ésta para mí complacer.

699   Era vieja buhonera de las que vend joyas,
pero tienden el lazo y saben cavar hoyas;
no hay tales maestras cómo estas viejas Troyas [126]:
duchas en disimulos, embustes y tramoyas.

700   Como es por costumbre, estas tales buhonas
andan de casa en casa vendiendo muchas donas*:
nadie se cuida de ellas, están con las personas
y hacen con mucho viento andar las atahonas*.

701   Cuando llegó a mi casa esta vieja sabida,
díjele: "Madre, señora, bien seáis bienvenida;
en vuestras manos pongo mi salud y mi vida;
si vos no me ayudáis, mi vida está perdida.

702   Oí decir de vos mucho, buen nombre habéis logrado,
que mucho bien hacéis al que llega apenado,
cómo bienes y socorros logra el que es ayudado:
por esa justa fama he por vos enviado.

703   Quiero hablaros, señora, como en penitencia:
toda cosa que os diga oídla con paciencia;
que nadie sino vos oiga de mi dolencia".
Dijo la vieja: "Pues hablad y tened en mí creencia.

704   Abrid vuestro corazón con toda sinceridad;
haré por vos cuanto pueda, os guardaré lealtad;
oficio de mensajero exige fidelidad:
más secretos ocultos que mesón de vecindad.

705   Si las que en esta villa nos compran las alhajas
supieran de vos y de otros, muchas fueran las barajas;

muchas bodas concertamos que iban en agua de
[borraja [127]
muchos panderos vendemos que no suenan las
[sonajas" [128]

706 Yo le dije: "Amo a una dueña como otra nunca vi;
ella, si no me engaño, me parece que ama a mí;
por evitar mil peligros hasta hoy la encubrí:
toda cosa de este mundo temo y mucho temí.

707 Por pequeña cosa murmuran en la vecindad,
la calumnia pronto nace, tarde muere, aunque no sea
[verdad;
siempre cada día crece con envidia y falsedad;
pocas cosas le ganan al mezquino en mezquindad.

708 Aquí vive, es mi vecina, ruego que allí vayáis
y hablad entre vosotras, lo mejor que entendáis;
disimulad mi encargo lo mejor que podáis,
mas tiradle de la lengua por ver su voluntad".

709 Dijo: "Yo iré a la casa de esa vuestra vecina
y le haré tal conjuro y daré tal atalvina [129]
para que vuesvtra llaga sane por mi medicina.
Decidme: ¿Quién es la dueña?" Yo le dije: "Doña
[Endrina".

710 Díjome conocía esta dueña y sus mentas;
yo le dije: "Guardaos de errar, no se arrepienta".
Me repuso: "Ya fue casada y eso mucho cuenta:
no hay mula de albarda que silla no consienta.

711 La cera que es muy dura y resistente, helada,
desde que ya entre las manos una vez es sobada,
después con poco fuego cien veces será doblada:
doblarse ha toda dueña que sea bien encantada.

712 Recuerde, don amigo, de lo que decirse suele:
que su grano en molino quien antes viene muele;
por demorar su mensaje el torpe se conduele,
el hombre apercibido nunca tanto se duele.

713 Amigo, no os durmáis, que la dueña que decid,
otro quiere casar con ella y pide lo que vos pedid;
es hombre de buen linaje, viene de donde vos venid;
vayan antes vuestros ruegos y los otros prevenid.

714 Yo le tengo estorbado pues no me simpatiza,
que es hombre algo mezquino aunque persona rica;
mandóme por vestuario una piel y una pelliza,
diómela tan apropiada que no es grande ni chica.

715 El presente que se da luego, si es grande de valor,
quebranta leyes y fueros, es del derecho señor;

de muchos es gran ayuda, de muchos estorbador:
tiempo hay en que aprovecha y tiempo en que es peor.

716 Esta dueña que me dices está bajo mi poder;
si no es por mí, no la puede hombre del mundo haber;
yo sé de toda su hacienda y cuanto debe hacer,
por mi consejo lo hace más que por su querer.

717 No os diré más razones, ya que asaz mucho he hablado;
de este oficio vivo y no de otro cuidado;
muchas veces en tristeza y pobreza he pasado,
porque hay pocos agradecidos cuando el gusto se ha
[pasado.

718 Si me dieras buena ayuda para pasar bien un poquillo,
a esta dueña y a otras mocitas de cuello albillo
yo haré con mis encantos que vengan paso a pasillo,
y en este mi harnero te las traeré de zarcillo" [130]

719 Yo le dije: "Madre señora, yo os lo quiero bien pagar;
lo que tengo en mí y en mi casa está a vuestro mandar;
por vuestra mano tomad ropas, id, no vayáis a tardar,
pero antes de que vayáis os quiero aleccionar.

720 Todo vuestro cuidado sea en este hecho,
trabajad de tal manera que tengáis provecho;
de todo vuestro trabajo sacaréis buen afrecho [131],
pensad bien en hablarla con tino y con derecho.

721 Desde el principio al fin la fabla* elaborad,
hablad cauta de modo que no os arrepintáis;
en el fin está la honra y deshonra, bien creáis;
donde bien termina todo, allí está la bondad.

722 Mejor cosa es para el hombre cuerdo y entendido
callar donde no le importe y tiénenlo por sabido,
que decir lo que no cumple porque es arrepentido:
o piensas bien lo que hablas o callas, es lo debido".

723 La buhona con su carga va sonando cascabeles,
enseñando anda sus joyas, sortijas y alheleles*;
va diciendo: "¡Hay toallas! ¡Compradme estos
[manteles!"
Óyela doña Endrina, dice: "Entrad y no receles".

724 Entró la vieja en la casa, díjole: "Señora hija,
en esa mano bendita tomad esta sortija;
si vos no me descubriereis os diré una pastrija*,
que pensé la otra noche". Poco a poco la aguija.

725 "Hija, siempre estás en la casa muy encerrada,
sola envejecéis, ¿por qué alguna vez confiada
no sales y andas por la plaza? Tu beldad será loada.
Entre estas cuatro paredes, no te servirá de nada.

726 En esta villa mora muy hermosa mancebía,
mancebos muy apuestos y de buena lozanía
que en muy buenas costumbres crecen cada día;
nunca pude ver hombres de mejor compañía.

727 Muy bien me reciben todos, pese a mi mezquindad;
el mejor y el más noble de lipane y beldad,
es don Melón de la Huerta, hombre apuesto en verdad,
a todos otros sobra en hermosura y bondad.

728 Todos cuantos en esta tierra nacieron,
en riquezas y costumbres tanto como él no crecieron
con los locos hácese el loco, los cuerdos de él bien
[dijeron
manso como un cordero, nunca pelear lo vieron.

729 El sabio vence con tino al loco y ello no es poco,
con los cuerdos estar cuerdo, con los locos estar loco,
es lo justo. Ni uno pierde ni el otro tampoco.
Yo lo pienso en mi pandero muchas veces que lo toco. [132]

730 Un galán tal él en la villa no se encontrará;
no derrocha lo que gana, mas antes lo guardará;
creo bien que tal hijo al padre semejará:
en el becerro se ve ya qué clase de buey será.

731 El hijo con el padre muchas veces aprueba;
el semejar al padre no es cosa tan nueva;
el corazón del hombre por la obra se prueba,
gran amor y gran saña no puede ser no se mueva.

732 Es hombre de buena vida y bien acostumbrado;
creo que se casaría con vos de muy buen grado;
si a él lo conocieseis, quién es y cuán preciado,
vos lo querríais a éste de quien os he hablado.

733 A veces gran discurso tiene poco provecho,
'quien mucho habla, yerra', díselo el derecho,
y de comienzo chico suele venir gran hecho,
a veces cosas nimias provocan gran despecho.

734 A veces una palabra bien dicha y poco ruego
obra mucho en los hechos y mucho cosecha luego;
de pequeña centella nace gran llama y gran fuego,
y surge un gran peligro de lo que creímos juego.

735 Siempre fue mi costumbre y mis pensamientos
concertar buen noviazgo, mejores casamientos,
hablarlos como en juego, no hacer un movimiento
hasta que yo entienda y vea los talentos [133].

736 Ahora, mi señora, decid de corazón
si esto de que os he hablado os place o si no;

os guardaré el secreto, pesaré vuestra razón;
sin miedo hablad conmigo las cosas como son".

37 Con mesura la dueña a responderle viene:
"Buena mujer, decid, ¿qué nombre bien aviene
al que tanto loáis?, ¿cuáles son sus bienes?
Yo pensaré en ello, si para mí conviene".

38 Dijo Trotaconventos: "¿Quén es? ¡Mirad, señora!
Ese regalo bueno que Dios os trajo ahora
es un galán buen mozo, en vuestro barrio mora:
don Melón de la Huerta, ¡queredlo en buena hora!

39 Creedme hija, señora, cuanto os demandaron
a la par de este mozo ni a la suela llegaron;
el día que naciste los hados os lo destinaron,
y para ese donaire tu belleza guardaron".

40 Dijo doña Endrina: "Calad ese predicar,
que va ese parlero me buscara engañar;
muchas otras veces se me acercó a tentar;
mas de mí ni él ni vos os podéis alabar.

41 La mujer que os cree tus mentiras sonoras
y da fe al juramento del hombre en mala hora,
sus manos se retuerce, de corazón implora:
¡mal le lavan la cara las lágrimas que llora!

42 Déjate de promesas, yo tengo otros cuidados,
hay muchos que en mis bienes sus ojos han clavado;
no cambiarán mi mente esos malos recados,
ni te cumple, ahora, decirme esos mandados".

43 "A fe", dijo la vieja, "estás sola en la vida,
viuda, sin compañero y no sois ya temida;
a las viudas como a las vacas gustan tener corrida [184];
por tanto ese buen hombre os tendrá defendida.

44 Éste os librará de todos esos pelmazos,
de pleitos y de afrentas, de vergüenzas y plazos;
muchos cuentan haceros caer en los sus lazos,
vuestra honra pretenden aplastar con sus mazos.

45 Guardaos mucho de esto, señora doña Endrina,
si no, aconteceros puede a vos muy mucho aína
como a la avutarda, cuando la golondrina
la daba buen consejo, como buena madrina".

746 "Érase un cazador, muy hábil pajarero,
que fue a sembrar cañamones en un prado, primero,
para con sus fibras hacer cuerdas y lazos en tiempo
[venider
andaba la avutarda muy cerca en el sendero.

747 Dijo la golondrina a tórtolas y pardales
y más a la avutarda estas palabras tales:
'Comeos la simiente de esos eriales
que es aquí sembrada para vuestros grandes males.'

748 Hicieron gran escarnio de lo que les hablaba,
dijéronla que se fuese que estaba trastornada.
La simiente nacida, vieron cómo regaba
el cazador al cáñamo y no las espantaba.

749 Volvió la golondrina y dijo a la avutarda
que arrancase la hierba que ya era brotada,
que quien tanto la riega y quien tanto la escarda,
para su mal lo hacía, aunque en cumplirlo tarda.

750 Dijo la avutarda: «Loca, sandia, vana,
siempre estás chirriando locuras de mañana;
no quiero tu consejo, ¡vete de aquí, villana!
Déjame en esta vega tan hermosa y tan sana».

751 Fuese la golondrina a casa del cazador,
hizo allí su nido cuanto pudo mejor;
como era muy gritona le plugo al cazador
porque para su trabajo era madrugador.

752 Recogido va el cáñamo, preparadas las trampas,
fuese el pajarero, como solía, de caza;
prendió a la avutarda y la llevó a la plaza.
Dijo la golondrina: «Ya nadie más te salva».

753 Luego los ballesteros le pelaron las alas,
no le dejaron plumas, salvo chicas y ralas;
no quiso buen consejo y en sartenes se asa.
¡Guardaos, doña Endrina, de caer en las trampas!

754 Que muchos se juntan y son de un consejo
para arrebataros lo vuestro y haceros mal trebejo;
juran que cada día os dirán de sus manejos
y como a la avutarda os sacarán el pellejo.

755 Mas éste os defenderá de toda esa contienda,
que es hombre muy · versado en pleitos y sentenci
ayuda y defiende a quien se le encomienda;
si él no os defiende, no sé quién os defienda".

56 La vieja pícara así encantarla procura:
   "Cuando aquí estaba el que es en sepultura
   daba sombra a las casas, brillaba la pintura;
   pero donde no vive el hombre, la casa poco dura.

57 Así habéis quedado, viuda y mancebilla,
   sola y sin compañero, como la tortolilla:
   por eso es que estáis tan magra y amarilla,
   que donde hay tantas mujeres no faltan las rencillas.

58 Dios bendice la casa donde el buen hombre se cría,
   siempre hay agasajos, placer y alegría;
   por tanto tal mancebo para vos lo querría,
   antes de muchos días veríais la mejoría".

59 Respondióle la dueña: "Aunque se apene,
   casar antes del año a viuda no conviene,
   hasta que pase el año de los lutos que tiene,
   porque el luto se sabe que con esta carga viene.

60 Si yo antes me casase sería difamada,
   perdería la herencia que a mí me fue dejada;
   del segundo marido no sería tan honrada;
   pienso que no podría sufrir gran temporada".

61 "Hija", dijo la vieja, "el año ya es pasado,
   tomad este galán por hombre y desposado;
   vayamos, hablémosle y tengámoslo cercado:
   los hados buenos para vos lo han mandado.

62 ¿Qué provecho os tiene vestir este negro paño,
   andar avergonzada y con mucho sosaño*?
   Señora, dejad el duelo que ya ha pasado el año.
   Nunca la golondrina mejor aconsejó hogaño.

63 Tú usas paños oscuros y burdos por difunto marido,
   a caballeros y dueñas le aprovechan vestidos;
   mas deben usarlo poco y con muy poco raído:
   gran placer y poco daño es de todo hombre querido".

64 Respondió doña Endrina: "Dejar, no osaría
   hacer lo que decís ni lo que él querría;
   no me digas ahora más de esa letanía
   y no me acoses tanto en este primer día.

65 Yo desprecié hasta ahora mucho buen casamiento;
   de cuantos me rogaron conoces más de ciento:
   si ahora tú me sacas del buen entendimiento,
   136

66 Se sentó el lobo muy alerta atendiendo:
   los carneros valientes se lanzaron corriendo,
   toparon con él en medio, en él hiriendo;
   él cayó quebrantado y ellos fueron huyendo.

767 Al cabo de gran rato levantóse aturdido.
Dijo: "Por oír al diablo llevé mi merecido;
yo tuve buen agüero, Dios lo habría cumplido;
no quise comer tocino, ahora estoy escarnecido".

768 Salió de aquel prado, corrió lo más que pudo,
vio en unas hondonadas retozar a menudo
cabritos con las cabras y cabrones cornudos.
"A fe", dijo, "que ahora se cumple el estornudo" [127]

769 Cuando vieron al lobo quedaron asustados.
Salieron a recibirlo los más adelantados:
"¡Ay, señor guardián!", dijeron los barbados,
"bienvenido seáis con los vuestros criados.

770 Cuatro de nosotros queríamos ir a convidar
para que nuestra santa fiesta vinieseis a honrar,
decirnos buena misa y tomar buen yantar:
puesto que Dios lo dispuso, queríamosla hoy cantar.

771 Fiesta de seis capas y con grandes clamores
hacemos hoy bien grande sin perros ni pastores;
vos cantad en voz alta, responderán los cantores,
os ofreceremos cabritos lo más tiernos y mejores".

772 Creyó lo dicho el necio y comenzó a aullar,
los cabrones y cabras en alta voz a balar;
oyeron los pastores el gran apellidar*,
con palos y mastines viniéronle a buscar.

773 Salió más que de prisa cuando vio ese retorno,
pastores y mastines cerráronle el contorno,
con palos y pedradas le cayeron en torno
y dijo: "Me hizo el diablo que cantara en el horno".

774 Fuese más adelante cerca de un molino;
halló allí una puerca con mucho buen cochino.
"¡Ea!", dijo. "Con esto un buen día se avino
que ahora se me cumple lo del adivino".

775 Se acercó el lobo y a la puerca dijo así:
"Dios os dé paz, comadre, que por vos vine yo aquí;
Vos y vuestros hijuelos, ¿qué cosa hacéis allí?
Mandad y lo haré yo, después disponed de mí".

776 La puerca que se estaba bajo los sauces lozanos
hablóle en respuesta con dichos que no eran vanos;
dijo: "Señor abad, compadre, con esas santas manos
bautizad a mis hijuelos, por que mueran cristianos.

777 Después que hayáis hecho este sacrificio
os lo ofreceré yo en gracias por el servicio,
y vos dispondréis de ellos según vuestro juicio,
comeréis y holgaréis sin ningún perjuicio".

778 Lánzase el lobo debajo de aquel sauce
por tomar a un cochino que bajo la puerca yace;
dale la puerca en el rostro y lo echa en el cauce:
en el canal del molino entra, aunque no le place.

779 Tópale a pocos metros la rueda del molino,
sale muy quebrantado, mal herido, mohíno.
Bueno le fuera al lobo conformarse con tocino,
no viera tantos males ni sufriera castigos.

780 El hombre cuerdo no busque el oficio dañoso,
no deseche la cosa de la que está deseoso
de lo que le pertenece no sea desdeñoso,
con lo que Dios le diere páselo bien hermoso.

781 Algunos en sus casas pasan con dos sardinas
y en ajenas posadas demandan golosinas,
desechan el carnero, piden las adefinas*,
dicen que no comerían tocino sin gallinas.

782 Hijo, el mejor cobro de cuanto vos habéis
es olvidar las cosas que lograr no podéis;
lo que no puede ser, no lo porfiéis;
lo que hacer se puede, por ello trabajéis.

783 ¡Ay de mí con qué cobro tan malo me viniste!
¡Qué nuevas tan malas, tan tristes me trajiste!
¡Ay vieja mata amigos! ¿Por qué me lo dijiste?
Tanto bien no me has hecho cuanto mal ya me hiciste.

784 ¡Ay viejas pitofleras*! ¡Que desdichadas seáis!
El mundo revolviendo a todos engañáis,
mintiendo, calumniando, diciendo vanidades,
a los necios le hacéis las mentiras verdades.

785 ¡Ay!, que todos mis miembros yo siento estremecer,
mi fuerza y mi vida y todo mi saber,
mi salud y mi seso y todo mi entender,
por esperanza vana todo se va a perder.

786 ¡Ay corazón quejoso, cosa desarreglada!
¿Por qué matas al cuerpo do tienes tu morada?
¿Por qué amas a dueña que no te precia en nada?
Corazón, por tu culpa vivirás vida penada.

787 Corazón que quisiste ser preso y tomado
por dueña que te tiene por de más olvidado,
pusístete en prisión, en suspiros y cuidado:
penarás, ¡ay corazón!, la culpa que has buscado.

788 ¡Ay ojos, los mis ojos! ¿Por qué os fuiste a poner
en dueña que no quiere ni veros ni atender?
Ojos, por vuestra vista, bien me hiciste perder:
penad, pues, ojos míos, penad y amorteced.

789 ¡Ay, lengua sin ventura! ¿Qué le quieres decir?
    ¿Por qué quieres hablar? ¿Por qué quieres departir
    con dueña que no te quiere ni escuchar, ni oír?
    ¡Ay cuerpo tan apenado, cómo vas a morir!

790 Mujeres alevosas de corazón traidor
    que no tenéis miedo, mesura ni pavor:
    cambiar no queréis el vuestro falso amor,
    ¡así muerta seáis de rabia y de dolor!

791 Pues que la mi señora con otro fue casada,
    la vida de este mundo ya no la aprecio en nada;
    mi vida y mi muerte es ésta, señalada:
    pues que ver no la puedo, ya mi muerte es llegada.

792 Díjome: "Loco, ¿qué tenéis, que tanto os quejáis?
    Con esa queja vana nada no ganáis;
    templad con el buen seso el pesar que tengáis,
    limpiad vuestras lágrimas y en lo que haced, pensad.

793 Grandes artes demuestra el mucho menester,
    sabiendo los peligros os podéis defender,
    quizá el gran trabajo os pueda socorrer,
    Dios y el uso grande hacen los hados volver".

794 Yo le dije: "¿Qué arte, qué trabajo, qué sentido,
    sanará el golpe tan grande de tal dolor venido?
    Pues a la mi señora mañana le darán marido,
    toda mi esperanza perece y yo soy, también, perdido

795 Hasta que su marido pueble el cementerio,
    no se casaría conmigo, que sería adulterio;
    en nada se ha tornado mi dolor, mi misterio,
    veo el daño grande, mas no veo el sosiego".

796 Dijo la buena vieja: "En hora muy pequeña
    sana dolor muy grande, la angustia se serena;
    después de muchas lluvias viene buena cosecha,
    despus del gran nublado el sol su luz nos echa.

797 Vienen salud y vida después de gran dolencia,
    el placer es mejor después de gran tristeza;
    confortaos, amigo, y tened buena creencia:
    cerca están los gozos de la vuestra querencia.

798 Doña Endrina es nuestra y hará mi mandado:
    no quiere ella casarse con otro hombre nado*,
    todo su deseo en voz está fincado,
    si vos mucho la amáis, más de ella sois amado".

799 "Señora madre vieja ¿qué me decís ahora?
    Hacéis como la madre cuando el chiquillo llora,
    que le dice halagos para que calle esa hora:
    por eso me decís que es mía mi señora.

90 Así hacéis, madre, vos a mí por ventura,
    porque pierda tristeza, dolor y amargura,
    porque tome consuelo y porque tome holgura;
    decid, ¿habláis en broma o con toda cordura?

91 Dijo, entonces, la vieja: "Le pasa al amador
    como al ave que sale de manos del azor:
    en todo lugar teme que esté el cazador
    que la quiere llevar y vive en gran temor.

92 Creed que verdad digo y así lo hallaréis,
    si verdad le dijiste y si amor le habéis,
    ella verdad me dijo, quiere lo que vos queréis:
    perder esa tristeza y pronto lo comprobaréis.

93 El fin, muchas veces, no se puede predecir;
    en el comienzo ni se puede seguir;
    el curso de los hados no puede el hombre decir,
    sólo Dios y no otro sabe lo por venir.

94 Se pierden grandes hechos por pequeña ocasión,
    desesperarse el hombre es perder corazón;
    el trabajo paciente cumple cuantos deseos son,
    muchas veces allega riquezas en montón.

95 Todo nuestra trabajo y nuestra esperanza
    está de la aventura bien puesta en la balanza;
    por buen comienzo espera el hombre bienandanza;
    a veces viene la cosa, pero no sin tardanza".

96 "Madre, ¿no podéis vos conocer o adivinar
    si me ama la dueña o si me podrá amar?
    Que quien amores tiene no los puede ocultar
    en gestos, o en suspiros, en color o en hablar".

97 "Amigo", dijo la vieja, "en la dueña lo veo,
    que os quiere, os ama, de vos tiene deseo:
    cuando de vos le hablo y a ella la oteo,
    todo se le muda el color y el aseo.

98 Yo, por sondearla, muchas veces me callo;
    ella me dice que hable, que no quiera dejarlo,
    digo que no me acuerdo, ella va a comenzarlo,
    óyeme dulcemente, muchas señales hallo.

99 Ella echa en mi cuello sus brazos torneados,
    y así por largo rato las dos juntas estamos,
    siempre en vos pensamos, de otra cosa no hablamos,
    cuando alguno viene a otra razón pasamos.

100 Los labios de la boca le tiemblan un poquillo,
    el color se le muda bermejo, amarillo,
    el corazón le salta, así, a menudillo,
    apriétame los dedos con los suyos quedillo [139].

105

811 Cada vez que vuestro nombre yo le estoy repitiendo,
otéame, suspira y se está derritiendo,
aviva más el ojo, está toda bulliendo;
parece que con vos no se estaría durmiendo.

812 En otras muchas cosas entiendo yo esta trama:
ella no me lo niega, antes dice que os ama;
si por vos no menguare, abajarse ha la rama [189]
y vendrá doña Endrina si esta vieja la llama".

813 "Señora madre vieja, es mucha mi alegría,
gracias a vos mi esperanza siente ya mejoría,
por vuestra ayuda aumenta la confianza mía.
¡No os canséis vos madre! ¡Seguidla todavía!

814 Pierde muchos provechos, a veces, la pereza,
a muchos aprovecha labor de sutileza;
cumplid vuestra trabajo y traedme la pieza:
perderla por tardanza sería gran vileza".

815 "Amigo, según creo y quiero que lo anotes
por mí verás la dueña andar al estricote [140];
mas yo de vos no tengo sino un pobre pellote*:
si buen manjar queréis, pagad bien el escote*.

816 A veces no hacemos todo lo que decimos,
y lo que prometemos quizá no lo cumplimos;
en prometer somos largos, en el dar muy mezquin
y por vanas promesas trabajamos, servimos".

817 "Madre, no temáis que yo con mentira os ande,
porque engañar al pobre es pecado muy grande:
¡Yo no me engañaría ni así Dios me lo mande!
Si yo os engañare que Él a mí lo demande.

818 Confianza en lo que hablamos los dos deber tenemos:
en la palabra firme nuestra gran fe pondremos;
si algo no cumplimos de lo que prometemos,
es vergüenza y mengua si cumplir no podemos".

819 "Eso", dijo la vieja, "pronto se dice hermoso,
mas el pobre cuitado siempre está temeroso
de que será engañado del rico poderoso:
por un pretexto nimio no cumplen los tramposos.

820 El derecho del pobre piérdese muy aína,
al pobre y al menguado y a la pobre mezquina
el rico los quebranta, su soberbia los inclina;
no son más apreciados que una seca sardina.

821 En todas partes se usa poca fe y gran falsía,
encúbrense sus fines con mucha artería,
no tiene la aventura contra el hado valía,
a veces espanta el mar y hace buen día.

22 Lo que me prometiste póngolo en aventura,
lo que yo prometí, tomad y habed holgura:
quiero ir a la dueña, rogarle con mesura,
que venga a mi posada a hablar con vos, segura.

23 Si por ventura los dos solos podéis estar,
os ruego que os portéis como hombre en cualquier lugar;
en su corazón ella no sabe mal amar
y con poco reclamo lo que quisierais podrá dar".

24 Fue a casa de la dueña, dijo: "¿Quién mora aquí?"
Respondióle la madre: "¿Quién es que llama ahí?"
"Señora doña Rama, yo, que por mi mal os vi
porque mi suerte negra no se aparta de mí".

25 Díjole doña Rama: "¿Cómo vienes, amiga?"
"¿Cómo vengo, señora? ¡No sé cómo lo diga!
Corrida y amargada: me hizo su enemiga
uno, no sé quién es, mayor que aquella viga.

26 Andúvome todo el día como a cierva corriendo,
como el diablo a ricohombre me estuvo persiguiendo,
que le traiga una sortija que tenía vendiendo:
está lleno de doblas casi que no lo entiendo".

27 Cuando esto hubo oído la recelosa vieja,
dejóla con la hija y fuese a la calleja.
Bien comenzó la buhona a decir otra conseja:
y a su razón primera le quitó la pelleja.

28 Dijo: "¡Llévese el infierno a la vieja recelosa!
Que por ella los hombres hablar con vos no osan,
¿pues, qué, hija, señora, cómo está nuestra cosa?
Os veo muy lozana, bien gordilla y hermosa".

29 Preguntóle la dueña: "¿Qué nuevas hay de aquél?"
Dijo la vieja: "¿Qué nuevas? Por lo que sé de él
está flaco y mezquino, no hay más carne en él
que en un pollo invernizo después de San Miguel [141].

30 El gran fuego no puede cubrir su viva llama,
ni el gran amador puede ocultar lo que ama:
ya vuestra conducta entiéndela mi alma,
mi corazón con duelo sus lágrimas derrama.

31 Porque yo conozco que sois de él adorada,
porque sois por aquel hombre muy locamente amada:
¡su color amarillo, la su faz demudada!
En todos los sus hechos os trae señalada.

32 Y vos no respondéis su cuita, sin embargo:
siempre decís que no a sus muchos encargos.
Con tantas desventuras ese hombre tan largo [142],
vos lo traéis ya muerto, perdido y amargo.

833 Si anda o si se queda, en vos está pensando,
los ojos hacia tierra se queda suspirando,
se retuerce las manos para sí mismo hablando:
¡rabiosa os veáis! ¿Lo heriréis hasta cuándo?

834 El mezquino siempre anda rumiando su tristeza,
¡por Dios! ¡Mal día fue el que vio nuestra dureza!
De noche y de día trabaja sin pereza;
pero no le aprovecha arte ni sutileza.

835 De la tierra muy dura no sale fruta buena,
¿quién sino el mezquino siempre siembra en la aren
Saca poco provecho con trabajo y gran pena,
se pierde en devaneos el pez con la ballena.

836 Al veros por la calle quedó de vos prendado,
después de vuestra fabla quedó más engañado:
por estas dos cosas perdióse enamorado,
de lo que prometiste, en promesa ha quedado.

837 Después que con él hablaste más muerto lo traéis,
y aunque quieras negarlo tanto como él ardéis;
descubrid vuestra llaga o si no moriréis:
el fuego encubierto mata y mucho penaréis.

838 Decid de todo en todo bien vuestra voluntad,
¿cuál es vuestro talante*?, decidme la verdad:
o bien bien lo hagamos, o bien bien lo dejad,
que no puedo en secreto venir ya casi más".

839 "El gran amor me mata, en su fuego me quemo [143]
pero cuando me apremia, mis deberes recuerdo,
el miedo y la vergüenza me defienden con celo,
para mi queja grande no puedo hallar consejo".

480 "Hija, perder el miedo que tomáis sin razón [144],
pues que él quiere casarse no puede haber traición:
ése es su deseo; tal es su corazón,
de casarse conforme a ley y a bendición.

841 Entiendo su gran cuita en más de mil maneras;
él me dice llorando palabras lastimeras:
¡Doña Endrina me mata y no sus compañeras!
¡Ella sanarme puede y no las hechiceras!

842 Desde que oigo sus cuitas, que conmigo comparte,
lloro con él, que es menos el dolor que se reparte,
pero en mi interior me alegro por su parte,
porque veo que os ama y os quiere sin arte.

843 En todo paro mientes [145] más de lo que pensáis
y veo que entre ambos por igual os amáis,
y a pesar de saberlo, pues sufrís y penáis,
pues que el amor lo quiere, ¿por qué no os casáis

108

844 "Lo que tú me demandas, eso mismo codicio,
si mi madre quisiera otorgar el oficio; [146]
para ver si arreglamos usaré tu servicio,
que un lugar encontremos para placer y vicio*.

845 Que mucho yo haría por el amor de Hita,
mas cuídame mi madre, de mí nunca se quita".
Dijo Trotaconventos: "¡Ah, la vieja pepita!
¡Ya la cruz se la lleve con el agua bendita! [147]

846 El amor engañoso quiebra claustros y puertas,
vence todas las guardas y déjalas por muertas,
deja el miedo vano y sospechas no ciertas,
las puertas bien cerradas le parecen abiertas".

847 Dijo doña Endrina a la mi vieja paga*:
"Mi corazón has visto, mi deseo, mi llaga;
pues mi voluntad sabes, aconséjame qué haga;
por darme tu consejo vergüenza en ti no yaga" [148].

848 "Es maldad y falsía las mujeres engañar,
gran pecado y deshonra de ese modo dañar:
si vergüenza hicierais, yo la he de ocultar,
mas mi nombre y mi fama yo tengo que cuidar.

849 Mas el que contra mí a acusarme venga,
¡Tómeme la palabra! ¡A lo peor se atenga!
Diga lo que quisiere, pero con pruebas mantenga:
o callará vencido o ¡vayase por menga!*

850 Véngase cualquiera conmigo a departir:
todo lo peor diga, que me puede decir;
que aquel buen mancebo tan apuesto y gentil
él será nuestra ayuda y lo hará desdecir.

851 Tu fama no menguará, que yo la guardaré bien;
murmullo ni ruido no habrá, ¡que lo digan! ¡No hay
                                              [quién!
sin vergüenza es el hecho, sin pecado también:
maravíllome, señora, esto porque te detien'."

852 "¡Ay, Dios!", dijo la dueña, "¡el corazón del amador
en cuántas guisas se vuelve con miedo y con temor!
Acá y allá lo estruja el su quejoso amor,
y de los muchos peligros no sabe cuál es el peor.

853 Las penas contradictorias cánsanme noche y día:
lo que el amor desea, mi corazón lo querría;
¡y me contiene el temor que calumniada sería!
¿Qué corazón perseguido de tanto no se cansaría?

54 No sabe qué hacer, siempre está desconcertado,
ruega y rogando crece la llaga del enamorado:

con el mi amor quejoso hasta aquí he porfiado;
mi porfía él la vence, es más fuerte apoderado.

855   Todos estos pesares me traen muy quebrantada,
      su porfía y su gran queja me tienen desalentada:
      Alégrome con mi tristeza, laxa, mas enamorada,
      prefiero morir su muerte que llevar vida apenada".

856   "Cuanto más duras palabras dice el hombre y las
                                              [entiende
      tanto más en la pelea se aviva él y se enciende;
      cuanto más dulces razones la dueña de amor atiende,
      tanto más doña Venus la inflama y la enciende.

857   Puesto que no podéis ya apagar vuestra llama,
      cumplid con el mandato de ese amor que os llama:
      hija, vuestra porfía os mata y os inflama;
      los placeres de la vida perderéis si no se calma.

858   De día y de noche lo veréis, os lo digo,
      en vuestro corazón a tan ardiente amigo;
      así como en su corazón él os tiene consigo,
      si matáis vuestros deseos os matarán como enemigo.

859   Tanto a vos como a él esta cuita os aterra,
      vuestros rostros y ojos andan de color de tierra;
      os dará muerte a ambos la tardanza y la pena:
      quien no cree mis dichos, mucho sufre y más yerra.

860   Es muy cierto, hija señora, yo creo que vos cuidáis
      de olvidar y de excusar aquello que más amáis;
      pero no penséis, ni cuidéis, ni creáis,
      que la muerte tan sólo la voluntad domina y lo olvidáis.

861   Verdad es que los placeres nos dan consuelo a veces
      por tanto, hija señora, id a mi casa cuando el dolor acrece
      jugaremos a la pella* o a otros juegos si os parece;
      jugaremos, hablaremos y te daré de mis nueces.

862   Nunca está mi tienda sin frutas muy lozanas,
      muchas peras y duraznos, ¡qué cidras!, ¡qué manzanas!
      ¡qué castañas, qué piñones y qué hermosas avellanas!
      las que vos quisierais más, ésas os serán más sanas.

863   Desde aquí a mi tienda hay muy poca distancia:
      con vuestro manto iréis como andáis por la casa;
      es un barrio tranquilo y de mucha confianza,
      poco a poco iremos jugando sin tardanza.

864   Venid seguramente conmigo hasta mi tienda,
      como a vuestra casa, tomaremos merienda;
      nunca Dios lo quiera, hija, que allí nazca contienda
      iremos calla callando por que nadie nos sorprenda."

65 Los hombres, en ocasiones, con mucho aturdimiento,
otorgan lo que no deben, mudan su entendimiento.
Después de hecho el daño viene el arrepentimiento:
ciega la mujer cortejada, no tiene seso ni tiento.

66 Mujer y liebre muy corirdas muy pronto son alcanzadas,
pierden el entendimiento y la visión, ofuscadas;
ni ven redes ni lazos por la pasión cegadas,
buscan escarnecerlas y creen que son amadas.

67 Concedióle doña Endrina el ir con ella a hablar,
a tomar de su fruta y a la pelota jugar.
"Señora", dijo la vieja, "mañana podremos andar;
yo me vendré por vos cuando viere que hay lugar".

68 Vínome Trotaconventos alegre con el mandado.
"Amigo", dijo, "¿cómo estáis? Id perdiendo cuidado:
aun el mal encantador saca la culebra del forado*.
Mañana vendrá hablar con vos, ya lo tengo arreglado.

69 Bien dice la verdad el refrán conocido,
que «el romero insistente con su limosna es ido». 149
Mañana como un hombre muéstrate decidido;
hablad, mas procurad no haya tiempo perdido.

70 No os quedéis corto, acordaos de la fabulilla:
«Cuando te den la cabrita corre con la soguilla» 150;
conseguid lo que buscáis, no os tomen por cestilla*;
que más vale vergüenza en rostro que en el corazón
[mancilla".

DE CÓMO DOÑA ENDRINA FUE A CASA DE LA VIEJA
Y EL ARCIPRESTE CONSIGUIÓ LO QUE BUSCABA

71 Después que de Santiago llegó el día siguiente,
a la hora del mediodía, cuando yanta la gente,
vino doña Endrina con mi vieja sirviente
y entró con ella en la tienda muy sosegadamente.

72 Como la mi vejezuela me había apercibido,
no me detuve mucho en ir hacia ese nido.
Hallé la puerta cerrada, golpeé y la vieja dijo:
"¡Yuy!... Señora hija, ¿qué cosa hace ese ruido?

73 ¿Es hombre o es el viento? ¡Creo que es hombre y no
[miento!
¡Mirad! ¡Mirad! ¡Cómo espía el diablo carboniento*!
¿Es aquél? ¿No es aquél? ¡A él se parece lo siento!
¡A la fe! ¡Es don Melón! ¡Lo conozco entre ciento!

4 Ésa es su cara y su ojo de becerro:
¡Mirad! ¡Mirad cómo acecha! ¡Husmea como un perro!

¡Allí rabiará ahora! ¡No puede sacar el hierro!
Pero ¡romperá la puerta! ¡Menéala como un cencer

875   ¡Cierto! ¡Aquí quiere entrar! Mas ¿por qué no le habl
¡Don Melón! ¡Salid de allí! ¿Os trajo el diablo?
¡No rompáis mis puertas!, que del abad de San Pa
las conseguí. ¿No pusiste allí un clavo?

876   Yo os abriré la puerta, esperad, ¡no la quebréis!
Y con bien y con sosiego decid lo que queréis;
luego idos de mi puerta, no os turbéis.
¡Entrad en buena hora, yo veré lo que hacéis!"

877   "¡Señora doña Endrina! ¡Vos, la mi enamorada!
Vieja, ¿por eso me teníais la puerta bien cerrada?
¡Qué sorpresa tan grande teníais reservada!
¡Dios y la buena ventura me la tenían guardada!
. . . . 151

878   "Cuando yo salí de casa, pues, ¿no viste la red?
¿por qué quedaste con él, sola, y a su merced?
A mí no me reprendas, hija, vuestro mal lo merecé
el mejor recurso ahora será de que calléis.

879   Y habrá mucho menos mal si ocultarlo sabéis,
y no en descubrirlo y el deshonor pregonéis;
el casamiento que os venga así no lo perderéis:
Mejor será todo eso y no que os infaméis.

880   Y como bien decís que el daño ya está hecho,
defendeos y ayudaos a hacer lo tuerto derecho;
hija, «A daño hecho, un buen rezo y silencio».
¡Callad! ¡Por vuestra fama todo quede bajo techo!

881   Si no parlase la picaza más que la codorniz,
no la colgaría en plaza para reír de lo que diz;
aprended, amiga, a encubrir vuestro desliz,
que todos los hombres hacen como don Melón Orti

882   Doña Endrina dijo: "¡Ay viejas tan perdidas!
¡A las mujeres traéis engañadas, vendidas!
Ayer me dabais recursos, mil artes y salidas;
hoy, que soy afrentada, todas me son fallidas.

883   Si las aves pudiesen bien saber y entender
la maldad de los lazos no las podrían prender;
cuando el lazo ven, ya las llevan a vender,
pues por el poco cebo mueren, no se pueden defend

884   Los peces de las aguas no huyen del anzuelo
y el pescador los tiene y tira por el suelo;
la mujer ve su daño cuando sufre su duelo:
no la quieren los parientes, padre, madre ni abu

885 El que la ha deshonrado, déjala, no la mantiene;
vase a perder por el mundo, otro remedio no tiene;
pierde el cuerpo y el alma, a muchos esto aviene:
¡Pues no tengo otro camino, así hacer me conviene!"

886 Está en los antiguos* el seso y la sapiencia,
es en el mucho tiempo el saber y la ciencia,
la vieja mandadera del dolor tuvo conciencia
y dio en este pleito una buena sentencia:

887 "El cuerdo gravemente no se debe quejar
cuando sus lamentos no le pueden bien tornar;
lo que nunca se puede reparar ni enmendar
débelo, cuerdamente, sufrir y soportar.

888 A las grandes dolencias y a las desventuras,
a los descaecimientos* y yerros de locuras,
debe buscar consejo, medicina y curas:
el sabedor al mal buen remedio procura.

889 La ira y la discordia siempre evitarla has,
pon sospechas malas dondequiera que vas;
habed entre vos ambos concordia y paz:
el pesar y la saña tornadlo en buen solaz.

890 Pues que por mí decís que el daño es venido,
por mí quiero que sea el vuestro bien habido;
vos sed la mujer suya y él vuestro marido:
todo vuestro deseo es por mí bien cumplido".

891 Doña Endrina y don Melón en uno casados son:
alégranse sus amigos en las bodas con razón.
Si villanías he dicho, haya de vos perdón,
que lo feo de la historia es de Pánfilo y Nasón.

DE LOS CONSEJOS QUE DA EL ARCIPRESTE A LAS DUEÑAS
Y DE LOS NOMBRES DE LAS ALCAHUETAS

892 Dueñas, prestad oídos, oíd buena lección,
entended bien las fábulas y guardaos del varón;
¡guardaos!, no os acontezca como le pasó con el león
al asno sin orejas y sin su corazón.

893 El león estaba enfermo, dolíale la testa.
Cuando fue sano de ella y pudo alzarla enhiesta
todos los animales, un domingo a la siesta,
vinieron ante él todos a hacer buena fiesta.

894 Estaba allí el burro y lo hicieron juglar;
como estaba bien gordo empezó a retozar.
Su tambor tañendo bien alto al rebuznar,
al león y a los animales los quería atronar.

895 Al oír sus cazurrías el león fue sañudo,
quiso abrirlo de un zarpazo, alcanzarlo no pudo;
con su tambor se fue a toda prisa el burro;
diose por ofendido el león del orejudo.

896 El león dijo luego que perdón le daría,
mandó que lo llamasen, que la fiesta honraría;
cuanto él demandare prometió le daría.
La raposa juglara dijo que lo llamaría.

897 Fuese la raposa donde el asno andaba,
paciendo en un prado, el saludo le daba:
"Señor cofrade", dijo. "Vuestra gracia alegraba
a todos y ahora no vale un haba.

898 Más valía vuestra algarabía y vuestro buen solaz,
vuestro tambor sonante que fuertes sones da,
que toda nuestra fiesta: al león le placerá
que tornes a la fiesta en salvo y en paz".

899 Creyó en falsos halagos y eso le fue peor.
Tornóse a la fiesta bailando el cantador;
no sabía el burro la treta del señor.
Marchaba el juglar necio al son de su tambor.

900 Como el león tenía sus monteros armados
prendieron a don burro, como fueron enseñados.
Al león se lo trajeron, le abrió por los costados,
de su firme crueldad todos son espantados.

901 Mandó el león al lobo con sus uñas parejas
que lo guardase todo mejor que a las ovejas;
cuando el león traspuso una o dos callejas,
el corazón el lobo comió y las orejas.

902 Cuando vino el león por el hambre acuciado,
pidió al lobo el asno que le había encomendado;
sin corazón y sin orejas trájole desfigurado;
el león contra el lobo fue sañudo y airado.

903 Dijo el lobo al león que así el asno naciera,
que si corazón y orejas el cuitado tuviera
entendiera sus mañas y a sus nuevas no creyera.
Mas como no las tenía, por tanto se viniera.

904 Así, señoras dueñas, entended el romance:
guardaos del amor loco, que no os prenda ni alcance
abrid vuestras orejas, vuestro corazón se lance
tras el amor de Dios, limpio, y con loco amor no tra

905 La que por desventura es o fue engañada,
guárdese de volver a caer en la celada;
de corazón y orejas no quiera ser menguada,
en ajena cabeza la lección sea aprovechada.

906 De muchas engañadas esta lección aprendan:
no quieran amor falso porque no se las ofenda;
entre muchos lobos, el asno, difícil se defienda;
no me maldigan algunos que estas cosas extienda.

907 De las insinuaciones guárdense las dueñas:
que males muy grandes nacen de cosas muy pequeñas,
de la nuez el nogal que tiene talla inmensa,
de un grano de trigo, espigas por decenas.

908 Andan por todo el pueblo de ella muchos decires,
muchos después la infaman con escarnios y reíres:
dueña, por decirte esto no te enojes ni te aíres *,
mis fablas y mis hazañas ruégote que bien las mires.

909 Entiende bien la historia de la hija del Endrino:
díjela por darte ejemplo y no porque a mí vino;
guárdate de falsa vieja, de cortejo de vecino,
sola con hombres no te fíes ni te llegues al espino.

910 Estando después de esto sin amor ni cuidado,
vi a una apuesta dueña sentadita en su estrado:
mi corazón al punto empezó a andar agitado,
de dueña que yo viese nunca fui tan agradado.

911 De talla la mejor de cuantas yo ver pud',
niña de pocos años, rica y de virtud,
hermosa, hidalga y de mucha juventud,
igual no vi o veré, si Dios me da salud.

912 Apuesta y lozana y dueña de gran linaje,
poco salía de su casa, era como salvaje.
Busqué a Trotaconventos, que siguiese este viaje;
que éstas dan el comienzo· para el santo pasaje.

913 Sabed que no busqué a otro Fernán García [152]
ni lo pienso buscar para mensajería;
debe el hombre cuidarse de falsa compañía:
de mensajero malo ¡guárdeme Santa María!

914 Aquesta vieja fue mensajera bien leal;
que bien llevase el correo nunca vi otra igual.
En esta pleitesía puso vehemencia tal
que cerca de la villa puso al arrabal.

915 Para ganar la dueña le escribí unos cantares;
llevóselos la dueña con otros adamares*.
"Señora", dijo, "compradme aquestos almajares*".
La dueña dijo: "Pláceme desde que me los mostrares".

916 Comenzó a engatusarla, díjole: "Señora hija,
mirad que aquí os traigo una linda sortija,
os mandan de regalo (poco a poco la aguija);
si no me descubres os diré una cosilla".

917 Dijo: "Yo sé quién os querría más cada día ver
que le diesen esta villa [183] con todo su haber;
señora, no quieras tan huraña ser,
debes salir al mundo donde Dios os hizo nacer".

918 Encantóla de tal manera que la envenenó,
diole los cantares, una cinta le ciñó,
y dándole la sortija el ojo le guiñó,
conmovióla tanto que el plan adeliñó*.

919 Como dice la fábula, que del sabio se saca:
"el cedazuelo nuevo, tres días en la estaca".
Díjome esta vieja (por nombre ha Urraca)
que no quería engañar, ni más ya ser bellaca.

920 Yo le dije como en juego: "Picaza tan parlera,
no tomes el sendero y dejes la carrera;
sirve do tienen ganancias, pues sabes la manera;
que no le falta pienso a quien tiene sementera".

921 No me acordé entonces del proverbio tan cierto:
"Que sin querer, jugando, se revela lo cierto";
se enojó la vieja y para mi desconcierto
todo el secreto nuestro fue pronto descubierto.

922 Fue guardada la dueña tanto como su madre pudo,
no la podía ver ya tan a menudo:
presto yerra el hombre ligero y no sesudo;
o piensas bien en lo que hables o calla o hazte mudo.

923 Lo comprobé en Urraca, te lo doy por consejo:
que nunca mal censures, oculto o en concejo;
guardad a tu secreto dentro de tu pellejo
que pueden devolverte mucho mal por despecho.

924 A la tal mensajera de negra no se trata,
bien o mal como gorjee no le digas picaza,
señuelo, cobertera*, almadana*, coraza,
aldaba*, trainel*, cabestro ni almohaza*,

925 Garabato*, ni tía, cordel ni cobertor,
escofina, avancuerda*, tampoco rascador;
pala, aguazadera, freno, ni corredor,
ni badil*, ni tenazas, ni anzuelo pescador,

926 campana, tarabilla, alcahueta ni porra,
jáquima*, adalid, ni guía ni andorra*,
nunca le digas trotera aunque por ti corra:
creo que si esto cumples, la vieja te socorra.

927 Aguijón, escalera, abejón, ni losa,
traílla, ni chismosa, ni registro, ni glosa:
decir todos sus nombres resulta fuerte cosa,
nombres y maestrías tienen más que raposa.

928 Como dice el refrán: "En la cuita no hay ley";
me afligía el amor, mi señor y mi rey,
y me afligía la dueña más de lo que creéis
porque estaba apenada como oveja sin grey.

929 Hube, con la gran cuita, rogar a la mi vieja
que quisiese perder saña de la mala conseja;
a la liebre del cubil sácala la comadreja,
lo negro se hace blanco volviendo la pelleja.

930 "Alahé*", dijo, "arcipreste, vieja con pena trota,
y lo mismo hacéis vos porque no tenéis otra,
tal vieja para vos guardadla, que conforta
que la mano besa el hombre y la querría ver corta'

931 Nunca os acontezca lo que dice el apodo.
Yo lo desdeciré muy bien y lo desharé del todo,
así como se deshace entre los pies el lodo,
yo le daré a todo cima y lo traeré a rodo*.

932 Nunca digas nombres malos ni de fealdad;
llámame «buen amor» y tendrás mi lealtad,
porque de buena palabra se paga la vecindad,
el buen decir no cuesta más que la necedad".

933 Por amor de la vieja y por decir razón,
Buen amor llamé al libro, de ella hice relación;
desde que bien la traté, ella me dio buen don:
no hay pecado sin pena, ni bien sin galardón.

934 Hizo gran maestría y sutil travesura:
hízose loca pública andando sin vestiduras;
dijo luego la gente: "¡Dios dé mala ventura
a la vieja de mal seso que hace tal locura!"

935 Dicen en cada cantón: "¡Que sea del mal preso
quien nunca en vieja loca creyera tan mal seso!"
De su opinión antigua se duelen con exceso;
dije yo: "En manos de vieja nunca di mejor beso".

936 Fue a los pocos días acallada la fama,
a la dueña no la guardan ni su madre ni el ama;
tórneme a mi vieja como a una buena rama.
Quien tal vieja tuviere, guárdela como al alma.

937 Hízose corredera de las que venden joyas,
ya os dije que éstas cavan cuevas y fosas,
no hay tales maestras como estas viejas Troyas:
de atrás dan puñaladas. ¡Quién tiene orejas, oiga!

938 Otrosí ya os dije que estas tales buhonas
andan de casa en casa vendiendo muchas donas*,
no se cuidan de ellas, andan con las personas,
hacen con su viento andar las atahonas.

939 La mi leal Urraca; ¡que Dios me la mantenga!,
hizo en lo que pudo como a mí me convenga;
dijo: "Quiero aventurarme de nuevo a lo que venga
y hacer que la bola en rodar no se detenga.

940 Ahora es el tiempo, pues ya no la guardan,
con mi buhonería de mí no se resguardan;
cuanto de vos dijeron, haré que olvidar lo hagan,
que donde los viejos no luchan, los cuervos allí no paran"

941 Si la hechizó o le dio atincar [154]
o si le dio rainela o si le dio mohalinar
o si le dio ponzoña o algún adamar*,
muy pronto la supo de su seso sacar.

942 Como hace venir el señuelo al halcón,
así hizo venir Urraca la dueña al rincón,
porque os digo, amigos, que los refranes verdad son:
Sé que "el perro viejo no ladra a tacón".

943 Como es natural cosa el nacer y el morir,
hubo por mal pecado la dueña de fallir*,
murió a los pocos días, no lo puedo decir:
¡Dios perdone su alma y quiérala recibir!

944 Con el triste quebranto y con el gran pesar
yo caí en cama con grave enfermedad;
pasaron hasta dos días que no me pude levantar;
dije yo: "¡Qué buen bocado, si no fuera el pagar!"

DE LA VIEJA QUE VISITÓ AL ARCIPRESTE
Y DE LO QUE ACONTECIÓ CON ELLA

945 Era en el mes de marzo, pasado ya el verano;
vino a verme una vieja, dijo al darme la mano:
"Mozo malo, mozo malo, más vale enfermo que sano,
Simpaticé con ella y le hablé en seso vano.

946 Con su pesar la vieja díjome muchas veces:
"Arcipreste, más es el ruido que las nueces".
Díjele yo: "¡Diome el diablo estas viejas raheses*!
¡Después que han bebido el vino hablan mal de las
[heces

947 De toda su miseria y todos sus tormentos
hice cantares cazurros adonde los comento;
no huyan de ellos las dueñas ni los tengan en men
porqpe nunca los oyó dueña y algunos son amenos.

948 A vos, dueñas señoras, por vuestra cortesía,
os demando perdón, sabed que no querría

118

haber saña con vos, pues de pesar moriría;
consentid entre otras cuerdas algunas tonterías.

949 Escribiré gran tiempo si me otorgáis perdón,
de dicho y de hecho y de todo corazón;
no es difícil que yerre al hacer relación:
el oidor cortés tenga preparado el perdón.

DE CÓMO EL ARCIPRESTE FUE A PASEAR POR LA SIERRA Y DE LO QUE LE ACONTECIÓ CON UNA SERRANA

950 Probar todas las cosas el apóstol lo manda:
fui a probar la sierra e hice loca demanda;
luego perdí la mula, no encontraba vianda,
quien pan de más que trigo busca, sin seso anda.

951 El mes era de marzo, día de San Meder [155].
Pasado ya Lozoya [156], me vino a sorprender
nieve y granizo y no tuve dónde esconder;
quien busca lo que no pierde, lo que tiene debe perder.

952 Encima de ese puerto el temor me arrebata:
hallé a una vaqueriza cerca de una mata;
preguntéle quién era; respondióme: "¡La Chata!
Yo soy la Chata recia que a los hombres ata.

953 Yo guardo el portazo y el peaje recojo;
al que de grado paga, pues, con él no me enojo;
al que pagar no quiere muy presto le despojo;
págame, si no verás como trillo el rastrojo".

954 Detúvome el camino, que era muy estrecho,
una vereda angosta que vaqueros habían hecho;
desde que me vi en cuitas, aterido, maltrecho,
"Amiga", díjele. "De mala gana hace el can barbecho.

955 Déjame pasar, amiga, darte he joyas de la sierra;
si quieres, dime cuáles usan en esta tierra,
que, según el proverbio «el que habla no yerra»;
y, ¡por Dios!, dadme posada, que el frío me aterra".

956 Respondióme la Chata: "El que pide no escoge;
prométeme algo bueno antes de que me enoje;
no temas, si me das algo, que la nieve mucho moje;
aconséjote te avengas, antes de que te despoje".

957 Como dice la vieja cuando bebe su madeja [157]:
"Comadre, quien más no puede, a disgusto morir se
[deja".

Yo, con el mucho frío, con miedo y con queja,
le di un broche con piedras y un zorrón* de coneja.

119

y a mí no me pesó, porque me llevó a cuestas,
958 Cargóme en sus espaldas por la buena respuesta
excusóme de pasar los arroyos y las cuestas;
hice de lo que ocurrió las coplas abajo puestas.

CANTIGA DE SERRANA

959 Pasando una mañana
el puerto de Malangosto
salióme una serrana
apenas asomé el rostro.
"¡Desventurado!", dijo. "¿Cómo andas?
¿Qué buscas o qué demandas
por este puerto angosto?"

960 Respondí a la pregunta:
"Voyme para Sotos albos" [158].
"¡El pecado te barrunta
y te hace hablar verbos tan bravos!
Que por esta encontrada,
que yo tengo guardada,
no pasan los hombres salvos".

961 Paróseme en el sendero
la Chata sucia y fea.
"A la fe", dijo, "escudero,
aquí estaré yo queda
hasta que me prometas
algo y aunque arremetas
no pasarás la vereda".

962 Dije yo: "Por Dios, vaquera,
no estorbes mi jornada,
quítate y dame carrera,
que no traje para ti nada".
Me respondió: "Pues torna,
por Somosierra trastorna;
por aquí no habrás posada".

963 La Chata endiablada,
¡que Santillán responda!,
arrojóme su vara
y preparó su honda
con piedras del pedrero:
"¡Por el padre verdadero,
tú me pagarás hoy la ronda!"

964　Hacía nieve, granizaba;
　　　díjome la Chata luego,
　　　con voz que amenazaba:
　　　"¡Págame, si no, verás juego!"
　　　Díjele yo: "Por Dios, hermosa,
　　　deciros he una cosa:
　　　mas quiero estar junto al fuego".

965　"Yo te llevaré a casa
　　　y mostrarte he el camino,
　　　hacerte fuego de brasa,
　　　darte del pan y del vino;
　　　¡a la fe, prométeme algo
　　　y tenerte he por hidalgo;
　　　buena mañana te vino!"

966　Yo, con miedo, aterido,
　　　prometíle una garnacha*,
　　　y mandéle para el vestido
　　　un broche y una prancha*.
　　　Ella dijo: "¡Doy más, amigo!
　　　¡And'acá!... ¡Vente conmigo!
　　　No tengas miedo a la escarcha.

967　Tomóme recio por la mano,
　　　en su pescuezo me puso
　　　como a zurrón liviano,
　　　llevóme cuesta ayuso*:
　　　"¡Infeliz! No te espantes
　　　que bien haré que yantes*
　　　como es en la sierra uso".

968　Pasóme mucho aína*
　　　en su venta y allí anoto
　　　me dio hoguera de encina,
　　　mucho conejo de soto,
　　　buenas perdices asadas,
　　　hogazas mal amasadas,
　　　y buena carne de choto*.

969　Buen vino me dio bastante,
　　　manteca de vaca mucha,
　　　también un queso picante,
　　　leche, natas, una trucha
　　　y dijo: "Come seguro
　　　que después de este pan duro
　　　haremos mejor la lucha".

970　El tiempo se fue pasando
　　　y yo fui el frío perdiendo;

como me iba calentando,
así me iba sonriendo;
oteóme la pastora,
dijo: "Compañero, ahora
ya nos vamos entendiendo".

971 La vaqueriza traviesa
dijo: "Luchemos un rato,
no te lleves tanta priesa,
despójate de tu hato*".
Por la muñeca me priso*:
hube de hacer cuanto quiso:
¡y creo que fue barato!

DE LO QUE LE ACONTECIÓ AL ARCIPRESTE
CON LA SERRANA

972 Luego, después de esta venta fuime para Segovia,
no a comprar joyas para la chata Troya;
fui a ver una costilla de la serpient groya [150]
qué mató el viejo Rando, según se dice en Moya.

973 Estuve en esa ciudad y gasté mi caudal;
no hallé pozo dulce ni fuente perennal.
Desde que vi que mi bolsa ya se paraba mal.
dije: "Mil sueldos valen mi casilla y mi hogar".

974 Torneéme para mi tierra desde allí al tercer día,
mas no vine por Lozoya, que joyas no traía;
cuidé de ir por el puerto que llaman Fuentefría:
me perdí en el camino porque no lo conocía.

975 Por el pinar abajo encontré una vaquera
que guardaba sus vacas cerca de esa ribera.
"Humíllome", le dije, "serrana falaguera*,
o alojarme has contigo o mostrarme la carrera".

976 "Me pareces un sandio", dijo, "cuando así te convida
No te acerques a mí sin que yo te lo pida,
o sino va haré que mi cayada midas
y si te doy de lleno bien tarde lo olvidas".

977 Como dice la fábula del que de mal se quita:
"Escarba la gallina y encuentra su pepita".
Probéme de acercar, con su cayada lista
diome tras la oreja un buen golpe la maldita.

978 Derribóme cuesta abajo y caí aturdido;
allí probé que era mal golpe el del oído.

"Confúndate Dios", dije, "pues mal cigüeña has sido
que de tal modo acoges cigoñinos en tu nido".

979 Cuando ya hubo en mí sus manos airadas,
la excomulgada dijo: "No pises tierra labrada,
ni te enojes del juego que la broma es pasada.
Conquístanse amistades, ya no estoy enojada.

980 Entremos a la cabaña, mi marido está lejos;
llevarte he al camino, tendrás yantar muy bueno,
no busques más contienda, levántate, Cornejo".
Desde que la vi contenta me levanté corriendo.

981 Tomóme de la mano y fuímonos en uno;
era tarde avanzada y aún estaba ayuno.
Llegamos a la choza, no encontramos a ninguno,
y me dijo: "Juguemos, el momento es oportuno".

982 "¡Pardiez!", dije yo, "amiga, más querría almorzar,
con ayuno y aterido no me podría solazar;
si antes no comiere no podría bien jugar".
No le gustó mi dicho y me quiso amenazar.

983 Me dio lo que le pedí, pensando en ella,
y le dije: "Pan y vino juegan, que no camisa nueva".
Y como deseaba le pagué la merienda.
Para irme le pedí me mostrase la senda.

984 Rogóme me quedara con ella aquella tarde
porque es malo apagar la estopa cuando arde.
Le contesté: "Estoy de prisa; ¡Dios de mal me
                                        [guarde!"
Mucho se enojó, me callé, fui cobarde.

985 Sacóme de la choza, llevóme hasta dos senderos;
ambos muy bien trazados, de seguro derrotero;
me fui más que de prisa más allá de los oteros,
llegué con sol temprano a la aldea de Ferreros.

986 De esta burla pasada se me ocurrió un cantar,
que no es muy hermoso, tampoco muy vulgar;
hasta que el libro entiendas, no digas bien ni mal,
que la entenderás de un modo y el libro no dirá igual.

CANTIGA DE SERRANA

987 Siempre me vendrá a la mente
una serrana valiente,
Gadea de Riofrío.

988 Muy cerca de la aldea
que antes he nombrado

me encontré con Gadea.
Vacas guarda en el prado.
Díjele: "¡En buena hora sea
hermosa que te he encontrado!"
Ella me repuso: "¡Ea!
La carrera has' errado
y andas como perdido".

989 "Perdido ando, serrana,
en esta gran espesura.
A veces el hombre gana
o pierde en la aventura;
mas, cuando esta mañana
de mi camino hay duda,
á vos os tengo, hermosa,
aquí en esta verdura,
ribera de este río".

990 Rió como respuesta
la serrana sañuda,
descendió pronto la cuesta.
Como era atrevuda,
dijo: "¿No sabes el uso
cómo se doma res muda?
Quizá el diablo te puso
esa lengua tan aguda:
¡Si la cayada te envío!...

991 Envióme la cayada
aquí, tras el pestorejo*.
Hízome ir de costalada
rodando en el vallejo.
Y dijo le endiablada:
"Así apilan el conejo.
Te sobaré la espalda,
y te romperé los huesos...
¡Vamos!... ¡Levántate, sandio!".

992 Me hospedó y dio vianda,
pero pagar me la hizo.
Y porque no hice cuanto manda
me insultó de lo lindo:
¿Cómo hice loca demanda
y dejé por ti al porquerizo?
Yo te mostraré, si no te ablandas,
cómo se pela el erizo
sin agua y sin rocío".

93 El lunes antes del alba comencé mi camino.
Hallé cerca del Cornejo [160], donde se alza un pino,
una linda serrana; os diré qué me avino,
que se puso a hablar conmigo como con su vecino.

94 Preguntóme muchas cosas: si yo era pastor;
por oír mi relato descuidó su labor,
preguntóme qué me traía rodando en rededor:
olvidóse el proverbio del aconsejador,

95 que dijo a su amigo por buena guía dar:
"No dejes lo ganado por lo que es de ganar;
si dejas lo que tienes por engañoso afán,
no tendrás lo que quieres, lo tuyo perderás".

96 De cuanto allí pasó hice un cantar serrano;
está debajo escrito, lo tienes bien a mano.
Era un día caluroso porque era verano;
pasé de mañana el puerto [161] para descansar temprano.

CANTIGA DE SERRANA

97 De la casa del Cornejo,
primer día de semana,
en el medio de un vallejo
encontréme una serrana
vestida de buen bermejo
y buena cinta de lana.
Le dije ya, desde lejos:
"¡Dios te salve, hermana!"

98 "¿Qué buscas por estas tierras?
¿Cómo andas descaminado?"
Díjele: "Voy por la sierra
a casarme de buen grado".
Ella dijo: "Poco yerra
el que con nos es casado;
busca, hallarás recado.

99 Mas, pariente, ¿te percatas
que debes saber de sierra algo?"
Le dije: "Bien sé guardar mata,
y yegua en el cerro cabalgo,
sé el lobo como se mata:
cuando yo en pos de él salgo,
antes lo alcanzo que el galgo.

1000   Sé bien derribar vacas
      y domar bravos novillos;
      sé amasar y hacer natas
      y tocar el odresillo [102],
      sé componer las abarcas
      y tañer el caramillo,
      cabalgar bravo potrillo.

1001   Sé hacer cualquier trabajo
      y bailar en cualquier ruedo.
      No hallo alto ni bajo
      que me venza si lo enredo;
      cuando a la lucha me bajo
      al que una vez trabo, puedo,
      lo derribo, si me denuedo".

1002   "Aquí tendrás casamiento
      tal como tú lo quisieres;
      casarme he, no te miento,
      contigo si algo me dieres
      y harás buen entendimiento".
      Díjele: "Pide lo que quisieres
      y darte he lo que pidieres".

1003   Dijo: "Un vestido yo quiero
      que sea de bermejo paño,
      y dame un lindo pandero
      y seis anillos de estaño;
      una zamarra prefiero,
      ropas para todo el año,
      y que no me hables con engaño.

1004   Dame zarcillos y hebilla
      de latón bien reluciente,
      y dame toca amarilla
      para lucirla en la frente.
      Zapatas hasta la rodilla,
      y dirá toda la gente:
      ¡Bien casó Mengua Llorente!"

1005   Le dije: "Darte he esas cosas
      y aun más, si más comides*,
      bien lozanas y hermosas.
      A tus parientes convides,
      luego, hagamos la boda,
      que ya voy por lo que pides".

006 Siempre tiene mal tiempo la sierra y la altura:
si nieva o si hiela, nunca da calentura.
Encima de ese puerto soplaba brisa dura,
viento con gran helada, rocío con gran friura.

007 Como el hombre no siente tanto frío si corre,
corrí cuesta abajo, que dicen: "Quien ve la torre,
de nada le sirve si ella no lo acorre".
Yo dije: "Soy perdido, si Dios no me socorre".

008 Nunca desde que nací pasé tanto peligro:
descendí al pie del puerto, me hallé con un vestiglo,
la más grande fantasía que yo vi en este siglo:
pastora de vacas, tremenda, de gesto atrevido.

009 Con la cuita el frío de esa gran helada,
roguéla ese día me quisiese dar posada.
Díjome que lo haría si fuese bien pagada,
me tuvo Dios en merced, llevóme a la Tablada.

010 Sus miembros y su talla no eran para callar,
podéis muy bien creer que era yegua caballar;
quien con ella luchase no se podría bien hallar;
si ella no quisiese, no la podrían derrumbar.

011 En el Apocalipsis, San Juan Evangelista
no ha puesto una figura de tan espantable vista;
si hubiera de ellas muchas harían gran conquista;
no sé yo cuál diablo tiene esa bruja en lista.

012 Tenía mal formada y enorme la cabeza;
los cabellos lacios, negros cual pluma de corneja;
ojos hundidos y rojos, mirar de comadreja;
mayor es que de osa la pisada que deja.

013 Las orejas inmensas cual las de un borrico;
el pescuezo muy negro, ancho, velloso, chico;
la nariz larga, curvada como un pico,
bebería en pocos días el caudal de buhón* rico.

014 Tiene boca de perro, labios grandes y gordos,
los dientes caballunos, más que boca es un morro;
las sobrecejas anchas y más negras que el tordo:
¡los que quieran casarse, no sean aquí sordos!

015 Con muchos pelos negros tiene esbozo de barba.
Yo no vi nada en ella que por belleza valga,
ni una muestra del ingenio hallarás si la escarbas,
pero más te valdría trillar en las tus parvas.

1016 Para decir verdad la vi hasta la rodilla:
los huesos tiene grandes, las zancas no chiquillas,
de las "cabras de fuego" [168] tiene gran manadilla;
los tobillos mayores que una joven novilla.

1017 Ancha como mi mano la muñeca robusta.
Vellosa, pelos grandes cuya vista disgusta;
la voz gorda y gangosa que a todo hombre asusta,
tardía como ronca, a nadie oírla gusta.

1018 Es su dedo chiquillo mayor que mi pulgar,
piensa de los mayores si puedes imaginar;
si ella algún día te quisiese espulgar
sentirías en tu cabeza que eran vigas de lagar.

1019 Traía bajo la blusa a sus tetas colgadas;
dábanle en la cintura, pues que estaban dobladas,
porque estando sencillas le darían en las ijadas:
a todo son de cítara bailarían sin ser mostradas.

1020 Las costillas muy grandes en su negro costado,
unas tres veces contélas estando asustado;
dígote que no vi más ni te será más contado,
que mozo charlatán no es para buen mandado.

1021 De todo cuanto dijo y de su mala talla
hice tres cantigas grandes, mas no pude pintarla;
dos son chanzonetas, la otra es de trotalla*,
la que no te agradare, léela, ríe o calla.

CANTIGA DE SERRANA

1022 Cerca la Tablada,
la sierra pasada,
hálleme con Alda
a la madrugada.

1023 Encima del puerto
cuidé de ser muerto
de nieve y de frío,
del duro rocío
y de gran helada.

1024 De bajada iba
y di una corrida;
hallé una serrana
hermosa, lozana
y bien colorada.

1025 Díjele yo a ella:
"Humíllome, bella".

Dijo: "Aquí no te engorres,
y ya que bien corres,
anda tu jornada".

026 Yo le dije: "Frío tengo,
y por eso vengo
a vos, hermosura;
quered, por mesura,
hoy darme posada".

027 Díjome la moza:
"Pariente, mi choza
el que en ella posa
conmigo desposa
y me da soldada*".

028 Dije: "De buen grado,
mas yo soy casado
aquí en Ferreros,
mas de mis dineros
darte quiero, amada".

029 Dijo: "Ven conmigo".
Llevóme consigo,
diome buena lumbre
como era costumbre
de sierra nevada.

030 Diome pan de centeno
tiznado, moreno,
diome vino malo,
agrillo y ralo,
y carne salada.

031 Diome queso de cabras;
dijo: "Hidalgo, abras
ese cobre y toma
un canto de soma [104],
que tengo guardada".

032 Dijo: "Huésped, yanta,
moja tu garganta,
caliéntate y paga:
y mal no te haga
para tu jornada.

033 Quien joyas me diere,
cuales yo pidiere,
habrá buena cena
y lechiga* buena
que no le cueste nada".

1034 Dije: "Ya que eso decides,
¿por qué no me pides
la cosa certera?"
Ella dijo: "¡Dios quiera
que me sea dada!...

1035 Pues dame una cinta
bermeja, bien tinta,
y buena camisa,
hecha a mi guisa,
de canesú ornada.

1036 Dame buenas sartas
de estaño sin faltas,
joyas en cuantía
de buena valía
y una piel delgada.

1037 Dame toca listada,
bien lisa o bordada,
y dame zapatas*
bermejas, bien altas,
de pieza labrada.

1038 Si me das las joyas,
quiero que lo oyas,
serás bien venido;
serás bien venido;
y yo tu velada*".

1039 "Serrana señora:
tanto bien ahora
no traigo por ventura:
mas daré fiadura
para la tornada".

1040 Díjome la fea:
"Donde no hay moneda
no hay mercancía,
no hay tan buen día,
ni risa en la cara.

1041 No hay mercadero
bueno, sin dinero,
y yo no me pago
del que no me da algo,
ni le doy posada.

1042 Nunca de viaje
pagan hospedaje:
por dineros hace

el hombre cuanto place
es cosa probada".

DEL DICTADO QUE EL ARCIPRESTE OFRECIÓ
A SANTA MARÍA DEL VADO [165]

43 Dice Santiago Apóstol que todo bien cumplido
   y todo don muy bueno, de Dios viene escogido;
   y yo, desde que salí de todo ese ruido,
   torné rogar a Dios que no me diese olvido.

44 Cerca de esta sierra hay un lugar honrado,
   muy santo y muy devoto: Santa María del Vado.
   Fui a rezar y a ayunar como es acostumbrado;
   en honor de la Virgen ofrecí este dictado:

45 ¡A ti, noble Señora, cumplida de piedad,
   luz luciente del mundo, del cielo claridad,
   mi alma y mi cuerpo ante tu Majestad
   ofrezco con las cantigas y con mi humildad!

46 Humíllome, reína,
   madre del Salvador,
   Virgen Santa y divina:
   oye a este pecador.

47 Mi alma en ti confía
   y eres su esperanza:
   Virgen, sé mi guía
   y sin más tardanza
   ruega por mí a Dios, tu Hijo y mi Señor.

48 Aunque en grande gloria
   estás y con placer,
   yo en tu memoria
   algo quiero hacer:
   cantar la triste historia
   que al buen Jesús yacer
   hizo en prisión, en penas y en dolor.

DE LA PASIÓN DE NUESTRO SEÑOR JESUCRISTO

49 Miércoles a las tres de la tarde el cuerpo de Cristo
   Judea lo aprecia; a esa hora fue visto
   cuán poco lo aprecia a tu hijo querido,
   Judas, el que lo vendió, el discípulo traidor.

50 En treinta dineros fijaron el precio,
   que fueron a manos del que el noble ungüento

que María le puso a Jesús en el cuerpo
quiso se vendiera para su favor [166].

1051 A la hora de maitines Judas la señal da;
los judíos traidores le caen por detrás,
y aquellos mastines, así ante su faz:
lo apresaron todos yendo en derredor.

1052 Tú con él estabas a la hora primera,
viste cómo lo llevaban, su faz lastimera;
lo juzgó Pilatos, lo escupen, lo befan,
pero su rostro lucía celeste resplandor.

1053 A la hora tercera Cristo fue juzgado,
juzgólo el Atora [167], pueblo porfiado;
por esto cárcel mora, cautivo ha quedado,
de la cual ya nunca saldrá ni tendrá librador.

1054 A los gritos ásperos llévanlo a la muerte;
sobre sus vestidos echaron a suerte
cuál de ellos los hubiere. ¡Qué pesar tan fuerte!
¿Quién diría, Dueña, cuál fue de éstos mayor?

1055 A la hora sexta fue puesto en la cruz:
¡gran cuita fue ésta, a Él que era virtud!
Pero el mundo aprovecha pues nos vino su luz,
claridad del cielo cual no habrá mayor.

1056 A la hora novena murió y aconteció
que en señal de duelo el sol oscureció;
le hundieron la lanza, la tierra tembló,
salió agua y sangre, del mundo dulzor.

1057 Al anochecer de la cruz fue descendido,
el cuerpo maltrecho con óleo fue ungido,
en piedra tajada el sepulcro ha habido,
un centurión le dieron como guardador.

1058 Por todas esas llagas de la Santa Pasión
a mis cuitas, Madre, da consolación,
tú, que a Dios no contentas, da tu bendición,
que yo sea tuyo, por siempre servidor.

DE LA PASIÓN DE NUESTRO SEÑOR JESUCRISTO

1059 Los que la ley habemos
de Cristo guardar,
de su muerte debemos
dolernos y recordar.

1060 Dijeron las profecías
lo que se había de cumplir;

primero fue Jeremías
cómo había de venir;
dijo, luego, Isaías
que lo había de concebir
la Virgen, que sabemos
Santa María estar.

061 Dijo otra profecía
aquella vieja ley
que el Cordero moriría
y salvaría la grey;
Daniel ya lo decía
por Cristo, nuestro Rey,
en David lo leemos
según el mi pensar.

062 Como las profecías dicen
y que ya se cumplió,
vino en Santa Virgen
y de Virgen nació,
al que todos bendicen,
por nosotros murió,
Dios y hombre, que vemos
en el santo altar.

063 Por salvar fue venido,
a la humanidad,
fue por Judas vendido
por muy poco caudal;
fue preso y herido
por judíos muy mal,
a este Dios en que creemos,
lo fueron a azotar.

064 En su rostro escupieron,
del cielo claridad,
espinas le pusieron
con mucha crueldad,
en la cruz lo subieron,
no tuvieron piedad,
de estas llagas tomemos
dolor y gran pesar.

065 Con clavos atravesaron
las manos y los pies,
la su sed abrevaron
con vinagre y con hiel,
las llagas que llagaron
son más dulces que miel

para los que en Él tenemos
esperanza sin par.

1066 En cruz fue por nos muerto,
herido y llagado,
y después fue abierto
por lanza su costado:
por estas llagas, cierto,
es el mundo salvado.
A los que en Él creemos,
¡Él nos quiera salvar!

DE LA PELEA QUE TUVO DON CARNAL
CON LA CUARESMA

1067 Acercándose viene un tiempo de Dios santo:
fuime para mi tierra a descansar un tanto;
después de ocho días era Cuaresma: por tanto
hubo en todo el mundo miedo y gran espanto.

1068 Estando en la mi casa con don Jueves Lardero [168]
me trajo a mí dos cartas un raudo mensajero.
Deciros he las nuevas, tan fiel como recuerdo,
que las cartas leídas las devolví al trotero*.

1069 "De mí, Santa Cuaresma, sierva del Creador,
enviada de Dios a todo pecador,
a todos los arciprestes y clérigos sin amor,
¡salud en Jesucristo hasta la Pascua mayor!

1070 Sabed que me dijeron que hace más de un año
que anda don Carnal, sañudo y muy extraño
estragando mi tierra, haciendo mucho daño,
vertiendo mucha sangre, de lo que más me ensaño.

1071 Y por esta razón, en virtud de obediencia,
os mando firmemente, so pena de sentencia,
que por mí y por mi ayuno y por mi penitencia,
que lo desafiares con mi carta de creencia.

1072 Decidle bien a las claras que, de hoy en siete días,
la mi persona misma y todas mis compañías
iremos a pelear con él y con todas sus porfías,
y espero que no se detenga en las carnicerías.

1073 Devolved al mensajero esta carta leída,
llévela por la tierra, no la traiga escondida,
que no diga su gente que no fue apercibida:
dada en Castro Urdiales, en Burgos recibida".

1074 Otra carta traía, abierta y sellada,
una valva muy grande de la carta colgaba:

aquél era el sello de la dueña nombrada;
la nota era esta que a don Carnal fne dada:

075 "De mí, doña Cuaresma, justicia de la mar,
alguacil de las almas que se han de salvar,
a ti, Carnal goloso, que nunca te has de hartar,
envíote el Ayuno por mí a desafiar.

076 De aquí en siete días, tú y tu almohalla*,
venid a veros conmigo en campo de batalla;
hasta el Sábado Santo os daré lid sin falla;
de muerte o de prisión no te librarán tus mañas".

077 Leí ambas cartas y entendí su dictado;
comprendí que me daban un trabajo delicado:
que no tenía amor ni era enamorado.
A mí y a mi huésped nos puso en gran cuidado.

078 Don Jueves, a quien tenía por huésped a la mesa,
levantóse bien alegre, de lo que no me pesa;
dijo: "Yo soy el alférez en esta brava empresa.
Yo pelearé con ella, cada año me sopesa".

079 Agradecióme mucho el convite que le di;
fuese y yo hice mis cartas, dije al viernes: "Id
a don Carnal mañana, todo esto le decid,
que venga apercibido el martes a la lid".

080 Las cartas recibidas, don Carnal orgulloso
mostró mucha jactancia, pero estaba medroso.
No quiso dar respuesta y vino presuroso
con una gran mesnada, pues era poderoso.

081 Cuando vino el día del plazo señalado
vino don Carnal, seguro y preparado,
con aguerrida gente muy bien acompañado;
Alejandro estaría con ella entusiasmado.

082 Puso en la delantera, muchos buenos peones:
gallinas y perdices, conejos y capones;
ánades, buenos patos y gordos ansarones:
mostraban su gordura cerca de los tizones.

083 Éstos traían lanzas de peón delantero:
asadores aguzados de hierros o maderos;
escudábanse todos con un plato trinchero:
en la buena comida éstos vienen primero.

084 En pos de los escudados vienen los ballesteros:
ánsares, cecinas, costados de carnero,
piernas de puerco fresco, los jamones enteros;
luego, en pos de éstos, están los caballeros.

85 Las postas* de las vacas, lechones y cabritos
allí andan saltando y dando grandes gritos.

135

Luego los escuderos: muchos quesuelos fritos,
que dan de las espuelas a los vinos bien tintos.

1086 Venía una mesnada rica de infanzones:
muchos bellos faisanes, bien lozanos pavones
venían bien rellenos, enhiestos los pendones,
traían armas extrañas y fuertes guarniciones.

1087 Ollas muy bien labradas, templadas y muy finas,
hechas de puro cobre traían por capelinas*,
por adargas sartenes, calderas de cocina
real de tan gran precio no lo tienen las sardinas.

1088 Vinieron muchos gamos y el fuerte jabalí:
"Señor, no me excuses de aquesta lid a mí,
que ya muchas veces luché con don Alí,
templado estoy en lucha y por siempre valí".

1089 No había acabado de decir bien su verbo
cuando detrás de él vino ligero el ciervo:
"Humíllome, señor, y me ofrezco sincero;
por hacerte servicios ¿no fui siempre tu siervo?"

1090 Vino presta al llamado muy ligera la liebre:
"Señor", dijo, "a a la dueña le encenderé la fiebre,
darle he sarna y diviesos, que pelear no recuerde:
mas bien querrá mi piel cuando alguno la quiebre.

1091 Vino el cabrón montés con corzas y torcazas
diciendo sus bravuras con muchas amenazas:
"Señor", dijo, "a la dueña, si conmigo la enlazas,
no la podrán librar todas sus añagazas".

1092 Vino paso a paso el viejo buey lindero:
"Señor", dijo, "al prado echadme o al otero;
no soy para la lidia ni tengo gesto fiero,
mas hágote servicio con la carne y el cuero".

1093 Estaba don Tocino con mucha otra cecina,
gordas lonjas y lomos henchiendo la cocina,
todos apercibidos para la lid marina;
la dueña fue maestra, no vino tan aína*.

1094 Como es don Carnal muy rico emperador
y tiene por el mundo poder como señor,
aves y animales que le tienen pavor
vinieron muy humildes, pero con gran temor.

1095 Estaba don Carnal ricamente sentado
junto a la mesa adornada sobre un muy rico estrado;
delante de él juglares como hombre muy honrado,
con sabrosas viandas todo bien preparado.

1096 Delante de él estaba su alférez muy gentil,
de rodillas hincado, la mano en el barril,

tañía a menudo en este su añafil*,
hablaba mucho el vino, de todos alguacil.

1097 Cuando vino la noche, mucho después de la cena,
estaba cada uno con la talega llena;
para entrar en la lucha con la dueña serena
se durmieron después todos en hora buena.

1098 Esa noche los gallos con miedo estuvieron,
velaron con espanto, ni un punto no durmieron;
no era maravilla, pues sus mujeres perdieron:
por tanto se alborozaron del ruido que oyeron.

1099 Hacia la medianoche, en medio de las salas,
vino doña Cuaresma, dijo: "¡Señor tú nos valas!"
Dieron voces los gallos, agitaron las alas,
fueron a don Carnal estas nuevas tan malas.

1100 Como había el buen hombre con exceso comido
y con la mucha vianda mucho vino bebido,
estaba atolondrado, muy pesado, dormido;
por todo su real se escuchó el griterío.

1101 Todos amodorrados fueron a la pelea;
pusieron las sus tropas, ninguno no pleitea;
la compañía del mar a sus armas menea
y viniéronle a herir a los gritos de "¡Ea!"

1102 El primero de todos que hirió a don Carnal
fue el puerro cuello albo e hiriólo muy mal;
hízole escupir flema y esto fue gran señal:
comprendió doña Cuaresma que era suyo el real.

1103 Vino luego en ayuda la salada sardina,
hirió muy reciamente a la gorda gallina,
atravesósele en el pico y la ahogó aína;
después a don Carnal le hundió la capelina.

1104 Vinieron las grandes mielgas* en esta delantera.
Los verdeles* y jibias* guardan la costanera:
vuelta es la pelea de muy mala manera,
vienen de cada esquina las tropas vocingleras.

1105 De parte de Valencia venían las anguilas,
saladas y arregladas en grandes manadillas;
daban a don Carnal en medio de las costillas;
las truchas de Alberche le daban en las mejillas.

1106 Anda por ahí el atún como un bravo león:
hallóse a don Tocino y mucho lo insultó;
si no fuera por la Cecina que desvió el pendón
abriérale a don Lardo por medio del corazón.

1107 De parte de Bayona vinieron los cazones,
mataron las perdices, castraron los capones;

137

del río Henares vinieron los camarones;
junto al Guadalquivir sus blancas tiendas ponen.

1108   Allí ya con los patos lidiaban barbos y peces,
dijo la pescadilla al puerco: "¿Do estás que no aparece
Si ante mí te paras darte he lo que mereces,
enciérrate en la mezquita, no vayas a las preces".

1109   Apareció la lija en aquel desbarato,
tiene el cuero muy duro con mucho garabato*,
a costados y a piernas dábales negro rato;
se prendía de ellos como si fuese gato.

1110   Acudieron del mar, de piélagos y charcos,
compañías muy extrañas y de diversos marcos;
traían armas muy fuertes y ballestas y arcos,
más terrible fue esta que no la de Alarcos [169].

1111   De Santander vinieron las bermejas langostas,
traían muchas saetas en las aljabas postas,
hacían a don Carnal pagar todas las costas,
las plazas que eran anchas se las hacían angostas.

1112   Hecho era el pregón del año jubileo,
por salvar a sus almas todos tenían deseo,
cuantos había en el mar venían al torneo:
arenques y besugos vinieron de Bermeo.

1113   Allí andaba la orca con muchos combatientes
hiriendo y matando a la carnosa gente,
a las torcazas matan las sabogas valientes,
el delfín al buey viejo le hace caer los dientes.

1114   Sábalos y albures y la noble lamprea
de Sevilla y de Alcántara venían a llevar presa;
sus armas cada uno en don Carnal emplea,
no le valía nada desceñir la correa.

1115   Bravo andaba el sollo, un recio mocetón:
tenía en la mano, más que maza, un mazón;
dio en medio de la frente al puerco y al lechón,
mandó que los echasen en sal de Villenchón [170].

1116   El pulpo a los pavones no les dejaba en paz,
ni a un a los faisanes los dejaba volar,
a los cabritos y gamos los quería ahogar,
como tiene muchas manos con muchos puede lidiar.

1117   Allí lidian las ostras con todos los conejos,
con la liebre justaban los ásperos cangrejos,
de una y otra parte danse golpes soberbios,
de escamas y de sangre van llenando los vallejos.

1118   Allí lidia el conde de Laredo muy fuerte,
congrio salado y fresco; mandóle mala suerte

a don Carnal: siguiendo, llévanle a la muerte;
estaba muy triste, nada hay què lo consuele.

119 Hizo un último esfuerzo y tendió su pendón,
ardiente y denodado fuese contra el salmón,
que de Castro Urdiales llegaba a la sazón;
atendióle el hidalgo, no le dijo que no.

120 Porfiaron un buen rato y pasaron gran pena:
si a Carnal le dejaran ganara la pelea,
mas vino contra él la gigante ballena,
abrazóse con él y lo derribó en la arena.

121 Muchas de sus compañías eran ya fallecidas;
de ellas muchas murieron y otras eran huidas,
pero así apeado aún hacía acometidas,
defendióse cuanto pudo con manos enflaquecidas.

122 El pobre estaba ya con muy pocas compañas,
el jabalí y el ciervo huyeron a las montañas,
todas las otras reses se fueron por la campaña,
las que con él quedaron no valían dos castañas.

123 Sólo estaban la cecina con el grueso tocino
que estaba amarillo de días, mortecino,
y no podía de gordo pelear sin el buen vino,
estaba abandonado, cercado y mezquino.

124 La mesnada del mar hízose un tropel,
clavaron las espuelas y cargaron sobre él,
matarlo no quisieron, tuvieron pena de él,
a él y a los restantes ataron con buen cordel.

125 Lleváronlos atados para que no escapasen,
diéronlos a la dueña, antes de que volasen;
mandó doña Cuaresma que a don Carnal guardasen
y a doña Cecina con el tocino colgasen.

126 Mandólos colgar altos, bien como atalaya
para que a descolgarlos ninguno no vaya;
luego los ahorcaron de una viga de haya,
mientras el sayón decía: "Quién tal hizo, tal haya".

127 Mandó a don Carnal que le guardase ayuno,
le puso carcelero para que no le viese ningnuo;
sino fuese doliente o confesor alguno
y que de comer le diesen al día manjar uno.

1128   Vino luego un fraile para lo convertir;
comenzóle a predicar y de Dios a departir;
hubo don Carnal gran sentimiento al lo oír,
demandóle penitencia en su arrepentir.

1129   En carta por escrito le daba sus pecados,
con sellos de secreto cerrados y sellados;
respondióle el fraile que no le serían tomados,
acerca de esto le dijo muy buenos dictados.

1130   No se hace penitencia por carta ni por escrito:
sino por la boca misma del pecador contrito;
no puede por escrito ser absuelto ni quito;
menester es la palabra del confesor bendito.

1131   Pues que de la penitencia os hago mención,
repetiros querría una pequeña lección:
debemos creer firme, con buena devoción,
que por la penitencia tendremos salvación.

1132   Porque la penitencia es cosa tan preciada
no debemos, amigos, dejarla olvidada;
hablar de ella mucho es cosa muy loada,
cuanto más la practicamos mayor es la soldada*.

1133   Es cosa muy grande de tan gran hecho hablar:
es peligro muy hondo más que todo el mar;
tengo muy poca ciencia, no me oso aventurar,
salvo un poquillo sobre lo que oí disputar.

1134   Y por esta inclinación que tengo de escribir,
tengo tanto miedo que no lo puedo decir;
con mi poca ciencia he gran miedo de fallir*;
señores, vuestro saber quiera mi mengua cumplir.

1135   Escolar soy muy rudo, ni maestro, ni doctor:
aprendo muy poco para ser demostrador;
lo que aquí os dijere, entendedlo vos mejor;
bajo vuestra enmienda pongo mi error.

1136   En el santo decreto hay una confusión
si se hace penitencia por la sola contrición:
o necesario es el haber confesión.
Menester es ambas cosas para la satisfacción.

1137   Verdad es de que todo esto que puede el hombre hablar
tiene tiempo y vida para luego enmendar;
donde estas cosas faltan, bien se puede salvar
por la contrición sola, otra cosa no ha lugar.

1138　Querido es para Dios el hombre cumplido;
　　　　que con la iglesia no juega al escondido;
　　　　es menester que haga por gestos o gemidos
　　　　signos de penitencia y de que es arrepentido.

1139　De mi pecho herido a Dios manos alzando,
　　　　suspiros dolorosos muy tristes suspirando,
　　　　signos de penitencia de los ojos llorando,
　　　　si más hacer no puede, la cabeza inclinando.

1140　Por esto es sacado del infierno, mal lugar;
　　　　pero en el purgatorio lo va todo a pagar,
　　　　allí hace la enmienda purgando el su errar
　　　　con la misericordia de Dios que lo quiere salvar.

1141　Que tal contrición sea y penitencia llena
　　　　hay en la santa iglesia mucha prueba y buena:
　　　　por contrición y lágrimas la santa Magdalena
　　　　fue perdonada y absuelta de culpa y de pena.

1142　Nuestro señor San Pedro, tan santa criatura,
　　　　negó a Jesucristo con miedo y con pavura;
　　　　después lloró lágrimas tristes con amargura.
　　　　Otra satisfacción no hallo en la escritura.

1143　El rey don Ezequiel, a muerte condenado,
　　　　lloró mucho contrito, a la pared tornado:
　　　　de Dios tan piadoso luego fue perdonado,
　　　　quince años de vida añadió el culpado.

1144　Muchos clérigos simples, que no son tan letrados,
　　　　oyen la penitencia de todos los errados;
　　　　a veces son feligreses, a veces otros culpados:
　　　　a todos los absuelven de todos sus pecados.

1145　En esto yerran mucho, porque no lo pueden hacer;
　　　　en lo que hacer no pueden, no se deben entrometer:
　　　　"si el ciego al ciego adiestra y quiere traer
　　　　en la fosa entre ambos dan y van a caer".

1146　¿Qué poder tiene en Roma el juez de Cartagena?
　　　　¿Qué juzgará en Francia la alcalde de Requena?
　　　　No debe "meter el hombre su hoz en mies ajena":
　　　　hace injuria y daño, merece mucha pena.

1147　Todos los casos grandes, fuertes y agraviados,
　　　　a obispos, arzobispos y mayores prelados,
　　　　según común derecho, les son encomendados,
　　　　salvo los que al papa son en sí reservados.

1148　Los que son reservados del papa, especiales,
　　　　son muchos en derecho: decir cuántos y cuáles
　　　　sería grande el relato, más que dos Manuales:
　　　　quien saberlo quisiera, lea los decretales*.

1149   Pues que el arzobispo bendito y sagrado,
de palio y de báculo y de mitra honrado
y con pontifical, no es de éstos apoderado,
¿por qué el simple clérigo es de esto tan osado?

1150   Otrosí del obispo y de los sus mayores
son otros casos muchos, de los que son oidores:
pueden bien absolverlos y ser dispensadores:
son muchos entregados a clérigos menores.

1151   Muchos son los primeros, más muchos son aquestos;
quien quiera saberlos, estudie do son puestos;
trastornen bien los libros, las glosas y los textos:
porque el estudio a rudos hace sabidos y prestos.

1152   Lea en el Especulo y en el su Repertorio [171]
los libros del Ostiense [172], que son gran parlatorio,
El Inocencio Cuarto [173], un sutil consistorio,
El Rosario de Guido [174], Novela y Directorio.

1153   Más de cien doctores, en libros y cuestiones,
con fuertes argumentos, con sutiles razones,
tienen sobre estos casos diversas opiniones:
pues, por no decir tanto, no me retéis, varones.

1154   Vos, clérigo simple, guardaos de un gran error:
de mi parroquiano no seas confesor;
no tenéis el poder para ser juzgador,
no querráis vos penar por ajeno pecador,

1155   Sin poder del prelado o sin haber licencia
de su clérigo, cura, no le deis penitencia;
guardaos de absolver o de darle sentencia
en los casos que no son de vuestra pertenencia.

1156   Según el derecho común, ésta es la verdad:
pero en hora de muerte o de gran necesidad,
donde el pecador no puede haber de otra sanidad,
a los vuestros ajenos oíd, absolved, perdonad.

1157   En tiempo de peligro, donde la muerte se agazapa,
vos sois para todos arzobispo y papa;
todo su poderío está bajo vuestra capa;
la gran necesidad todas las cosas tapa.

1158   Pero a estos tales se les debe mandar
que, si antes de que mueran, pudieran hablar
y puedan ver su cura para así confesar,
que lo hagan y cumplan para mejor estar.

1159   Y otrosí mándales a estos mal dolientes
que, si no murieran, cuando mejor se sientan
aquellos casos graves en que vos le disteis urgente
óleos, que vayan a lavarse al río o a la fuente.

160   Es el papa sin duda la fuente perennal
que es de todo el mundo vicario general:
los ríos son los otros, que han el pontifical:
arzobispos, obispos, patriarca, cardenal.

1161 El fraile sobredicho, que ya os he nombrado,
era familiar del papa y mucho del privado:
en gran necesidad vio a Carnal aprisionado,
absolvióle de todo cuanto estaba ligado.

162   Desde que este buen fraile hubo a Carnal confesado
diole esta penitencia: que por tanto pecado
comiese cada día un manjar señalado,
y que más no comiese y sería perdonado.

163   "El día domingo, por tu codicia mortal,
comerás de los garbanzos con aceite y sin sal,
irás a las iglesias, no estarás en la cal,
que no veas el mundo ni codicies el mal.

164   En el día lunes, por tu soberbia mucha,
comerás sólo arveja y no salmón ni trucha,
irás oír las horas, no probarás la lucha
ni buscarás pelea, como es costumbre tuya.

165   Por tu gran avaricia mándote que el martes
comas de los espárragos y mucho no te hartes.
El medio de un pan comerás o las dos partes:
para los pobres lo otro te mando que apartes.

166   Espinacas el miércoles comerás no muy espesas,
por tu loca lujuria comerás pocas de esas:
no cortejarás casadas ni a monjas profesas,
ni harás para tus vicios otras grandes promesas.

167   El jueves cenarás, por tu mortal ira
v porque perjuraste diciendo mentiras,
lentejas con sal: en rezar mucho aspira,
cuando mejor te sepan, por Dios de ti las retiras.

168   Por tu mucha gula y por tu golosina
el viernes pan y agua comerás y no cocina,
hostigarás tus carnes con santa disciplina:
Dios te tendrá merced y saldrás de aquí aína.

1169 En el día sábado habas habrás y no más,
por tu envidia mucha, pescado no comerás;
como quiera que con esto algo pagarás
tu alma pecadora así se salvará.

170   Anda en este tiempo por cada cementerio,
visita las iglesias rezando el salterio,
atiende muy devoto el santo ministerio
y la ayuda de Dios tendrás, no es un misterio".

1171   Dada la penitencia, hizo la confesión:
        estaba don Carnal con santa devoción
        diciendo: "¡Mea culpa!"; diole la absolución,
        se alejó de él el fraile dada la bendición.

1172   Quedó allí encerrado don Carnal el culposo;
        estaba por la lucha muy flaco y doloroso,
        doliente y malherido, con los ojos llorosos,
        no lo ve ningún cristiano religioso.

DE LO QUE SE HACE EN EL MIÉRCOLES DE CENIZA Y EN LA CUARESMA

1173   Después que hubo la dueña terminada la contienda
        movió todo el real, mandó alzar la tienda;
        anda por todo el mundo y manda hacer enmienda,
        a los unos y a los otros, como cumple y se entienda.

1174   En el primer día, el miércoles de ceniza,
        en las casas donde entra las cañastas revisa,
        no deja plato, fuente, o cántaro sin visa;
        sobre limpio lebrillo las coloca de prisa.

1175   Escudillas y sartenes, tinajás y calderas,
        vasijas y barriles, todas cosas caseras,
        todo lo hace lavar a sus lavanderas,
        asadores y platos, ollas y tapaderas.

1176   Rehace las moradas, las paredes lava,
        las deja como nuevas y si puede pintadas;
        donde ella ve suciedad, en fija, no se para;
        salvo a don Carnal, no sé a quién no le agrada.

1177   Pocos como este día el año nos depara.
        En este día el alma se limpia y se repara;
        a todos los cristianos llama con buena cara
        que vayan a la iglesia con la conciencia clara.

1178   A los que vayan allá muy cristianamente,
        con ceniza los cruza con ramos en la frente;
        díceles que se conozcan y que tengan en mente
        que son ceniza y a tal tornarán ciertamente.

1179   Al cristiano católico dale el santo signo,
        porque en la Cuaresma viva santo y digno;
        la mansa penitencia al pecador indigno,
        ablanda duro roble con su blando lino.

1180   En cuanto ella anda estas obras haciendo,
        don Carnal, el doliente, iba salud habiendo,

íbase poco a poco de la cama irguiendo;
pensó cómo hiciese para irse riendo.

81 Dijo a don Ayuno el domingo de Ramos:
"Vayamos hoy a misa, señor, iremos ambos,
vos oiréis la misa y yo rezaré los salmos;
oiremos la pasión, después, libres partamos".

82 Respondió don Ayuno que esto le placía:
recio es don Carnal, mas flaco se le veía;
fueron a la iglesia, mas no a lo que él decía,
de lo que dijo en casa allí se desdecía.

83 Huyó de la iglesia y se fue a la judería,
recibiéronle bien en su carnricería;
pascua de pan cenceño* entonces le venía:
a ellos con él le plugo y a él vino buen día.

84 Luego, el lunes a la mañana, el rabí Acebín,
para ponerlo a salvo le prestó su rocín.
Púsose muy aína al extremo de Medellín;
dijeron los corderos: "¡Be! ¡He aquí el fin!"

85 Cabrones y cabritos, carnero y ovejas,
daban grandes balidos, dicen estas consejas:
"Si nos lleva de aquí Carnal por las callejas,
a muchos de nosotros sacarán las pellejas".

86 Prados de Medellín, de Cáceres, de Trujillo,
la Bera de Plasencia hasta Valdemorillo,
toda la serranía el presto mancebillo,
alborotó aína e hizo gran portillo.

87 El campo de Alcudia y toda Calatrava,
el campo de Hazalvaro, en Valsavia entraba,
en tres días lo anda: semeja que volaba,
el rocín del rabí con miedo, bien andaba.

88 Desde que le vieron los toros, levantan el pescuezo,
los bueyes y las vacas repican los cencerros,
dan grandes bramidos terneros y becerros:
"¡Aba! ¡Aba! ¡vaquerizos, socorrednos con los perros!"

89 Envió sus cartas donde llegar no pudo,
y por las montañas y las sierras estuvo,
y contra la Cuaresma andaba sañudo;
pero de venir solo muy bien se contuvo.

90 Éstas eran las cartas, el texto y la glosa:
"De nos, don Carnal, fuerte matador de toda cosa,
a ti, Cuaresma, flaca, magra, vil y sarnosa:
sin salud, puro huesos y como seca, flemosa:

1 bien sabes cómo somos tu mortal enemigo:
enviamos por nos a ti al Almuerzo, nuestro amigo,

que por nos lo diga, cómo seremos contigo
de hoy en cuatro días, que será el domingo.

1192 Como ladrón caíste, de noche [175], al oscuro,
estando nos durmiendo, yaciendo seguros;
no te defenderá ni castillo ni muro
hasta que de ti hayamos el tu cuero maduro".

1193 La nota de la otra era para todos: "Nos,
don Carnal, poderoso por la gracia de Dios,
a todos los cristianos moros y judiós [176],
salud con muchas carnes siempre de nos a vos.

1194 Bien sabéis, mis amigos, cómo, ¡mal pecado!,
hoy, hace siete semanas, fuimos desafiados
por la falsa Cuaresma y por el mar airado:
estando nos seguros fuimos sorprendidos y apresad

1195 Por lo tanto mandamos que por esta nuestra carta,
que la desafiéis antes de que ella parta,
guardad de que no huya, que a todo el mundo enar
enviádselo a decir con doña Merienda harta.

1196 Y vaya el Almuerzo, que es más apercibido,
y dígale que el domingo, antes del sol salido,
vamos a lidiar con ella, haciendo gran ruido;
si muy sorda no fuese, oirá vuestro bramido.

1197 Nuestra carta leída, tomad de ella traslado,
dadla a don Almuerzo, que va con un mandado:
no se detenga y vaya, directo y apurado.
Dadas en Valdevacas, nuestro lugar amado".

1198 Escritas son las cartas todas con sangre viva.
Todos, con el placer, cada uno alegre iba;
dicen a la Cuaresma: "¿Do te esconderás cautiva?"
Ella en esta sazón andaba muy esquiva.

1199 Porque ella no había las cartas recibidas,
cuando se las dieron y las hubo leídas,
respondió muy flaca, las mejillas caídas:
"¡Dios me guardará de estas nuevas oídas!"

1200 Por tanto cada uno este refrán recuerde:
"Quien a su enemigo perdona, a sus manos muere"
Quien a su enemigo no mata si pudiere,
su enemigo a él lo matará si cuerdo fuere.

1201 Dicen los naturales que, salvo algunas vacas,
todas las hembras son de corazón muy flacas;
para lidiar no son firmes, como en la arena estacas
salvo sin son velludas, porque éstas son berracas*.

1202 Por tanto doña Cuaresma, de flaca complexión,
receló que en la lid fuese muerta o en prisión;

146

hizo el voto de ir a Jerusalén con devoción,
poniendo mar por medio a toda esta cuestión.

203 La dueña en su oro reto puso días sabidos
para la lucha sostener, bien lo habéis oído;
no había, entonces, por qué lidiar con su vencido.
Sin vergüenza se pudo ir al plazo cumplido.

204 Además, como es verano, ya no vienen del mar
los pescados como antes para a ella ayudar;
ella sola y débil no podía luchar;
por todas estas cosas no quiso esperar.

205 El Viernes de indulgencia vistió nueva esclavina,
gran sombrero redondo con mucha concha marina,
bordón lleno de imágenes, en él la palma fina,
rosarios y cuentas para rezar aína.

206 Los zapatos redondos con doble suela, clavados;
echó un gran talego entre sus costados;
panes y bollos lleva allí condensados*:
con estas cosas los romeros andan aparejados.

207 Debajo del sobaco va la mejor alhaja:
una calabaza lleva, bermeja como pico de graja,
donde cabe un azumbre, más una migaja;
no andan los romeros sin estas zarandajas.

208 Estaba preocupada de la guisa que veis,
el Sábado a la noche saltó por la pared;
dijo: "Vos que me guardáis, espero que no me toméis,
que todo pardal viejo no lo caza la red".

209 Salió y se fue de prisa por muchas varias calles;
dijo: "Tú, Carnal soberbio, espero que no me halles".
Luego aquella noche llegó a Roncesvalles.
¡Vaya y Dios la guíe por montes y por valles!

DE CÓMO DON AMOR Y DON CARNAL VINIERON Y DE CÓMO LES SALIERON A RECIBIR

210 Vigilia era de Pascua, abril recién pasado,
el sol era salido por el mundo rayado,
cuando, por toda la tierra fue anunciado
que dos emperadores al mundo habían llegado.

211 Estos dos emperadores Amor y Carnal eran.
Al recibirlos salen cuantos los esperan;
las aves y los árboles hermoso tiempo agüeran,
los que al Amor atienden, sobre todo se esmeran.

1212 A don Carnal reciben todos los carniceros,
      y todos los rabís con todos sus aperos;
      las triperas lo esperan tañendo sus panderos,
      los cazadores llegan de montes y de oteros.

1213 El pastor lo atiende fuera de la carrera,
      tañendo su zampoña y su flauta casera;
      su mozo el caramillo hecho de cañavera,
      tañendo el rabadán* su cítara trotera.

1214 En el horizonte asoma una señal bermeja,
      en medio una figura que a un cordero semeja,
      viniendo en derredor de ella balando muchas ovejas,
      carneros y cabritos con su suave polleja.

1215 Los cabrones valientes, las vacas y los toros,
      en gran número vienen más que en Granada hay moros;
      muchos bueyes castaños, otros hoscos y loros*,
      no los compraría Darío con todos sus tesoros.

1216 Venía don Carnal en carro muy preciado,
      con muy hermosas pieles vestido y adornado;
      el buen emperador está bien ataviado,
      con sayas, faldas, cintas y también bien armado.

1217 Traía en la mano una segur* muy fuerte:
      a todo cuadrúpedo con ella da muerte,
      con cuchillo muy agudo a las reses acomete,
      con él las degüella y a desollar se mete.

1218 Detrás de él traía, atado de una cinta
      que primero fue blanca y ahora es de sangre tinta,
      un cabrón, que está gordo, su fin ya mal se pinta,
      a quien hace hacer "¡Be!" balando en doble quinta.

1219 Con cofia en la cabeza para que el cabello no salga,
      vestía una casaca blanca y rabilarga;
      en su carro, a su par, nadie otro cabalga.
      A la liebre que sale luego le echa la galga.

1220 En derredor de sí trae perros que ladren,
      vaqueros y de monte que comen muchos panes,
      sabuesos y podencos, alanos y otros canes
      bravos y nocherniegos que saben matar carnes.

1221 Sogas para las vacas, muchos pesos y pesas,
      tajos y garabatos*, grandes tablas y mesas,
      para las triperas gamellas y artesas;
      las terneritas vienen con las cadenas presas.

1222 Rebaños de Castilla con pastores de Soria,
      recíbenle en sus pueblos y dicen gran historia,
      tañendo las campanas como si fuese a gloria:
      de tales alegrías no hay en el mundo memoria.

223 Posó el emperador en las carnicerías:
veníanle a obedecer de aldeas y alquerías,
dijo con gran orgullo bravatas y osadías
y comenzó en seguida a hacer matanza impía.

224 Matando y degollando y desollando reses,
vendiendo a cuántos venían: castellanos e ingleses;
todos le dan dinero, reales y torneses*
cobra cuanto ha perdido en los pasados meses.

DE CÓMO CLÉRIGOS, LEGOS, FRAILES, MONJAS, DUEÑAS Y JUGLARES SALIERON A RECIBIR A DON AMOR

225 Día era muy santo el de Pascua mayor:
el sol salía muy claro y de noble color;
los hombres y las aves y toda noble flor,
todos van a recibir cantando al Amor.

226 Recíbenlo las aves: alondras, ruiseñores,
calandrias, papagayos mayores y menores,
dan cantos placenteros y de dulces sabores:
más alegría hacen los que son más menores.

227 Recíbenlo los árboles con ramos y con flores
de diversas maneras, de hermosos colores;
recíbenlo los hombres y dueñas con amores:
con muchos instrumentos salen los atabores*.

228 Allí sale gritando la guitarra morisca,
de las voces agudas, de los puntos arisca.
El corpudo laúd que tiene punto a la trisca[177],
la guitarra latina que con éstos se aprisca.

229 El rabé* gritador con su alta nota,
parece que "Calbí, garabí!"[178] de su adentro le brota;
el salterio con ellos más alto que la mota,
la vihuela de péndola con ellos se connota.

230 El medio caño y el harpa con el rabé morisco
va sembrando alegría con galope francisco[179].
La rota suena con ellos más alta que un risco,
y con ellos el tamborete, sin él no valen un prisco.

231 La vihuela de arco lanza dulces acentos,
adormeciendo unas veces, otras en tono violento,
voces dulces, sabrosas, claras y de ritmo lento,
a las gentes alegra, desparrama contento.

232 Dulce caño entero sale con el panderete,
con sonajas de azófar* hace dulce sonete;
los órganos que dicen canzonetas y motetes,
la ¡Infeliz albardana*! entre ellos se entremete.

1233 Gaita y ajabeba*, el hinchado albogón*,
     sinfonía y baldosa en esta fiesta son;
     el francés odrecillo no falta en la reunión,
     la necia bandurria también pone su son.

1234 Trompas y añafiles salen con atabales,
     no hubieron tiempo ha, placenterías tales,
     tan grandes alegrías ni tales festivales:
     de juglares están llenos las cuestas y eriales.

1235 Los caminos van llenos de grandes procesiones,
     muchos hombres ordenados que otorgan perdones,
     los clérigos seglares y muchos clerizones*;
     en la procesión iba el abad de Bordones.

1236 Las órdenes de Císter con las de San Benito,
     la orden de Crusniego con su abad bendito,
     las órdnes que son, no las puse por escrito:
     Venite exultemus! cantan en alto grito.

1237 La orden de Santiago con la del Hospital,
     las de Calatrava y Alcántara con la de Buenaval,
     muchos abades benditos en esta fiesta van:
     Te, Amorem, laudamus! le cantan el ritual.

1238 Allí van de San Pablo los sus predicadores,
     no va ahí San Francisco, mas van frailes menores.
     Allí van los agustinos y dicen sus cantores:
     Exultemus et lactemus!, ministros y priores.

1239 Los de la Trinidad con los frailes del Carmen,
     y los de Santa Eulalia porque no se ensañen,
     todos mandan que digan, que canten y que llamen:
     Benedictus qui venit!; responden todos: *Amen!*

1240 Los frailes de San Antón van en esta cuadrilla
     con muchos buenos caballos y muchas malas sillas;
     iban los escuderos con su saya cortilla,
     cantando *¡Aleluya!* van por toda Castilla.

1241 Van las dueñas de orden, las blancas y las prietas ¹
     de Císter predicadoras y muchas menoretas*,
     todas salen cantando sus dulces canzonetas:
     Mane nobiscum, Domine! que tañen a completas.

1242 De la parte del sol vi venir una seña,
     blanca, resplandeciente, más alta que una peña;
     figuraba en el medio la figura de dueña
     labrada toda de oro, no viste estameña.

1243 Traía en su cabeza una noble corona,
     con piedras de gran precio, con amor se adorna;
     llenas trae las manos con muchas nobles donas,
     no las comprarían igual en París ni en Barcelona.

44 Al cabo de gran rato vi al que la traía;
su vista era esplendente ya que resplandecía;
no compraría Francia los paños que vestía,
el caballo de España muy gran precio valía.

45 Muchas compañías vienen con el gran gobernante.
Arciprestes y dueñas, éstos vienen delante;
luego el mundo todo que ya os dije antes;
de gran ruido todo el valle es sonante.

46 Cuando hubo llegado el Amor, el lozano,
todos de rodillas le besaron la mano;
al que no se la besa lo tienen por villano;
hubo gran contienda después en ese llano.

47 Lucharon por saber con quién se hospedaría;
querían llevarle los clérigos con mucha pleitesía,
los frailes se negaban y hubo gran porfía,
también ellos como ellas le dan posadería.

48 Dijeron allí luego, todos los ordenados:
"Señor, nosotros te daremos monasterios honrados,
refectorios pintados y manteles bordados,
y grandes dormitorios con lechos bien probados.

49 No quieras que los clérigos te den el hospedaje,
que no tienen morada que ajuste a tu linaje,
en su pequeña morada no hay gran señor que encaje,
contento toma el clérigo y da de mal visaje.

50 Esquilman cuanto pueden a quien se les allega,
no esperes buen servicio ni atención que te plega;
a gran señor conviene gran palacio y gran vega,
no es para él bueno hospedarse en bodega".

51 "Señor", dicen los clérigos, "no quieras vestir lana,
entregaría a un monje cuanto el convento gana,
la su casa vacía no es para ti sana,
tiene grande la galleta [181] y chica la campana.

52 No te hacen servicio aunque prometido han,
dante lechos sin ropas y manteles sin pan,
tienen cocinas grandes mas poca carne dan,
coloran su mucha agua con un poco de azafrán".

53 "Señor, sed nuestro huésped", dicen los caballeros;
"No lo hagas, señor", dicen los escuderos,
"con sus dados cargados sacarte han el dinero,
para comer son prestos, para la lid tardineros".

54 Tienden grandes alfombras, sobre ellas los tableros
pintados de amarillo, pero son muy coimeros,
a tomar las monedas vienen ellos primeros,
para ir en frontera son cobardes y lerdos".

1255 "Deja a todos éstos y toma de nos servicio",
las monjas le dijeron, "no hagas tal sacrificio,
son pobres miserables, puro promesa y bullicio,
señor, ven nosotros, prueba nuestro cilicio".

1256 Allí le respondieron que no se lo aconsejaban,
que amaban falsamente a cuantos las amaban;
son parientes del cuervo, de un lado a otro andab
tarde o nunca cumplen de lo que declaraban.

1257 Todo su mayor hecho es dar muchos sonetes,
palabrillas pintadas, hermosillos afeites,
con gestos amorosos y engañosos juguetes
traen a muchos locos, no cumplen y prometen.

1258 Mi señor don Amor, si él en mí confiaría,
el convite de las monjas de prisa aceptaría;
todo placer del mundo y todo goce tendría
si en el convento entrara nunca se arrepentiría.

1259 Mas como el gran señor debe ser imparcial
no quiso aceptar a uno para que el otro quede m
dioles gracias a todos, sin mostrarse parcial,
y prometió merced a todos y a mí también, igual.

1260 Cuando vi que mi señor no tenía posada,
y vi que la contienda ya era sosegada,
me hinqué de rodillas ante él y su mesnada
y le pedí me diera merced tan señalada.

1261 "Señor, tú me tuviste de pequeño criado;
el bien, si algo sé, de ti me fue mostrado,
de ti fui apercibido y de ti fui castigado:
en esta santa fiesta sed por mí hospedado".

1262 Su mesura fue tanta que oyó mi petición
y fue a mi posada con esta procesión;
todos lo acompañan con gran consolación;
tiempo ha que no tuve tan buena estación.

1263 Fueron a otras posadas las más de las gentes,
pero en mi casa quedaron los de nombres lucientes.
Mi señor don Amor en esto paró mientes,
porque vio la casa pequeña para tantos sirvientes.

1264 Dijo: "Mando que mi tienda quede en aquel prado
si me viniera a ver algún enamorado,
de noche o de día allí sea el estrado:
porque en todo tiempo ver a todos agrado".

1265 Cuando hubo comido la tienda fue armada;
nunca pudo ver el hombre cosa tan acabada,
bien creo que de ángeles fue tal cosa obrada,
que hombres terrenales de esto no harían nada.

66 La hechura de la tienda os querría contar
    aunque un poco se os tarde el yantar*;
    es una gran historia y no es de dejar:
    muchos dejan la cena por hermoso cantar.

67 El mástil en que se arma es de blanco color,
    un marfil ochavado, nunca viste mejor,
    de piedras muy preciosas cercado en derredor:
    alúmbrase la tienda con su gran resplandor.

68 En la cima del mástil una piedra estaba;
    creo que era un rubí: al fuego semejaba,
    no había menester sol, tanto alumbraba;
    de seda son las cuerdas con que se tiraba.

69 De prisa os lo cuento para no os detener;
    si todo ello describiese, en Toledo no hay papel
    para poder narrarlo como se debe hacer,
    y si decirlo puedo, merecería el beber.

70 Luego a la entrada, a la mano derecha,
    estaba una mesa muy noble y bien hecha;
    delante de ella un gran fuego de sí un gran calor echa,
    tres que comen a ella, el uno al otro acecha.

71 Tres caballeros comían todos a un tablero [182],
    sentados junto al fuego, cada uno señero*,
    no se alcanzarían con un largo madero
    y entre ellos no cabe un canto de dinero.

72 El primero comía las primeras chirivías*;
    comienza a dar zanahorias a bestias de alquerías,
    da primero a los bueyes harina en cuantía,
    hace días pequeños y madrugadas frías.

73 Comía las nueces primeras y asaba las castañas,
    mandaba sembrar trigo y traer leña de las montañas,
    matar los gordos puercos y deshacer las cabañas,
    las viejas tras los fuegos dicen ya sus patrañas

74 El segundo comía toda carne salpresa*,
    estaba enturbiada con la niebla su mesa,
    hace nuevo aceite, a las brasas se acerca,
    por el frío, muchas veces, a sus manos las besa.

75 Comía el caballero el tocino con berzas,
    aclara algo su vino cuando con él almuerza,
    ambos visten zamarras, quieren calientes presas,
    en pos de éste estaba uno con dos cabezas.

76 A dos partes otea aqueste cabezudo,
    gallinas con capirotadas* comía a menudo,
    hacía aserrar sus cubas, llenarlas con embudo,
    y le echaba adentro hierbas que guardan el vino agudo.

1277 Hacía a sus criados levantar valladares,
      rehacer los pesebres, limpiar los albañales,
      cerrar silos de pan, e hinchar los pajares.
      Más quería tener pieles que loriga en los ijares.

1278 Estaban tres hidalgos en otra noble tabla [183],
      eran muy allegados, pero uno al otro no habla.
      No se alcanzarían con las vigas de Gaula,
      no cabría entre ellos un cabello de Paula.

1279 El primero de éstos era de porte enano,
      ora triste, sañudo, ora ríe lozano;
      tiene las hierbas nuevas en el prado anciano,
      húyese del invierno, con él viene verano.

1280 Lo más que éste mandaba era viñas podar,
      injertar de escudete, las gavillas anuda;,
      mandaba poner viñas para buen vino dar
      que con vaso de cuerno se habría de tomar

1281 El segundo enviaba buenos trabajadores
      a las viñas que doblen los sarmientos mejores,
      hacen de la blanca negra los buenos injertadores;
      a hombres, aves, bestias los mete en amores.

1282 Éste tiene tres diablos presos en su cadena,
      el uno enviaba a las dueñas a dar pena,
      allí en el lugar donde la mujer es buena;
      no las deja tranquilas, las tienta y las condena.

1283 El segundo diablo inquieta a los abades,
      arciprestes y dueñas hablan mil necedades
      con este compañero que les da libertades,
      se pierden las ofrendas y se dicen vanidades.

1284 Antes nace un cuervo blanco que ellos pierden artería
      todos, ellos y ellas, andan en picardía;
      los diablos donde se hallan son mala compañía,
      hacen sus travesuras y sus truhanerías.

1285 Envía a otro diablo en los asnos entrar:
      en las cabezas entra, no en otro lugar;
      hasta que pasa agosto no dejan de rebuznar,
      desde allí pierden sesos: bien lo puedes probar.

1286 El tercer hidalgo está de flores lleno,
      con los vientos que sopla crece el trigo y centeno,
      hace poner estacas que dan aceite bueno,
      a los mozos medrosos ya les espanta el trueno.

1287 Andan tres ricoshombres allí en una danza [184],
      entre ellos no cabría una punta de lanza,
      del primero al segundo hay una gran labranza,
      del segundo al tercero con nada no se alcanza.

88 El primero los panes y las frutas granaba,
   hígados de cabrón con ruibarbo almorzaba,
   huían de él los gallos que a todos los yantaba,
   los barbos y las truchas a menudo cenaba.

89 Buscaba casa fría y huía de la siesta,
   el calor del estío le hacía doler la testa,
   andaba más lozano que pavón en floresta,
   busca hierbas y aire en la sierra enhiesta.

90 El segundo tenía en su mano una hoz,
   segaba las cebadas de todo el alfoz*,
   comía brevas nuevas, recogía el arroz,
   agraz nuevo comiendo se enronqueció su voz.

91 Revestía los árboles con ajena corteza,
   comía nuevos panales, sudaba sin pereza,
   bebía las aguas frías de la naturaleza,
   traía las manos tintas de la mucha cereza.

92 El tercero andaba los centenos trayendo,
   trigos y todas mieses en las eras tendiendo,
   estaba de los árboles la fruta sacudiendo,
   el tábano al asno ya le iba mordiendo.

93 Comenzaba a comer pequeñas codornices,
   sacaba barriles fríos de los pozos y aljibes,
   la mosca mordedora hace arder las narices,
   a las bestias por tierra abajar las cervices.

94 Tres labradores vienen todos en una carrera [185],
   al segundo atiende el de la delantera,
   el tercero al segundo atiéndele en frontera,
   el que viene no alcanza al otro que lo espera.

95 El primero comía ya las uvas maduras,
   comía maduros higos de las higueras duras,
   trillando y aventando aparta pajas puras,
   con él viene el otoño con dolencias y curas.

96 El segundo adoba y repara carrales*,
   estercola barbechos y sacude nogales,
   comienza a vendimiar uvas de sus parrales,
   escombra los rastrojos y cerca los corrales.

97 Pisa todos los vinos el labrador tercero,
   llena todas las cubas como buen bodeguero,
   envía a derramar la simiente ligero
   para que al llegar el invierno todo esté con esmero.

98 Quedé maravillado desde que vi tal visión,
   creí que soñaba, pero me convencí que no;
   rogué a mi señor que me diese razón
   por donde yo entendiese lo que era y lo que no.

1299 En mi señor Amor, como era letrado,
en una sola copla puso todo el tratado,
por donde el que la oyere será certificado;
esta fue su respuesta y su dicho abreviado:

1300 "El tablero y la tabla, la danza y la carrera,
son cuatro temporadas del año en la espera:
los hombres son los meses, cosa es verdadera,
andan y no se alcanzan, atiéndense en carreras".

1301 Otras cosas extrañas, muy graves de creer,
vi muchas en la tienda, pero por no os detener,
y porque enojoso tampoco querría ser,
no quiero de la tienda más prólogo hacer.

1302 Mi señor, desde que fue su tienda aparejada,
vino a dormir en ella, fue muy breve su estada;
cuando se levantó no vio a su mesnada,
los más con don Carnal hacían su morada.

1303 Cuando lo vi con calma, pues era su criado,
atrevíme a preguntarle por qué, el tiempo pasado,
cómo nunca me viera, dónde había morado.
Respondióme con suspiros y como con cuidado.

1304 Dijo: "Durante el invierno visité Sevilla,
toda la Andalucía y no quedó hombre ni villa
que de buen grado ante mí no se humilla.
Anduve mucho viendo sus muchas maravillas.

1305 Entrada la Cuaresma víneme para Toledo,
cuidé estar descansado, placentero y ledo;
hallé gran santidad, hízome estar quedo,
pocos me recibieron o indicaron con el dedo.

1306 Estaba en un palacio pintado de almagra*;
vino a mí mucha dueño, de mucho ayuno magra,
con muchos «Pater nostres» y con mucha oración agr
echáronme de la ciudad por la puerta Visagra [186].

1307 Aún quise porfiar, fuime para un monasterio,
hallé por el claustro y por el cementerio
muchas religiosas rezando el salterio;
vi que no podía sufrir aquel lazerio*.

1308 Cuidé en otra orden hallar cobro alguno
donde perdiese lazerio; no pude hallar ninguno;
con oración y limosna y con mucho ayuno
retirábase de mí como si fuese lobuno.

1309 De caridad hablaban, pero no me la hacían,
yo veía las caras, mas no lo que decían;
mercado halla el hombre y gana si en él fían;
torpeza es el quedarse donde se le desconfía.

310 Por la ciudad andaba errante y perdudo,
    dueñas y otras hembras hablaban a menudo;
    con sus «Aves Marías» hacíanme quedar mudo:
    desde que vi que mal me iba, me fui de allí sañudo.

311 Salí de esta lazería, de esta cuita y trabajo,
    fui a tener la cuaresma en la villa de Castro;
    muy bien me recibieron a mí y a mi rastro,
    pocos allí que no me llamasen padrastro.

312 Desde que Carnal ha venido no quiero más miseria,
    la cuaresma católica se la doy a Santa Quiteria;
    quiero ir en Alcalá y moraré en la feria,
    después rodaré por la tierra dando a muchos materia".

313 Otra vez temprano, antes que fuese el día,
    movió con su mesnada Amor y fue su vía;
    dejóme con cuidado, pero con alegría,
    este mi señor siempre tal costumbre tenía.

314 Por dondequiera que esté pone mucho cuidado
    de dar mucho placer al su enamorado;
    siempre quiere alegría, placer, ser ayudado,
    de tristes y sañudos no quiere ser amado.

DE CÓMO EL ARCIPRESTE LLAMÓ A SU VIEJA
QUE LE CONSIGUIESE ALGUNA PRESA

315 Día de Quasimodo, iglesias y altares
    vi llenos de alegría, de bodas y cantares;
    tenían grandes fiestas y hacían yantares,
    andan de boda en boda clérigos y juglares.

316 Los que antes eran solteros, después que eran casados
    veíasles de dueñas estar acompañados;
    pensé cómo pudiese también ser agasajado
    que el hombre que está solo siempre piensa cuidados.

317 Hice llamar a Trotaconventos, la mi vieja sabida:
    presta y placentera de grado fue venida;
    roguéle me buscase alguna bien garrida,
    porque solo, sin compañía, era muy triste vida.

318 Díjome conocía una viuda lozana,
    muy rica, buena moza, de modales galana;
    dijo: "Arcipreste, amad a ésta, yo iré mañana
    y si ésta conseguimos nuestra obra no será vana".

319 Con la mi vejezuela un presente envié
    y con él estas cantigas que por vos aquí trové;
    ella no me aceptó, por lo tanto no pequé:
    si poco trabajo tuve, poco provecho saqué.

1320   Bastante hizo mi vieja, cuanto ella hacer pudo,
      pero no pudo encantar, trabar, ni hacer nudo;
      volvió a mí muy triste y con corazón agudo
      diciendo: "Do no te quieren mucho, no vayas a menudo

DE CÓMO EL ARCIPRESTE SE ENAMORÓ DE UNA DUEÑA QUE VIO HACIENDO ORACIÓN

1321   El día de San Marcos fue fiesta señalada,
      toda la santa iglesia hizo procesión honrada,
      de las mayores del año, de cristianos loada,
      y acontecióme una aventura, la fiesta no pasada.

1322   Vi estar una dueña, hermosa de verdad,
      rogando muy devota ante su majestad;
      rogué a la mi vieja que me hubiese piedad
      y que hiciese en mi favor gestión de caridad.

1323   Ella hizo mi ruego, pero con cautela;
      dijo: "No quiero que me pasara con ésta
      como con la mora que me corrió muy presto [187];
      mas el leal amigo con bien o mal se queda".

1324   Fue con su usual maestría a procurar mi afán,
      hízose como que vendía joyas, pues éstas a todo var
      entró en la posada, llamó, respuesta no le dan,
      no vio a la vieja hombre, gato ni can.

1325   La dueña sola le preguntó qué objeto
      tenía su visita: "Señora", dijo, "compradme, os lo ruego
      almohadas y prendedores..." — "Tus decires travieso
      entiéndolos, Urraca, y tus «esos» y «esos»..."

1326   "¡Hija!", dijo la vieja. "¿Osaros he de hablar?..."
      Dijo la dueña: "¿Por qué lo has de evitar?"
      "Señora, pues, yo os quiero un casamiento dar
      aunque más vale suelta la viuda que malcasar.

1327   Más vale tener en secreto, con provecho, guardado,
      más vale buen amigo, que mal marido airado;
      hija, el que yo os daría, os viene de mandado,
      muy lozano y cortés, sobre todos esmerado".

1328   Lo que oyó o entendió mi buena mensajera
      no sé, pero a mí vino, alegre y placentera:
      "El que al lobo envía", dijo, "a fe que carne espera'
      Y éstos fueron los versos que llevó mi trotera.

1329   Habló la tortolilla en el reino de Rodas [188];
      dijo: "¿No tenéis temor, vos, las mujeres todas
      de mudar vuestro amor por tener nuevas bodas?
      Porque hoy se casa la dueña con el caballero Apodas'

330 Y cuando fue la dueña con otro ya casada,
     excusóse de mí y de mí fue excusada,
     por no hacer pecado o por no ser osada:
     toda mujer por esto no debe ser reprochada.

331 Y cuando me vi abandonado sin femenina liga
     envié por mi vieja; ella dijo: "¿No se diga,
     don Polo, que pedís que otra paloma siga?"
     He aquí, buen amor, que me buscó otra amiga.

DE CÓMO TROTACONVENTOS ACONSEJÓ AL ARCIPRESTE QUE AMASE A ALGUNA MONJA Y DE LO QUE LE CONTECIÓ CON ELLA

332 Ella dijo: "Amigo, dadme vuestra atención;
     amad alguna monja, es buena solución,
     no se cansará luego, no saldrá relación,
     andarás en amor de una gran duración.

333 Yo las serví un tiempo, moré con ellas diez años:
     tienen a sus amigos en la palma de la mano.
     ¡Quién diría los manjares, los presentes tamaños,
     los muchos postres hermosos y de gustos extraños!

334 Deliciosas golosinas les mandan muchas veces:
     de cidra, de membrillo o postre de nueces;
     otras de más valía con zanahoria cuecen,
     por ser mejores entre ellas su competencia acrece.

335 Unas usan comino, otras buen tragacanto,
     esta mezcla el jengibre con la cidra en un tanto,
     la miel rosada deja caer en noble llanto,
     el azúcar, especias y otros productos tantos.

336 Grajeas y alfeñiques, sabrosas confituras,
     la hierba de San Benito y otras se procuran,
     el sándalo que pone en la sangre calentura
     y es para estos menesteres una preciosa ayuda.

337 Sabe que allí el azúcar no se mezquina en nada;
     en polvo, en terrones, la cande, la rosada,
     azúcar impalpable en postres muy preciada,
     y de otras muchas clases las tienen ordenadas.

338 En Montpellier, Alejandría y la renombrada Valencia
     no tienen golosinas de tantas excelencias:
     las más preciadas ofrecen las dueñas al que más precian:
     en nobleza de amor ponen mucha vehemencia.

339 Y aun os diré otra cosa de cuanto aprendí:
     si tienen vino añejo no envían baladí;

desde que salí de ellas tan bueno no bebí:
el que a las monjas no ama no vale un maravedí.

1340 Aparte de estas noblezas tienen buenas maneras,
son muy donosas, discretas, placenteras;
más saben y más valen sus mozas cocineras
para el amor del mundo que las dueñas de afuera.

1341 Como imágenes pintadas de sublime hermosura
de buena sangre vienen y son francas por natura;
buenas cortejadoras, el amor siempre les dura,
con modales medidos y digna compostura.

1342 Todo el placer del mundo que brinda el enamorar,
solaz de mucho sabor y halagüeño jugar:
todo lo tienen las monjas más que en otro lugar:
probadlo una vez y tendréis el sosegar".

1343 Yo le dije: "Trotaconventos, escuchadme un poquill
¿Yo entrar cómo puedo si no encuentro portillo?"
Ella dijo: "Yo andaré un pequeño ratillo:
quien hace la canasta puede hacer un cestillo".

1344 Fuese a una monja a la que había servido
y ésta le preguntó: "¿Para qué has venido?
¿Cómo te va mi vieja? ¿Cómo tu vida ha sido?"
"Señora", dijo la vieja, "más mal que bien he tenid

1345 Desde que os dejé a un arcipreste sirvo,
mancebo muy galante, de su ayuda vivo,
para que os sirva cada día lo avivo;
señora, del convento, no le hagáis esquivo".

1346 Dijo doña Garoza: "¿Envíate él a mí?"
Dícele: "No, señora, sola me comedí*,
por el bien que me hiciste cuando os serví,
para vos lo querría porque es el mejor que vi".

1347 Esta dueña tenía razonamiento sano:
era de buena vida, no de modos livianos,
dijo: "Me pasaría con tu consejo vano
como, con la culebra, sucedió al hortelano":

EJEMPLO DEL HORTELANO Y LA CULEBRA

1348 "Era un hortelano bien simple y sin mal;
en el mes de enero con fuerte temporal,
andando por su huerta vio debajo un peral
una culebra pequeña viva y muerta por igual.

1349 Por la nieve y por el viento y por la helada fría
estaba la culebra medio amadorrida;

el hombre piadoso que la vio aterida
dolióse mucho de ella y quiso darle vida.

850 Tomóla en su falda y llevóla a su casa,
púsola cerca del fuego, cerca de la brasa;
revivió la culebra y antes que le dé caza
entróse en un agujero de esa cocina rasa.

51 El hombre bueno le daba cada día
del pan y de la leche y de cuanto él comía;
creció con la holganza y el bien que tenía
tanto que una gran sierpe a todos parecía.

52 Venido es el estío, una siesta llegada,
en la que no había miedo de viento ni de helada,
salióse de su agujero sañuda y airada,
comenzó a emponzoñar con veneno la posada.

53 Díjole el hortelano: «¡Vete de este lugar!
¡No hagas aquí más daño!...» Ella, sin vacilar,
abrazóle tan fuerte que lo quería ahogar,
apretándole fuerte sin resuello le dar.

54 Alégrase el malo en dar veneno por la miel que le vino,
y por fruto dan pena al amigo y al vecino,
por piedad engaño de donde bien avino;
así derechamente a mí de ti provino.

55 Tú estabas cuitada, pobre, sin buena fama,
donde hubiera ganancia, no tenías entrada.
Ayudéte con algo fui gran tiempo tu ama,
aconséjasme ahora que pierda yo mi alma".

56 "Señora", dijo la vieja. "¿Por qué soy infamada?
Cuando traigo regalos soy muy halagada;
con las manos vacías, quedo mal escuchada;
me pasa como al galgo que no caza ya nada".

EJEMPLO DEL GALGO Y DEL SEÑOR

57 "El buen galgo, ligero, corredor y valiente,
tenía, cuando joven, pies ligeros, corrientes,
tenía buenos colmillos, buena boca y los dientes.
Cuantas liebres veía, prendía rápidamente.

8 A su señor siempre algo le presentaba,
nunca de sus correrías vacío le tornaba;
el señor, por esto, mucho se halagaba,
y con todos sus vecinos del galgo se loaba.

9 Pasó el tiempo y el galgo se fue poniendo viejo.
Perdió luego los dientes, ya no corría tan lejos.

Fue su señor de caza y les salió un conejo;
prendiólo y no lo pudo tener, huyó por un vallejo.

1360 El cazador al galgo golpeólo con un palo;
el galgo lamentando dijo: "¡Qué mundo malo!
Cuando era joven decíame: ¡Halo..., halo!...
Ahora que soy viejo dicen que poco valo.

1361 En mi juventud la caza en la carrera no se me iba,
a mi señor la daba, ya sea muerta o viva;
entonces me loaba; ahora que soy viejo me esquiva;
cuando no le traigo nada, ni me halaga ni me silba»

1362 Los bienes y los loores del joven a su vez
deben justificar las faltas que trae la vejez;
por ser el hombre viejo no pierde su buen prez,
la experiencia reemplaza el vigor que se fue.

1363 En amar al mancebo y a su lozanía
despreciando a los viejos es hacerles villanía,
es torpeza y maldad, inquietud y falsía;
en el viejo loemos su buena mancebía.

1364 El mundo codicioso sigue en esta postura:
si el amor le da fruto, alentarlo procura;
si no le da ganancia ese amor poco dura;
de, amigo sin provecho no tiene el hombre cura.

1365 Por lo que da el hombre, por lo mismo es preciado
cuando yo daba mucho, era mucho loado;
ahora que no doy nada soy vil y despreciado:
no hay recuerdo siquiera del servicio pasado.

1366 No se recuerdan algunos de los bienes antiguos;
quien a mal hombre sirve, siempre será mendigo;
el malo a los suyos no les presta ni un higo,
apenas se halla viejo ya no ha ningún amigo.

1367 Y señora, contigo, lo mismo me acaece:
os he servido bien y sirvo en lo que acontece;
porque vine sin regalos, la vuestra saña crece
y me cubrís de insultos como a vos os parece".

1368 "Vieja", dijo la dueña, "Cierto es y no mentí;
por lo que me dijiste sospeché y ofendí;
de lo que te dije, luego me arrepentí
porque buena intención creo que hay en ti.

1369 Mas témome y recelo que mal engañada sea,
no querría que me pase como al ratón de aldea
con el ratón de la villa, que fue una hazaña fea:
decirte he de la misma y no haya más pelea".

370 "El ratón de Guadalajara un lunes madrugaba.
Fuese a Monferrado, en el mercado andaba;
un ratón de larga barba lo recibió en su cava,
convidólo a comer y diole una haba.

371 Estaba en mesa pobre, buen gesto y buena cara:
con la buena voluntad poca vianda daba,
a los pobres manjares el placer los repara:
contentóse con ellos el ratón de Guadalajara.

372 Pronto la pobre comida y el yantar fue acabado,
convidó el de la villa al ratón de Monferrado
que el martes quisiese ir a ver su mercado,
y como él fue suyo, fuese él su convidado.

373 Fue con él a su casa y diole mucho queso,
mucho tocino gordo, sin sal, con todo eso,
enjundias y pan cocido sin medida ni peso:
con esto el aldeano túvose por repleto.

374 Manteles de buen lienzo, una blanca talega,
bien llena de harina: el ratón allí se llega;
mucha honra le hizo aunque blanco se queda,
alegre y con buen rostro andaba el de la aldea.

375 Está en mesa rica con mucha buena vianda,
un manjar mejor que otro a menudo le manda,
el huésped y que se harte le pide y le demanda;
contento, ya no sabe por dónde pisa o anda.

376 Cuando comían y holgaban en medio de su yantar
la puerta del palacio comenzó a sonar:
abrióla la señora, pues dentro quería entrar;
los ratones, con el miedo, se echaron a volar.

377 El ratón de Guadalajara entró en su cueva apurado,
el huésped acá y allá huía desesperado;
no tenía lugar cierto donde fuese amparado,
se estuvo en lo oscuro de la pared arrimado.

378 Cerrada ya la puerta y pasado el temor,
estaba el aldeano con miedo y con temblor;
halagábale el otro diciéndole: «Amigo y mi señor,
alégrate y come de lo que hayas más sabor.

379 Este manjar es dulce, sabe como la miel».
Dijo el aldeano al otro: «Veneno yace en él:
al que teme la muerte el panal sabe a hiel:
para ti sólo es dulce, tú solo come de él».

380 A aquel que tiene miedo no le es dulce alguna cosa,
no tiene voluntad clara, la vista es temerosa,

con miedo a la muerte la miel no le es sabrosa,
todas las cosas san amargas en vida peligrosa.

1381 Más quiero roer haba, seguro y en paz,
que comer mil manjares corrido y sin solaz;
las viandas preciadas con miedo son agraz,
todo es amargura si mortal miedo has.

1382 No sé por qué tanto tardo, aquí todo es ingrato,
del miedo que he tenido cuando bien me lo cato;
si hubiera estado solo y allí viniera el gato,
aquí me alcanzara y me diera un mal rato.

1383 Tú tienes grandes casas, mas ¡ay! mucha compaña;
comes muchas viandas y con eso te engañas;
prefiero mi pobreza en segura cabaña
que no donde los gatos cada rato te arañan».

1384 Con paz y seguridad es buena la pobreza;
al rico temeroso le es pobre su riqueza;
siempre tiene recelo y con miedo tristeza;
la pobreza es alegre con segura nobleza.

1385 Más valen en convento las sardinas saladas
y hacer a Dios servicio con las dueñas honradas,
que perder la mi alma con perdices asadas
y quedar escarnecida con otras infamadas".

1386 "Señora", dijo la vieja, "gran confusión hacéis,
dejar placer y reposo con miseria queréis,
así como el gallo, vos así escogéis:
deciros he la fábula y no os enojéis".

EJEMPLO DEL GALLO QUE HALLÓ UN ZAFIRO
EN EL MULADAR

1387 "En un muladar andaba un gallo cerca de un río;
escarbando una mañana que hacía mucho frío,
de pronto un gran zafiro bajo sus ojos vino
y se espantó don gallo de su color y brillo:

1388 «Más querría de uva o de trigo un grano
que a ti o a cientos iguales en mi mano».
El zafiro respondió: «Bien te digo, villano,
que si me conocieses andarías lozano.

1389 Si a mí hoy me hallase quien hallarme debía,
si tener me pudiese el que me conocía,
lo que el estiércol cubre, mucho resplandecería;
no entiendes tú, ni sabes cuánto merecía».

1390 Muchos leen el libro teniéndolo en poder
y no saben lo que leen, ni lo pueden entender;

tienen algunas cosas preciadas y de querer
y no les dan el valor que le debían poner.

1391 A quien Dios da ventura y no la quiere tomar
ni quiere valer algo, ni saber, ni pujar,
tenga mucha miseria y cuita y trabajar:
le acontece como al gallo que escarba en el muladar.

1392 Así os ocurre a vos, señora doña Garoza:
queréis pobreza en celda tranquila y perezosa
que beber en tazas de plata, comer vianda sabrosa
con ese mancebillo que os tornaría moza.

1393 Coméis en el convento sardinas, camarones,
anguilas, lijas, barbos, y los duros cazones;
despreciáis del amigo perdices y capones
y os perdéis, cuitadas mujeres, sin varones.

1394 Con la mala vianda, las saladas sardinas,
con sayas de estameña, pasáis vida mezquina;
dejáis al buen amigo las truchas, las gallinas,
las camisas bordadas, los paños de Malinas" [189].

1395 Dijo doña Garoza: "Hoy más no te diré
en lo que tú me dices, un rato pensaré.
Por la respuesta ven mañana y yo te la daré;
lo que mejor creyere, eso de grado haré".

1396 Temprano fue al convento la vieja al otro día
y se encontró a la dueña que la misa oía.
"¡Yuy!, ¡yuy!", dijo. "Señora, ¡qué negra letanía;
en este reza y reza os hallo cada día!

1397 Si no os hallo cantando, os hallo leyendo,
o a unas con las otras contendiendo, riñendo;
nunca os he hallado jugando ni riendo,
verdad dice mi amo según lo que yo entiendo.

1398 Mayor ruido hacen, a veces, sin cuidado,
diez ánsares en laguna que cien bueyes en prado;
dejad eso, señora, os diré un buen recado.
Ya que la misa es dicha, vayamos al estrado".

1399 Alegre va la monja del coro al parlador,
alegre se va el fraile derecho al comedor;
quiere oír la monja nuevas de su amador,
quiere el fraile goloso mover el tenedor.

1400 'Señora", dijo la vieja, "os diré una ocurrencia
para no sufrir del asno la misma penitencia
cuando vio a un perrillo y su ama jugar con inocencia.
Os contaré la fábula si me dais vuestra anuencia".

1401 "Un perrillo blanchete con su señora jugaba,
con la lengua y la boca las manos le besaba.
ladrando y con la cola mucho la halagaba;
con estas señales muestras de amor le daba.

1402 Ante ella y su compañía en pino se tenía,
a todos les brindaba gran solaz y alegría,
convidábale cada uno de cuanto él comía;
veíalo esto el asno muy serio cada día.

1403 El asno de mal seso pensó muy malamente;
se dijo para sí el orejudo entre dientes:
«Yo a la mi señora y a la toda su gente
sirvo con más provecho que mil tales blanchetes.

1404 Yo sobre mi espinazo le traigo mucha leña,
tráigolos la harina que comen, el aceña;
pues, también, haré pininos y halagaré la dueña
como aquel blanchete que yace junto a ella».

1405 Salió desde su establo, grandes rebuznos daba;
como buen garañón el necio tal andaba:
retozando y haciendo cabriolas, saltaba,
fuese para el estrado donde la dueña estaba.

1406 Púsole sobre los hombros sus dos peludos brazos;
ella dio grandes voces, vinieron los criados,
diéronle muchos golpes con palos y con mazos,
hasta que en él los palos se les hicieron pedazos.

1407 No debe ser el hombre a otro quehacer tentado
ni decir ni acometer lo que no le ha sido dado;
lo que Dios y natura le han vedado y negado
no debe hacer el cuerdo por el bien de su estado.

1408 Cuando cree el babieca que dice bien y derecho,
y piensa hacer servicio y placer con sus hechos,
sólo hace necedades, causa mal y despecho:
el callar, muchas veces, le da mejor provecho.

1409 Y porque ayer, señora, tanto os arrufaste*,
por lo que yo decía y bien me regañaste,
me quedo temerosa sin saber qué pensaste,
pero os ruego digáis qué decisión tomaste".

1410 La dueña dijo: "Vieja mala cual peste,
a decirme patrañas te acercas comúnmente;
yo no lo consentiría por más inocencia que pretextes
que consentir no debo tan mal juego como éste".

1411 "¡Sí" dijo la comadre, "cuando el cirujano
el corazón quería sacarle con la mano!

Decirte he su ejemplo, ahora, mano a mano
después darte he la respuesta, cual debo y bien de plano".

EJEMPLO DE LA RAPOSA QUE COMÍA LAS GALLINAS
EN LA ALDEA [191]

1412 "Aconteció en una aldea de muros bien cercada
que la presta raposa era tan avezada
que entraba de noche, la puerta ya cerrada,
y comía las gallinas de posada en posada.

1413 Teníanse los del pueblo de ella por burlados;
cerraron los portillos, ventanas y forados*;
cuando se vio encerrada, dijo: «Los gallos hurtados
esta vez creo que serán bien pagados».

1414 Tendióse en la puerta de la aldea nombrada,
púsose como muerta, la boca entrecerrada,
las manos encogidas, yerta y desfigurada;
decían los que pasaban: «¡Bien pagó la trasnochada!».

1415 Pasó por la mañana por ahí un zapatero:
«¡Oh!», dijo. «¡Qué buena cola! ¡Vale más que un
[dinero!
Haré un trainel* de ella para calzar ligero».
Cortóla y se estuvo más quieta que un cordero.

1416 El sangrador pasaba que venía de sangrar;
dijo: «El colmillo de ésta puede aprovechar
para quien tiene dolor en diente o en molar».
Sacóle y se estuvo muy quieta y sin chistar.

1417 Una vieja pasaba a quien comió su gallina;
dijo: «El ojo de ésta es buena medicina
para mozas aojadas o con mal de madrina». [192]
Sacólo y estuvo sosegada la mezquina.

1418 El físico pasaba por aquella calleja.
Dijo: «¡Qué buenas orejas son las de la vulpeja
para quien tiene veneno o dolor en la oreja!»
Cortólas y se estuvo más queda que una oveja.

1419 Y agregó el maestro: «El corazón, no dudo,
para el temblor del corazón será provecho mucho».
Ella dijo: «¡Al diablo, andad, a tomar el pulso!»
Levantóse corriendo y escapó como pudo.

1420 Dijo: «Todas las cuitas puede el hombre sufrir
mas el corazón perder es la muerte recibir;
no lo puede ninguna ni debe consentir;
lo que enmendar no se puede es vano arrepentir.

1421   Debe buscar el hombre con seso y con medida,
      cuando haga algo, que le encuentre salida;
      antes de que la cosa lo encierre de por vida,
      cuando teme ser preso debe buscar guarida.

1422   Cuando una dueña es por varón escarnecida,
      es de él menospreciada y en muy poco tenida,
      tiene enojo de Dios y del mundo aborrecida:
      pierde toda su honra, la fama y aun la vida.

1423   Y tú a mí me traes razón de perdición,
      del alma y del cuerpo, muerte y corrupción,
      yo no quiero hacerlo, vete sin dilación
      o si no yo he darte merecido galardón".

1424   Mucho temió la vieja de este bravo decir,
      "Señora", dijo, "mesura, no me quierais herir.
      Os puede, por ventura, de mí gran pro venir
      como a un león le vino de un ratón, al dormir".

EJEMPLO DEL LEÓN Y DEL RATÓN

1425   "Dormía el león pardo en la fría montaña,
      en la espesura tiene su cueva subterránea;
      hacían los ratones una enorme algazara
      y al león despertaron con su burla tamaña.

1426   El león tomó a uno y queríalo matar;
      el ratón, con gran miedo, comenzóle a halagar:
      «Señor», dijo, «no me mates, que no te podré hartar
      y tú en darme la muerte no te puedes honrar.

1427   ¿Qué honra es para el león tan fuerte y poderoso
      matar a un pequeño animal melindroso?
      Es deshonra y mengua y no vencer hermoso;
      el que vence a un ratón es loor vengonzoso.

1428   El vencer da buena honra conforme es el vencido;
      es maldad y pecado vencer al desvalido:
      su gloria es tanto más cuanto más tiene el abatido;
      su fama así se aumenta con la que el otro ha tenido»

1429   El león al escucharlo quedó muy agrandado
      y soltó al ratoncillo que, cuando fue soltado,
      diole muchas gracias y dijo de buen grado
      haría en su servicio cuanto le fuera mandado.

1430   El ratón fue al agujero, el león de caza fue;
      andando por el monte le vino a suceder
      que cayó en una red que no pudo romper,
      envuelto en pies y manos no se podía mover.

1431   Comenzó a lamentarse y lo oyó el ratoncillo.
       Fue a él y díjole: «Señor, traigo un cuchillo
       en éstos mis dientes con los que haré un portillo
       y donde están vuestras manos roeré poco a poquillo.

1432   Vuestros brazos fuertes por allí sacaréis,
       abriendo y tirando las redes rasgaréis:
       por mis pequeños dientes hoy vos escaparéis,
       perdonaste mi vida y vos por mí viviréis».

1433   Tú, rico y poderoso, no quieras desechar
       al pobre y al menguado no quieras apartar;
       puede hacerte un servicio, en tus penas ayudar:
       a veces el más pequeño mejor ayuda da.

1434   Puede pequeña cosa y de poca valía
       hacer mucho provecho y dar gran mejoría:
       el que no tiene oro, poder o hidalguía
       tiene, a veces, cordura, arte y sabiduría".

1435   Al oír esto la dueña quedó más sosegada:
       "Vieja", dijo, "no temas, estás asegurada.
       No conviene a la dueña el estar enfadada,
       mas recelóme mucho de ser mal engañada.

1436   Estas buenas palabras, estos dulces halagos
       no quiero que se vuelvan después de hiel y amargos
       como al cuervo los dichos y los encargos
       de la astuta raposa que le buscó su engaño".

EJEMPLO DEL CUERVO Y LA RAPOSA

1437   "La raposa, un día que con mucha hambre andaba,
       vio a un cuervo negro en un árbol do posaba,
       con un pedazo de queso que en el pico llevaba;
       ella con su lisonja, también, le saludaba:

1438   «¡Oh, cuervo tan apuesto! Del cisne eres pariente
       más que todas las aves cantas muy dulcemente,
       dulce el tono, armonioso, agradable, esplendente:
       un solo cantar tuyo vale de las otras veinte.

1439   Mejor que la calandria y aunque el papagayo,
       mejor cantas que el tordo, que el ruiseñor o el gallo.
       Si ahora algo cantases, todo el pesar que traigo
       de mí se iría al punto, aunque fuese un ensayo».

1440   Bien se creyó el cuervo que con su gorjear
       placía a todo el mundo más que otro cantar.
       Creía que su lengua y su rudo graznar
       alegraba a la gente más que otro juglar.

1441 Comenzó a cantar y su voz a crecer:
el queso de la boca húbosele de caer;
la raposa al momento se lo lanzó a comer:
el cuervo con el daño hubo de entristecer.

1442 Falsa honra, vana gloria y la hipocresía
dan pesar y tristeza y penas a porfía;
muchos creen que es el dueño el que guarda la viña
y es el espantapájaros el que hace de vigía.

1443 No es cosa segura creer en las lisonjas;
de este dulzor suele venir amarga lonja;
pecar de tal manera no conviene a la monja:
religiosa no casta es podrida toronja".

1444 "Señora", dijo la vieja, "ese miedo no toméis;
al hombre que os ama nunca lo esquivéis,
todas las obras temen eso que vos teméis,
el miedo de las liebres las monjas lo habéis".

EJEMPLO DE LAS LIEBRES

1445 "Las liebres por la selva muy tranquilas andaban;
se oyó un rumor y entonces quedaron espantadas:
fue un rumor de laguna, ondas arrebatadas.
Las liebres temerosas en uno son juntadas.

1446 Andaban por todas partes, no podían quietas ser,
se decían unas a otras que se fuesen a esconder;
cuando esto estaban diciendo a las ranas pudieron ver
que, también, por el gran miedo bajo el agua iban
[meter

1447 Dijo de pronto una liebre: «Conviene que esperemos
no somos las primeras que inútil miedo tenemos;
las ranas se esconden de balde, ya lo vemos:
las liebres y las ranas vano miedo tenemos.

1448 A la buena esperanza nos conviene atener.
Hácenos tener miedo lo que no es de temer:
somos de corazón débil, ligeras en correr;
no debe el temor vano en nosotras vencer».

1449 Acabado el discurso comenzaron a huir;
esto les dio más miedo e hizo confundir;
de tal manera tema el que bien quiere vivir
que no pierda su esfuerzo por miedo de morir.

1450 El miedo es consejero muy malo y maestro vil.
La esperanza y el esfuerzo vencen en toda lid:
los cobardes huyendo mueren diciendo: «¡Huid!»,
viven los esforzados diciendo: «¡Dadle, herid!»

1451 Esto os sucede a vos, señora mía,
     y a muchas de las monjas de la feligresía:
     por una sin ventura mujer que se extravía
     teméis todas vosotras que iréis por esa vía.

1452 Tened buena esperanza, dejad vano temor,
     amad al buen amigo, quered su buen amor;
     por lo menos habladle como a un vulgar pastor;
     decidle: «¡Dios os salve!», y dejad el pavor".

1453 "Tú eres", dijo la dueña, "hechura del diablo
     que dio a su amigo mal consejo y fin bravo;
     púsolo en la horca y allí su muerte tuvo al cabo.
     Oye la fábula y no quieras en mi fama menoscabo".

EJEMPLO DEL LADRÓN QUE VENDIÓ SU ALMA AL DIABLO

1454 "En tierra sin justicia eran muchos ladrones.
     Fueron al rey las quejas y las tribulaciones;
     envió allá su alcalde, merinos* y sayones
     que al ladrón ahorcaban por cuatro pepiones*.

1455 Dijo un ladrón de ellos: «¡Yo ya estoy desposado
     con la horca, que por robo ando desorejado! [193]
     Si a más yo soy por hurto del merino tomado
     él me hará con la horca ser del todo casado».

1456 Antes de que el desposado penitencia pidiese
     vino a él el diablo porque no se lo perdiese;
     díjole que su alma por carta le vendiese
     y hurtaría sin miedo cuanto hurtar pudiese.

1457 Otorgóle el alma, le dio poder por carta,
     prometióle el diablo ayudarlo sin falta:
     de ese modo el demonio sus amigos encanta.
     Fue el ladrón a un banquero y hurtó de oro gran sarta.

1458 El ladrón fue tomado, en la cadena preso,
     llamó a su amigo diablo que allí lo había puesto.
     Vino el mal amigo y dijo: «Heme aquí presto:
     no temas, ten paciencia, no morirás por esto.

1459 Cuando hoy o mañana te saquen a juzgar,
     aparta al alcalde y con él hablarás;
     pon tu mano en el seno y lo que allí hallarás;
     dale y con eso en salvo escaparás».

1460 Sacaron al otro día los presos del lugar.
     Él llamó al alcalde aparte para hablar;
     metió mano en el seno y de allí fue a sacar
     una copa de oro muy noble de preciar.

171

1461 Diósela al alcalde, callado, en buen regalo;
dijo luego el juez: «Amigos, este bellaco
no hallo porque muera, pues fue prendido en vano;
yo le doy por absuelto; vos, merino, soltadlo».

1462 Salió el ladrón suelto sin pena ni prisión.
Usó de su mal oficio con gran satisfacción.
Muchas veces fue preso, siempre tuvo perdón.
Enojóse el diablo y fue preso el ladrón.

1463 Llamó a su mal amigo, tal como solía.
Vino el malo y dijo: «¿Por qué llamas cada día?
Hoy como siempre haces, no temas, en mí fía;
darás tú el presente y saldrás por arte mía».

1464 Apartó al alcalde el ladrón según había usado,
puso mano en el seno y quedó chasqueado:
sacó una gran soga que dio al adelantado.
El alcalde dijo: «Con ella será ahorcado».

1465 Llevándolo a la horca vio en una alta torre
a su amigo y le dijo: «Por que no me socorres?»
Respondió el diablo: «¿Y tú por qué no corres?»
Puedes estar a salvo según como tú obres.

1466 Luego estaré contigo según me ponga a un fraile
con una fraila suya que me dice: «Fraile, fraile
Engaña a quien te engaña, lo que te hace, hazle;
entretanto, mi amigo, danza al son de tu baile».

1467 Cerca ya al pie de la horca comenzó a llamar:
«¡Amigo, ayúdame! ¡Que me quieren ahorcar!»
Vino el malo y dijo: «Si te quieren colgar
yo te ayudaré del modo que sé usar.

1468 Cuando ya la soga te pongan en la garganta
pon ambos pies apoyados sobre mis espaldas;
yo te sostendré oculto, y no sufrirás nada;
así sostuve a otros amigos en tales cabalgadas».

1469 Entonces los sayones al ladrón ahorcaron
Creyendo que era muerto, allí lo abandonaron;
los dos malos amigos en el lugar quedaron
y el uno con el otro de este modo razonaron.

1470 Quejóse luego el diablo: «¡Amigo, cómo pesas!
¡Tan caros me resultan tus hurtos y tus presas!»
Dijo el ahorcado: «Obras tuyas son éstas.
Al pecado me empujas, me guías y enderezas».

1471 Siguió luego el demonio: «Amigo», dice, «otea
y dime lo que vieres, toda cosa que sea».
El ladrón así hizo y dijo: «Veo cosa fea:
tus pies descalabrados, nada más no se vea.

1472   Veo un monte grande con muchos viejos zapatos,
         suelas rotas, paños rotos y viejos hatos,
         y veo a tus manos llenas de garabatos*,
         de ellos están colgados muchos gatas y gatos».

1473   Respondió el diablo: «Todo lo que dijiste
         y tanto más que ver no lo pudiste,
         he roto yo andando en pos de ti, según viste;
         no puedo más sufrirte, ten lo que mereciste.

1474   Aquellos garabatos son las mis arterías,
         los gatos y las gatas son muchas almas mías,
         que yo tengo trabadas; mis pies tienen sangrías
         por andar en pos de ellas las noches y los días».

1475   Su discurso acabado, tiróse de un gran salto
         y dejó a su amigo, en la horca, muy alto.
         Quien al diablo cree se engancha en sus garabatos.
         Él le das mal fin y gran mal en poco rato.

1476   El que con el diablo pone su crianza,
         quien al amigo malo le da mucha confianza,
         por mucho que se tarde, mal galardón alcanza:
         por el amigo falso sufre la malandanza.

1477   El mundo está repleto de falsos amigotes,
         en buena andanza vienen, para hacerte corte,
         mil parientes postizos, otros amigos de nombre,
         cuando te ven en cuita no dan por ti dos motes.

1478   De los malos amigos vienen los malos pagos;
         no esperes de ellos ayuda sin falsos amagos,
         pretendidas excusas con lisonjas y halagos:
         ¡Guárdeos Dios de los tales ingratos!

1479   No puede ser amigo el que da mal consejo;
         antes es enemigo, mantente de él muy lejos.
         Al que te deja en cuita, míralo con desprecio,
         te hundirá por la espalda su puñal en secreto».

1480   "Señora", dijo la vieja, "muchas fábulas sabéis,
         mas yo no os aconsejo eso que vos creéis,
         sino tan solamente que con mi amigo habléis
         y arreglaos entre ambos cuando a solas estéis".

1481   "Harías", dijo la dueña, "según lo que te digo
         lo que le hizo el diablo con el ladrón amigo:
         dejaríasme sola con él, cerrarías el postigo;
         sería escarnecida quedando él conmigo".

1482   Dijo la vieja: "¡Señora!... ¡qué corazón tan duro!
         no es lo que receláis, yo os lo aseguro,
         antes que a vos os deje, en vuestras manos juro
         que si os abandonara caiga sobre mí el perjurio".

1483 La dueña dijo: "Vieja, no lo manda el fuero
que la mujer comience a hablar de amor primero;
cúmpleme observar si no miente el mensajero".
"Señora, el ave muda", dijo, "no hace buen agüero"

1484 Dijo doña Garoza: "Hayas buenaventura...
Dime de ese arcipreste cuál es la figura;
precisa cómo es ella, descríbeme su hechura;
no exageres ni mientas, contesta con mesura".

DE LAS FIGURAS DEL ARCIPRESTE

1485 "Señora", dijo la vieja, "yo lo veo a menudo:
el cuerpo bien robusto, miembros grandes, morrudo,
la cabeza no chica, velloso, bien barbudo,
el cuello no muy largo, pelo negro, orejudo.

1486 Las cejas apartadas, negras como el carbón,
su andar es muy erguido, semeja al del pavón,
el paso sosegado conviene a su condición,
su nariz es muy larga, esto le descompón.

1487 Las encías bermejas y el habla gutural,
la boca no pequeña, rojiza, sensual,
con gruesos labios húmedos, bermejos cual coral,
las espaldas bien grandes, las muñecas igual.

1488 Sus ojos son pequeños, es de estatura baja,
los brazos musculosos, bien alto el pecho anda,
las piernas bien seguras, el pie de buena traza;
señora, de él no vi más que el amor que lo abrasa.

1489 Es ligero, valiente, en plena mancebía
sabe los instrumentos y todas las juglarías,
cortejador galante, ¡por las zapatas mías!,
un galán como ése no se ve todos los días..."

1490 A la dueña mi vieja, poco a poco, la indujo:
"Señora", dijo, "el refrán dice que «si se trujo
de la casa a la feria es para vender el huso».
¡Amad, dueñas, amad... el hombre que dibujo!

1491 ¡Sois las monjas cuidadas, deseosas, lozanas!
Los clérigos codiciosos desean las ufanas,
siempre nadar quieren los peces y las ranas,
a pan de quince días, hambre de tres semanas".

1492 Dijo doña Garoza: "Verlo he, dame espacio [194].
"¡A feliz!", dijo la vieja, "el amor no es reacio;
quiero ir a decírselo. ¡Yuy! ¡cómo me engracio!
Yo haré que mañana venda aquí, a este palacio".

1493   La dueña dijo: "Vieja, ¡guárdeme Dios de tus mañas!
     Ve y dile que venga, que ante buenas compañas
     hablarme ha con recato, sin burlas ni patrañas,
     y dile que no me envuelve en tus malas hazañas".

1494   Vino la mi leal vieja, alegre, placentera;
     antes del "¡Dios te salve!" ya dijo la mensajera:
     "Sé que el que al lobo envía, a fe, que carne espera [195];
     y la buena corredera así hace carrera.

1495   ¡Amigo! ¡Dios os salve! ¡Holgad, sed placentero!
     Mañana dice que vayáis; habladla con esmero;
     cuidad de no decirle chanzas de pitoflero*,
     que las monjas no se cuidan del abad chocarrero.

1496   Por lo que se refiere al hecho algo le insinué;
     de lo que hablaréis mañana, mucho ya preparé;
     a la misa de mañana, vos en buenahora ve:
     enamorad la monja y luego aquí volved".

1497   Yo le dije: "Trotaconventos, ruégote, mi amiga,
     que lleves esta carta antes que yo se lo diga
     y si en la respuesta no te dijere «enemiga»,
     puede ser que de la fabla, otro hecho se siga".

1498   Llevóle esa mi carta a la primera misa,
     trájome buena respuesta en concertada rima.
     Defensas tenía la monja para mi amorosa esgrima,
     pero de la buena fabla vino también buena cima.

1499   En el nombre de Dios fui a misa de mañana.
     Vi estar a la monja en oración, lozana,
     alto cuello de garza [196], color fresco de grana:
     ¡Qué mala cosa hizo quien la hizo vestir lana!

1500   ¡Válgame Santa María! ¡Mis dos manos aprieto!
     ¿Quién dio a la blanca rosa velo y hábitos negros?
     ¡Más valdría a esa hermosura tener hijos y nietos
     que usar tal velo oscuro, ni qué hábitos ciento...!

1501   ¡Y sea una ofensa contra nuestro Señor
     el pecado de monja y hombre cortejador!
     ¡Ay Dios! ¡y que haya sido tan grande pecador
     que hiciese penitencia de este pasado error!

1502   Miróme con unos ojos que parecían candelas.
     Yo suspiré por ellos, mi corazón dijo: "¡Hela!"
     Fuime para mi dueña, hablóme y habléla.
     Enamoróme la monja y yo enamoréla.

1503   Aceptóme la dueña por su buen servidor.
     Siempre le fui constante y leal amador.
     Mucho bien me hizo Dios con este limpio amor.
     Mientras ella fue viva Dios fue mi guiador.

1504 Con su mucha oración a Dios por mí [1] rogaba,
con la su abstinencia mucho me agradaba,
la su vida muy limpia en Dios se deleitaba,
en las cosas del mundo nunca se rebajaba.

1505 Para tales amores son las religiosas,
para rogar a Dios con obras piadosas;
que para el amor del mundo son muy peligrosas,
les gustan las disculpas, son falsas y perezosas.

1506 Tal fue mi desventura que dos meses pasados
murió la buena dueña, tuve nuevos cuidados;
morir deben los hombres, al nacer han ese hado.
¡Dios perdone su alma y los nuestros pecados!

1507 Con mucha pesadumbre hice esta endecha,
por el dolor y la tristeza no fue muy sutil hecha.
Corríjala todo hombre en quien buen amor alienta
que el yerro y mala acción la enmienda no desecha.

DE CÓMO EL ARCIPRESTE HABLÓ CON LA MORA Y LA RESPUESTA QUE LE DIO

1508 Por olvidar la cuita, tristeza y pesar,
rogué a mi vieja que me quisiera casar.
Habló con una mora, no la quiso escuchar:
tenía ella buen seso y yo hice un buen cantar.

1509 Dijo Trotaconventos a la mora por mí:
"¡Ya amiga ya amiga! ¿Cuánto hace que no os vi?
No hay quien veros pueda, ¿por qué sois así?
Os saluda un amor nuevo". Dijo la mora: "Lesnedrí" [1]

1510 "Hija, mucho os saluda uno que es de Alcalá,
os envía una cidra [198] con aqueste albalá*.
El Creador es contigo que mucho de esto tal ha:
tomadlo, hija señora". Dijo la mora: "Legualá!" [199].

1511 "Hija, ¡el Creador os dé paz con salud!
No se lo desdeñes pues más traer no pud',
algo bueno os traje. Habladme con laúd,
no vuelva sin respuesta". Dijo la mora: "Ascut!" [200].

1512 Desde que vio la vieja que no la querían ahí,
dijo: "Parece que mis dichos en el viento perdí;
si nada no me dices, me partiré de aquí".
Cabeceó la mora y dijo: "Amxy... amxy...!" [201].

513 Después hice muchos cantares de danzas y troteras
para judíos, moros y para entendederas,
y para instrumentos de cuerda y de madera:
el canto que no sabes, óyelo a cantaderas.

514 Cantares hice algunos para que lo canten los ciegos
y para estudiantes que andan nocherniegos,
y para otros muchos, por puertas andariegos,
cazurros y de burlas: no cabrían en diez pliegos.

515 Para los instrumentos que están bien acordados
hay algunos cantares que son más apropiados;
de los que he probado, aquí son señalados
en cuáles instrumentos vienen más asonados.

516 Arábigo no quiere la vihuela de arco,
sinfonía y guitarra no son para este marco,
cítara y odrecillo no aman el *ataguylaco* [202];
más aman la taberna y el bailar de bellaco.

517 Albogues y bandurria, caramillo y zampoña
no le importan al arábigo, como ellos de Bolonia:
cuando lo usan por fuerza lo hacen con vergoña
y quien así lo hiciere pechar debe caloña [203].

518 Dice un gran filósofo en un libro de nota
que el pesar y tristeza al ingenio lo embota;
yo con mi gran pesar no puedo decir gota
porque Trotaconventos ya no anda ni trota.

519 Así fue ¡mal pecado! que mi vieja es muerta:
murió en mi servicio y eso me desconcierta,
que mucho me hace falta, pues mucha buena puerta
me fue después cerrada y antes me era abierta.

DE CÓMO MURIÓ TROTACONVENTOS Y CÓMO LA LLORÓ
EL ARCIPRESTE DENOSTANDO Y MALDICIENDO
A LA MUERTE

520 ¡Ay Muerte!... ¡muerta seas!, ¡muerta y malandante!
Matásteme a mi vieja: ¿y por qué no a mí antes?
Enemiga del mundo, que no has semejante:
de tu memoria amarga no hay quien no se espante.

521 ¡Muerte! al que tú hieres, llévanlo de belmez*.
Al bueno y al malo, al rico y al rehez*,
a todos los igualas y los llevas por un prez:
por papas y por reyes no das una vil nuez.

1522   No te fijas en señoríos, deudos ni amistad,
con todo el mundo tienes continua enemistad,
no hay en ti mesura, amor ni piedad,
sino dolor, tristeza, pena y gran crueldad.

1523   No puede huir el hombre de ti, ni se puede escond
nunca ha habido contigo quien pueda contender;
a tu venida triste no se puede entender;
cuando vienes no quieres a ninguno atender.

1524   Dejas el cuerpo inerme a los gusanos en la huesa;
al alma que lo puebla, la llevas en mucha priesa;
no está el hombre seguro de tu carrera aviesa:
Con sólo hablar de ti, el espanto me atraviesa.

1525   Eres en tal manera del mundo aborrecida
que, por bien que lo amen al hombre en su vida,
al punto que tú llegas, con tu mala venida,
todos huyen de él como de res podrida.

1526   Los que le aman, quieren y tienen su compaña,
aborrécenlo muerto como a una cosa extraña;
parientes y amigos, todos le tienen saña,
todos huyen de él luego como si fuese araña.

1527   De padres y de madres los hijos tan queridos,
amigos y amigas, deseados y servidos,
de mujeres leales los sus buenos maridos,
desde que llegas, muerte, todos son aborrecidos.

1528   Haces al muy rico yacer en la pobreza:
no tiene una migaja de toda su riqueza.
El que vivo es bueno y con mucha nobleza
es vil, hediendo y sucio una vez que lo apresas.

1529   No hay en el mundo libro, ni escrito, ni carta,
hombre sabio, ni recio que de ti bien departa;
en el mundo no hay cosa que con bien de ti se pa
salvo el cuervo negro que de ti, Muerte, se harta.

1530   Cada día le dices que tú bien le hartarás;
¡El hombre no está cierto de cuándo le matarás!
El que bien hacer pudiese, hoy le valdría más
que no atender a ti ni a tu amigo voraz.

1531   Señores, no querráis ser amigos del cuervo:
temed, pues, sus amenazas, no atendáis a sus ruegos;
el bien que hacer pudieras, hacedlo y luego
tranquilo esperad, que la vida es un juego.

1532   La salud y la vida muy pronto se muda,
en un punto se pierde, no tengáis de eso duda;
el bien que prometéis, hacedlo, la palabra es desnu
vestidla con la obra antes que la muerte acuda.

1533 Quien en mal juego porfía, más pierde que no cobra:
cuida de echar suerte y echa mala zozobra.
Amigos, apercibíos y haced buena obra
que, desde que viene la Muerte, ya toda cosa sobra.

1534 Muchos pasan su vida en ganar empeñados;
viene un mal azar con los dados cargados
v se quedan sin nada. Los tesoros logrados,
cuando llega la Muerte, quedan abandonados.

1535 Pierde luego el habla y el entendimiento,
de sus muchos tesoros y riquezas sin cuento
no puede llevar nada, ni hacer testamento
y los haberes ganados se pierden con el viento.

1536 Cuando los sus parientes ya su muerte barruntan,
por heredarlo todo, a menudo se ayuntan;
cuando al físico por su dolencia preguntan,
si dice que sanará, un mal gesto le apuntan.

1537 Los que son más propincuos, hermanos y hermanas,
no cuidan ver la hora que doblen las campanas;
más precian la herencia cercanos y cercanas
que no el parentesco ni a las barbas ancianas.

1538 Desde que vuela el alma del rico pecador,
déjanlo solo en tierra; todos, con gran pavor,
róbanle la hacienda, primero lo mejor:
el que lleva lo menos se tiene por peor.

1539 Muchos hacen que pronto lo lleven a enterrar
pues temen que las arcas puedan descerrajar;
por ir pronto a la misa no quieren demorar,
de todos sus tesoros pónenle poco ajuar.

1540 No dan limosna a pobres, ni cantan sacrificios,
ni dicen oraciones, ni cumplen los oficios;
lo más que siempre hacen los herederos novicios
es dar voces al sordo [204], mas no otros servicios.

1541 Entiérranlo de prisa y cuando a las gracias van,
con disgusto, ya nunca o tarde por él en misa están,
porque lo que querían ya ellos logrado han:
ellos levan la hacienda, el alma lleva Satán.

1542 Si deja mujer moza, rica y bien luciente,
antes que acabe la misa otros la tienen en mente;
se casará con más rico o con mozo valiente,
pronto deja los lutos, el duelo poco siente.

1543 Acumuló el avaro y no supo para quién;
él pasó por lo malo para dar a otros bien.
No hay hombre que haga su testamento bien,
hasta que ya por su ojo ve que la muerte vien'.

1544 ¡Muerte, por más decirte mi corazón esfuerzo!...
Nunca das a las hombres consuelo ni esfuerzo
sino, cuando es muerto, de comida al escuerzo [205]
Tienes la misma tacha que en sí tiene el mastuerzo.

1545 Hace doler la cabeza al que mucho lo coma;
también tú, en el momentno que tu presencia asoma,
en la cabeza hieres, a todo fuerte domas:
no valen medicinas cuando rabias le tomas.

1546 Los ojos tan hermosos se clavan en el techo,
ciégaslos al momento, no tiene en sí provecho.
Enmudeces el habla, haces enronquecer el pecho:
en ti todo es mal, rencor y despecho.

1547 El oír, el oler, el tañer, el gustar,
a los cinco sentidos los vienes a tomar;
no hay hombre que te sepa del todo denostar
y si eres denostada, ¿a qué vienes a parar?

1548 Quitas toda vergüenza, afeas la hermosura,
haces perder la gracia, también la compostura,
enflaqueces las fuerzas, enloqueces la cordura,
lo dulce haces hiel con tu mucha amargura.

1549 Desprecias lozanía, el oro oscureces,
deshaces las hechuras, la alegría entristeces,
mancillas la limpieza, la cortesía envileces:
¡Muerte, matas la vida, al mundo aborreces!

1550 No places a ninguno, tú con muchos te places:
con los que matan, mueren y cualquiera que mal hac
toda cosa bien hecha tu mazo la deshace,
no hay cosa que nazca que tu red no la enlace.

1551 Enemiga del bien, en el mal amador,
tienes naturaleza de mal de gota y de dolor;
al lugar donde más vas, allí se está peor;
donde tú tarde vas, allí se está mejor.

1552 Tu morada por siempre es infierno profundo:
¡tú eres el mal primero, y él es el mal segundo!
Pueblas mala morada y despueblas el mundo;
dices a cada uno: "¡Yo sola a todos hundo!"

1553 ¡Muerte, para ti es hecho el lugar infernal!
Porque viviendo el hombre siempre en mundo terren
no habría de ti miedo, ni de tu mal hostal*,
no temería tu venida la carne humanal.

1554 Tú yermas los poblados, pueblas los cementerios,
rehaces los osarios, destruyes los imperios;
por tu miedo los santos rezaron los salterios.
Fuera de Dios todos temen tus penas y misterios.

1555   ¡Tú despoblaste el cielo, Muerte, de sus sillas!
      Sacaste angeles limpios y llenaste de mancilla,
      convertiste a los ángeles en demonios; las rencillas
      son tu manjar y las siembras cual si fuesen semillas.

1556   Al Señor que te hizo, al mismo tú mataste;
      a Jesús, Dios y Hombre, en dura cruz colgaste;
      con el dueño del cielo y de la tierra te ensañaste:
      ¡tú le pusiste miedo, tú lo demudaste!

1557   El infierno lo teme ¡y tú no le temiste!
      ¡temióte la su carne!, ¡gran miedo le pusiste!
      ¡La su humanidad por tu miedo fue triste!
      La Deidad no te temió, a ella no la viste.

1558   ¡No la miraste ni viste!! ¡Viote Él y bien te cató!
      ¡La su muerte muy cruel, a él mucho espantó!
      ¡Al infierno y a los tuyos, sin embargo, los venció!
      ¡Tú le mataste una hora! ¡Por siempre Él te mató!

1559   Cuando te quebrantó, ¡entonces le conociste!
      Si antes lo espantaste, ¡mii penas entonces tuviste!
      Él nos dio vida muriendo, al que tú la muerte diste
      y nos saca de cautivo la cruz en que lo pusiste.

1560   A los santos que tenías en tu mala morada,
      por la muerte de Cristo les fue la vida dada:
      ¡fue por su santa muerte tu casa despoblada!
      ¡Querías poblar matándole, por Su muerte desolada!

1561   Sacó de las sus penas a nuestro padre Adán,
      a Eva, nuestra madre, a sus hijos Sem y Cam,
      a Jafet, a los patriarcas, al bueno de Abraham,
      a Isaac, a Isaías y a Daniel que junto a él están.

1562   A San Juan el Bautista con muchos patriarcas,
      que los tenías en penas, en tus malas arcas,
      al caudillo Moisés que tenías en tus barcas,
      profetas y otros santos muchos, que tú abarcas.

1563   Yo decir no sabría cuántos eran tenidos,
      cuántos en tu infierno estaban aprehendidos;
      a todos los sacó como santos escogidos,
      mas contigo dejó los malos perdidos.

1564   A los suyos llevólos con él al Paraíso
      donde pasan la vida viendo la gloria que Dios hizo.
      Cuando la muerte llegue, que él nos lleve consigo,
      guárdenos en su casa por los siglos y siglos.

1565   A los perdidos malos que dejó en tu poder
      en fuego infernal los haces tú arder,
      en piras infernales los hace retorcer,
      para siempre jamás allí han de padecer.

1566 Dios quiera , defendernos de tu fiera guadaña.
Aquél nos guarde de ti, Él que no se guarda,
que por mucho que vivamos, por mucho que se tarda
siempre llega tu rabia que a todo el mundo escarda.

1567 Tanto daño hay en ti, Muerte, que no se encuentra igual
ni se puede decir el diezmo de tu mal.
A Dios me encomiendo, otro como Él no hay tal
que pueda defenderme de tu venida mortal.

1568 Muerte desmesurada, ¡la mataste a ella sola!
¿Qué tuviste conmigo? ¿Por qué tu saña llevóla?
¡Me la mataste, Muerte! ¡Jesucristo compróla
con su santa sangre! ¡Por ella perdonóla!

1569 ¡Ay! ¡Mi Trotaconventos, mi leal mensajera!
Muchos te seguían viva, ahora. estás sola y quieta
¿Dónde te han llevado? ¡No sé cosa certera.
Nunca torna con nuevas quien hace esa carrera.

1570 ¡Puede ser que en el Paraíso estés asentada!
¡Con los mártires debes estar acompañada!
¡Siempre en el mundo fuiste por Dios martirizada!
¿Quién te arrebató, vieja, tan fiel y tan cuitada?

1571 A Dios merced le pido que te dé la su gloria,
que más leal trotera nunca hubo en memoria;
hacerte he un epitafio para narrar tu historia:
así el que no te conociere sabrá tu triste historia

1572 Daré por ti limosnas, haré por ti oblación,
haré cantar las misas y diré la oración.
¡Dios, mi Trotaconventos, te dé su bendición!
Él, que salvó el mundo; ¡Él te dé salvación!

1573 Dueñas, ¡no me reprochéis, ni me llaméis nezuelo!,
que si os hubiera servido habrías por ella duelo
¡Lloraría por ella! ¡Por su sutil anzuelo,
con el cual las prendía e iban por el suelo!

1574 Alta mujer o baja, encerrada o escondida,
no escapaba a sus artes ni a su grande maestría;
no sé de hombre o mujer que la hubiese perdida
y que no le invadiese tristeza y pesar sin medida.

1575 Hícele un epitafio pequeño, con dolor:
la tristeza me hizo rudo trovador.
Todos los que lo leyereis, por Dios, nuestro Señor,
una oración haced por la vieja de amor.

576 "Urraca soy la que yazgo bajo esta sepultura:
    cuando estuve en el mundo tuve vicio y soltura,
    con buena razón casé a muchos, no quise locura,
    ¡caí en una hora a la tierra desde altura!

577 ¡Prendióme sin sospecha la muerte en sus redes!
    Parientes y amigos, ¿aquí no me socorréis?
    Obrad bien en la vida, a Dios no lo engañéis:
    que bien como yo morí, así todos moriréis.

578 El que aquí llegare, ¡que Dios lo bendiga!
    y si le da Dios buen amor y placer de amiga
    que por esta pecadora un «Pater noster» diga;
    si decir no quisiera ¡la muerte no maldiga!"

DE CUÁLES SON LAS ARMAS DE QUE SE DEBE ARMAR TODO CRISTIANO PARA VENCER AL DIABLO, AL MUNDO Y A LA CARNE

579 Señores, acordaos del bien, ¡sí, os lo digo!
    No fiéis en la tregua de vuestro enemigo:
    que no ve la hora en que os lleve consigo.
    Si creéis que os miento no me preciéis en un higo.

580 Debemos estar ciertos, bien seguros de la muerte:
    es nuestra enemiga natural y muy fuerte;
    por tanto, cada uno sus armas bien apreste.
    No podemos, amigos, huir de ella por suerte.

581 Si alguno de nosotros tuviese que luchar
    con algún enemigo, en el campo al entrar,
    cuidaría muy bien de sus armas llevar:
    sin armas no querría en tal peligro entrar.

582 Pues si esto hacemos por enemigos vivos,
    mucho más debemos hacer por tantos y tan esquivos
    enemigos que nos quieren hacer siervos cautivos,
    y por siempre jamás dicen: "¡Al infierno idos!"

583 Los pecados mortales ya los habéis conocido.
    Ellos, cada día, nos traen combatidos;
    las almas quieren matar, pues los cuerpos han herido.
    Por eso debemos estar con armas bien prevenidos.

584 Lidian, otrosí, con estos tres más principales:
    la carne, el diablo, el mundo; de éstos nacen los mortales,
    de estos tres vienen aquéllos, os voy a decir cuáles
    para que los venzamos a ellos. Veréis los que son tales.

1585 Obras de misericordia y de mucho bien obrar,
dones del Espíritu Santo que nos quiere alumbrar.
Las obras de piedad, de virtudes os voy a recordar,
para, con los siete sacramentos, estos enemigos domina

1586 Contra la gran codicia el bautismo porfía,
don del Espíritu Santo de buena sabiduría.
Sabernos guardar de lo ajeno, no decir: "¡esto querría!
La virtud de la justicia, juzgando nuestra follía*.

1587 Vestir pobres desnudos con la santa esperanza:
que Dios, por quien lo hacemos, nos brinde bienandanz
Con esta armadura la codicia no nos alcanza,
y Dios ha de guardarnos de otras malandanzas.

1588 Vencer a la gran soberbia, vivir con humildad,
es bueno temer a Dios y a su Santa Majestad.
Virtud de templanza, mesura, honestidad,
con esta espada fuerte seguros golpead.

1589 Con mucha misericordia dar a los pobres posada,
tener fe en que toda santa obra es de Dios galardonad
no robar cosas ajenas, ni desear la mujer casada:
con esta confirmación la soberbia es arrancada.

1590 Hayamos contra avaricia espíritu de piedad,
dando limosnas a pobres, remedios en la enfermeda
Virtud de natural justicia, juzgando con humildad:
mucho mata a la avaricia nuestra generosidad.

1591 El santo sacramento de orden sacerdotal,
con fe santa escogida más clara que el cristal;
casando huérfanas pobres, buscando su bienestar,
venceremos a la avaricia con la gracia espiritual.

1592 Ligéramente podremos la lujuria refrenar:
con castidad y conciencia nos podremos excusar;
con espíritu de fortaleza, que bien nos quiera ayuda
con estos buenos escudos los podremos bien matar.

1593 Quijotes* y canilleras* de santo sacramento,
que Dios hizo en el Paraíso matrimonio y casamien
casar los pobres menguados, dar de beber al sediento:
así, contra la lujuria, tendremos poder sin cuento.

1594 La ira que es enemiga y que mata a muchos aína,
con don del entendimiento y con caridad dina,
combatir podemos y también su furia indina,
con paciencia bien podremos lidiar con tal capelina

1595 Con virtud de esperanza y con mucha paciencia,
visitando dolientes y haciendo penitencia,
evitando blasfemias y buscando avenencia:
con esto venceremos la ira y habremos de Dios querenc

1596 Gran pecado es la gula, puede a muchos matar:
abstinencia y ayuno la pueden evitar,
con espíritu de ciencia, podremos nuestro yantar
hacer y que nos quede algo para a los pobres dar.

1597 Otro sí rogar a Dios con santo sacrificio;
cumplir la comunión, sacramento y oficio,
con fe en su memoria, lidiando en su servicio:
con tal gracia podremos vencer la gula que es vicio.

1598 La envidia mató a muchos de los profetas:
contra esta enemiga, que nos hiere con saetas,
tomemos escudo fuerte pintando con tabletas,
espíritu de buen consejo encordado de estas letras.

1599 Sacramento de unción, ¡salvadnos y venceremos!
habiendo de Dios compasión la caridad practiquemos,
no haciendo mal y a los simples pobres no denostemos:
con estas armas de Dios la envidia desterraremos.

1600 Armados estemos mucho contra la pereza, mala cosa:
ésta es de los siete pecados la más sutil y engañosa,
ésta cada día alumbra donde el diablo se posa;
más hijos malos tiene que la alana rabiosa.

1601 Para que ésta y sus hijos no nos avasallen
no andemos en romerías, ni pasemos horas en balde,
sino pensemos en Cristo, que de él buenas obras salen:
así con santas obras a Dios servid y honradle.

1602 De todos buenos deseos y de toda buena obra
hagamos asta de lanza y no nos cansemos de luchar;
con hierro de buenas obras los pecados apartar:
con estas armas lidiando los podemos amansar

1603 Contra estos tres principales no debemos dejar uno:
al mundo con caridad, a la carne con ayuno,
con corazón al diablo, los tres se irán de consuno;
ni de padres, ni de hijos con esto no queda uno.

1604 Todos los otros pecados, mortales y veniales,
de éstos nacen como los ríos nacen de manantiales;
los nombrados son comienzo y suma de todos males:
¡de padres, hijos y nietos, Dios nos guarde de sus males!

1605 Denos Dios tal esfuerzo, tal ayuda, tal ardid,
que venzamos a los pecados y triunfemos en la lid,
para que el día del juicio sea un día tan feliz
que nos diga Jesucristo: "¡Benditos a mí venid!"

1606 Quiero abreviaros, señores, la mi predicación,
que siempre me pagué de pequeño sermón
y de dueña pequeña y de breve razón:
porque poco y bien dicho queda en el corazón.

1607 Del que mucho habla ríen, quien mucho ríe es loco;
tiene la dueña chica amor grande y no poco;
dueñas di grandes por chicas, chicas por grandes no
[troco*;
siempre las chicas por sobre las grandes yo las coloco.

1608 De las chicas, que bien diga, el amor me hizo ruego,
de sus muchas noblezas os quiero contar luego.
Lo que he de decir de ellas, no lo tengáis por juego:
Son frías como la nieve, pero arden como fuego.

1609 Son frías de fuera; en el amor ardientes,
en cama solaz, dulzura, placenteras, rientes;
en casa cuerdas, donosas, sosegadas, complacientes,
mucho en ella hallaréis ni bien lo paráis en miente.

1610 En pequeño diamante yace gran resplandor,
en azúcar muy poco, yace mucho dulzor:
en la dueña pequeña yace muy gran amor;
pocas palabras bastan al buen entendedor.

1611 Es pequeño el grano de la buena pimienta,
pero más que la nuez conforta y más calienta:
así la dueña pequeña que todo amor consienta,
no hay placer en el mundo que en ella no se sienta.

1612 Como en pequeña rosa hay mucho color
y en muy poco oro gran precio y gran valor,
como en el poco bálsamo yace buen olor:
así en chica dueña yace gran amor.

1613 Como el rubí pequeño tiene mucha bondad,
color, virtud y precio, nobleza y claridad:
así la dueña pequeña tiene mucha beldad,
hermosura y donaire, amor y lealtad.

1614 Chica es la calandria y chico el ruiseñor,
pero más dulce cantan que otra ave mayor:
la mujer, por ser chica, no es por eso peor;
con su gracia es más dulce que el azúcar o flor.

1615 Son aves pequeñuelas el papagayo y el oriol,
pero cualquiera de ellas es dulce gritador,
donosa, agraciada, hermosa, cantador [206]:
tal es la dueña hermosa encendida de amor.

616 Con la mujer pequeña no hay comparación:
    terrenal paraíso es y consolación,
    solaz y alegría, placer y bendición,
    ¡mejor es en la prueba que en la salutación!

617 Siempre quise mujer chica y no grande o mayor.
    ¡No es descaminado del gran mal ser huidor!
    Del mal, tomar el menos: díselo el sabedor.
    ¡Por ende, de las mujeres, la menor es mejor!

DE DON HURÓN, MOZO DEL ARCIPRESTE

618 Salida de febrero y entrada de marzo,
    el pecado, que abre de todo mal el paso,
    traía de abades muy lleno su regazo
    y también de mujeres no se mostraba escaso.

619 Puesto que ya no tenía mensajería fiel,
    busqué un mandadero por la suplir con él:
    Hurón era su nombre y un apuesto doncel.
    ¡Sino por catorce cosas, nunca vi mejor que él!

620 Era mentiroso, beodo, ladrón y mesturero*,
    tahúr, peleador, goloso, pendenciero,
    reñidor, adivino, sucio y agorero,
    necio y perezoso: tal era mi escudero [207].

621 Dos días a la semana era gran ayunador:
    ¿no tenía qué comer? ¡Ayunaba el pecador!
    ¿No podía comer? ¡Ayunaba con dolor!
    ¡Siempre esos dos días ayunaba mi andador!

622 Pero dice el proverbio que tiene buen saber:
    "Que más vale con mal asno el hombre contender,
    que solo y con la carga la cuesta descender".
    Púsele por mensajero en el gran menester.

623 Díjele: "Mira, amigo, búscame nueva funda..."
    Dijo: "Señor, buscaré, aunque el mundo se hunda,
    y os la traeré sin mucha barahúnda;
    que, a veces, un mal perro roe buena coyunda".

624 Él sabía leer poco y muy entrecortado;
    dijo: "Dadme una carta y veréis que recabo,
    porque, señor, creedme que mucho no me alabo,
    pero si yo lo comienzo le daré muy buen cabo".

625 Dile una carta mía al que Dios dé mal hado:
    ¡y la iba a leyendo a voces por el mercado!
    Al oírlo la fulana exclamó: "¡Retiraos...
    que a mí no te envía, ni quiero tu mandado!"

1626   Porque Santa María, según ya dicho he,
es comienzo y fin del bien, tal es mi fe,
hícele cuatro cantares y con ellos daré
final a mi librete, pero no lo cerraré.

1627   Buena propiedad tiene doquiera que se lea:
que si lo oyere alguno que tiene mujer fea,
o si mujer lo oyere que su hombre vil sea,
hacer a Dios servicio, al punto lo desea.

1628   Desea oír misas y hacer oblaciones,
desea dar a los pobres socorros y raciones,
hacer muchas limosnas y decir oraciones:
a Dios con esto se sirve, bien lo sabéis, varones.

1629   Cualquier hombre que lo oiga, si bien trovar supiere,
puede más añadir o enmendar si quisiere.
Vaya de mano en mano, cualquiera que lo pidiere,
como en juego va la pelota, así lo consiguiere.

1630   Pues es de *Buen Amor*, prestadlo de buen grado:
no le neguéis su nombre ni lo deis disgustado,
ni lo deis por dinero vendido ni alquilado,
que no hay contento ni gracia en el *Buen Amor* comprado.

1631   Os hice un pequeño libro de texto; mas la glosa
no creo que es pequeña, antes es muy gran prosa;
que en toda fábula se entiende otra cosa
que la que simple dice su relación hermosa.

1632   De la santidad mucha es bien gran leccionario*;
mas de juego y de burla es pequeño breviario;
por lo tanto hago punto y cierro mi armario:
sea este chico libro, solaz y letuario*.

1633   Señores, os he servido con poca sabiduría:
para daros solaz os hablé en juglería.
Sólo un galardón os pido: que a Dios en romería
digáis por mí un Padrenuestro y un Ave María.

1634   Era en mil y trescientos y ochenta y un años
cuando compuse este romance, por muchos males y daños
que hacen muchos y muchas a otros con sus engañ
y para mostrar a los simples fábulas y versos extrañe

GOZOS DE SANTA MARÍA

1635   Madre de Dios gloriosa,
Virgen Santa María,
hija y leal esposa,

madre del Mesías;
tú, Señora.
dame ahora
la tu gracia a toda hora
que te sirva todavía.

636 Por servirte codicio
yo, pecador, por tanto
te ofrezco en servicio
los tus gozos que canto:
el primero
fue certero
un ángel fue a ti, mensajero
del Espíritu Santo.

637 Concebiste a tu Padre.
Fue tu gozo segundo,
cuando lo alumbraste, Madre
sin dolor salió al mundo.
Y a pesar de nacer
pudiste permanecer
Virgen del Santo Mundo.

638 El tercero la estrella
guió los Reyes, por o [263]
vinieron a la luz de ella
con su noble tesoro
y loaron
y adoraron
al tu hijo y presentaron
inciens, mirra y oro.

639 Fue tu alegría cuarta
cuando hubiste el mandado
del hermano de Marta,
que era resucitado
tu hijo dus*,
del mundo luz,
que viste morir en cruz
que era levantado.

640 Cuando a los cielos subió,
el quinto placer tomaste;
el sexto, cuando envió
a ti el Espíritu Santo, gozaste.
El septenc
fue más bueno:
cuando tu hijo, por ti lleno
de amor vino a llevarte.

1641 Pídote merced gloriosa,
siempre, Madre venerada,
que me seas piadosa,
alegre y confiada.
Cuando a juzgar
y juicio dar
Jesús viniere, quiéreme ayudar,
y ser mi abogada.

GOZOS DE SANTA MARÍA

1642 Todos bendigamos
a la Virgen Santa,
sus gozos digamos
y su vida cuanta
fue, según hallamos
que la historia canta
vida tanta.

1643 El año doceno
a esta doncella
ángel de Dios bueno
saludó a ella,
Virgen bella.

1644 Alumbró su hijito,
¡qué gozo tan magno!
A este mocito
el treceno año,
Reyes vinieron listos
con presente extraño
a dar y adorarlo.

1645 En años treinta y tres
con Cristo ha sido,
cuando resucitado es
el cuarto gozo fue cumplido.
Quinto, cuando Jesús fue
al cielo subido
y permanecido.

1646 Sexta alegría
hubo ella, cuando
en su compañía
los discípulos estando,
Dios allí envía
al Espíritu Santo,
alumbrando.

1647 La vida cumplida
de su hijo el Mesías,
nueve años de vida
vivió Santa María.
Al cielo fue subida:
¡qué gran alegría
este día!

1648 Los gozos fueron siete
los años cincuenta
y cuatro, ciertamente,
hubo ella por cuenta.
¡Defiéndenos siempre
del mal y de afrenta,
Virgen buena!

1649 Todos los cristianos
tened alegría
señaladamente
en aqueste día:
¡nació, por salvarnos,
de Santa María
Jesús, el Mesías!

DE CÓMO LOS ESCOLARES PIDEN LIMOSNA

1650 Señores, dad al escolar
que os viene a demandar.

1651 Dame limosna y ración;
haré por vos oración,
que Dios os dé salvación:
quered por Dios a mí dar.

1652 El bien que por Dios hiciereis,
la limosna que a mí diereis,
cuando de este mundo saliereis
esto os habrá de ayudar.

1653 Cuando a Dios diereis cuenta
de tu hacienda y de tu renta,
excusaros ha la afrenta
por la limosna que dais.

1654 Por una ración que dais
vos ciento de Dios tomáis
y en el Paraíso entráis:
¡así lo quiere Él mandar!

1655 Mirad que el bien hacer
nunca se ha de perder;

para evitaros, ha poder
el infierno, mal lugar.

1656 Señores, danos a nos,
pobres escolares dos.

1657 El Señor del Paraíso
Cristo, que tanto nos quiso,
murió en nuestro sacrificio,
matáronlo los judíos.

1658 Murió nuestro Señor,
por ser nuestro Salvador:
dadnos por Él su amor,
¡y Él os salve a todos vos!

1659 Acordaos de su historia,
dad por Él en su memoria,
¡Si Él os dio su gloria!
¡Dadnos limosna por Dios!

1660 Ahora y cuanto viviereis
y por su amor siempre diereis,
con esto escaparéis
del infierno y de su tos.

DEL AVE MARÍA DE SANTA MARÍA

1661 *Ave María*, gloriosa,
Virgen Santa preciosa:
como eres piadosa
todavía.

1662 *Gratia plena*, sin mancilla
abogada:
por la tu merced, Señora,
haz esta maravilla,
señalada;
por su bondad, ahora
guárdame toda hora
de muerte vergonzosa,
porque te loe a Ti, hermosa,
noche y día.

1663 *Dominus tecum*,
estrella resplandeciente,
medicina de cuitados,
catadura muy bella
reluciente
sin mancilla de pecados:

por los tus gozos preciados
te pido, virtuosa,
que me guardes, limpia rosa,
de follía.

64 *Benedicta tu,*
honrada como no hay otra:
siendo Virgen concebiste,
de los ángeles loada
en alteza:
por el Hijo que nos diste
por la gracia, que tuviste,
¡oh, bendita, flor y rosa!
tú me guardas, piadosa,
y me guías.

65 *In mulieribus,*
escogida, Madre Santa,
de los cristianos amparo,
de los santos bien servida;
y del Padre
es tu Hijo sin reparo:
¡Virgen, mi fianza!
de la gente maliciosa,
cruel, mala, envidiosa
me desvía.

66 *E benedictus fructus,*
holgura y salvación
del linaje terrenal,
que sacaste la tristeza
y abatimiento,
que por nuestro esquivo mal
el diablo sucio tal
con su obra engañosa
en cárcel peligrosa
ya ponía.

67 *Ventris tui*
santa, flor, pura, limpia:
por la tu gran santidad,
tú me guardas de errar,
que mi vida siempre siga
en bondad,
que merezca igualdad,
con los santos, muy graciosa,
en dulzor maravillosa,
¡oh, María!

1668 Muchos milagros hace la Virgen siempre pura,
calmando en los cuitados su dolor y su tristura.
El que loa tu figura
no lo dejas olvidado,
no mirando su pecado:
lo salvas de amargura.

1669 Ayudas al inocente con amor muy verdadero,
al que es tu servidor lo libras muy ligero.
No le falla a ninguna
tu socorro sin tardanza:
guárdalo de malandanza
el tu bien grande, oportuno.

1670 ¡Reina, Virgen, mi esfuerzo! Estoy puesto en tal espan
por lo cual a ti bendigo, que me libres de quebranto.
Pues a ti, Señora, canto,
tú me guardas de lesión,
de muerte y de ocasión,
por tu hijo, Jesús santo.

1671 Yo estoy muy agraviado en esta ciudad siendo,
tu socorro y guarda fuerte estoy pidiendo.
Pues a ti me encomiendo,
no me seas desdeñosa:
tu bondad maravillosa
loaré siempre sirviendo.

1672 A ti me encomiendo, Virgen Santa María,
tú mis cuitas apartas, tú me salvas y guías.
Y me guardas todavía,
piadosa Virgen Santa,
por tu merced que es tanta
que decir no la podría.

CANTIGA DE LOORES DE SANTA MARÍA

1673 Santa Virgen escogida,
de Dios madre muy amada,
en los cielos ensalzada,
del mundo salud y vida.

1674 Del mundo salud y vida,
de la muerte destrucción,
de gracia llena cumplida,
de cuitados salvación:
de aqueste dolor que siento

en prisión, sin merecer,
tú me puedes defender
con tu santa protección.

675 Con tu santa protección,
no mirando mi maldad
ni el poco merecimiento;
más que tu propia bondad:
te confieso de verdad
que soy pecador errado:
de ti sea ayudado
por tu virginidad.

676 Por tu virginidad
que no tiene comparación,
ni hubiste igualdad
en obra e intención,
cumplida de bendición;
pero no soy merecedor,
señora, de tu favor,
por cumplir mi petición.

677 Por cumplir mi petición,
como a otros ya cumpliste,
de tan fuerte tentación,
en que soy cuitado, triste:
pues poder has y tuviste,
tú me guardas en tu mano.
Bien socorres muy de llano
al que quieres y quisiste.

CANTIGA DE LOORES DE SANTA MARÍA

78 Quiero seguir
a ti ¡flor de las flores!
Siempre decir,
cantar de tus loores,
a ti seguir
y a ti servir.
¡Mejor de las mejores!

79 Gran confianza
tengo en ti, **Señora;**
ni esperanza
está en ti en toda hora.
¡De la tribulación,
con tu compasión,
venme a librar ahora!

1680 ¡Virgen santa!
     Yo paso atribulado
     con pena tanta,
     con dolor atormentado,
     y me espanta
     la pena y me quebranta
     el ver tanto pecado.

1681 ¡Estrella de la mar!
     ¡Puerto de la holgura!
     ¡De dolor y pesar
     y de tristura
     venme a librar
     y confortar
     Señora, de la altura!

1682 Nunca fallece
     la tu merced cumplida;
     siempre guarece
     de cuitas y da vida:
     ¡Nunca perece
     ni se entristece
     quien a ti no olvida!

1683 Sufro gran mal,
     sin merecer, tormentos
     y penas sin igual
     porque pienso ser muerto:
     mas ¡Tú me valdrás!
     Que no veo quien más
     pueda sacarme a puerto.

CANTIGA DE LOORES DE SANTA MARÍA

1684 ¡En ti está mi esperanza,
     Virgen Santa María!
     En Señor de tal valía
     hay razón de haber confianza!

1685 ¡Ventura engañosa,
     cruel, enojosa,
     maligna y mezquina!
     ¿Por qué eres tan dañosa
     y contra mí furiosa
     y falsa vecina?

1686 No sé describir,
     no puedo decir

la cuita extraña
que me hace sufrir.
¡Cómo puedo vivir
en confusión tamaña!

1687　Hasta hoy todavía
mantuviste porfía
en mi padecer;
¡haz la cortesía
de darme alegría,
agasajo y placer!

1688　Si tú me librares
de cuitas y pesares,
y mi tribulación
en gozo tornares
y bien me ayudares,
harás buena acción.

1689　Mas si tú porfías
y no te desvías
a mí socorrer,
estas cuitas mías
en muy pocos días
me harán fenecer.

CANTIGAS DE LOS CLÉRIGOS DE TALAVERA

1690　Allá en Talavera, en las calendas de abril
llegadas son las cartas del arzobispo don Gil [209],
en las cuales venía el mandado no vil,
tal que si plugo a uno, pesó a más de dos mil.

1691　Aqueste arcipreste, que traía el mandado,
bien creo que lo hizo más a disgusto que de grado;
mandó juntar cabildo: a prisa fue juntado,
creyendo que traía otro mejor recado.

1692　Habló este arcipreste y dijo bien así:
"¡Si os pesa a vosotros, bien me pesa a mí!
¡Ay, viejo mezquino, para esto envejecí!
¡Para ver lo que veo y para ver lo que vi!"

1693　Llorándole los ojos comenzó esta razón;
dijo: "El papa os envía esta constitución.
¡Necesario es decirlo: que quiera o que no,
aunque os lo diga con rabia de mi corazón!

1694　Cartas son venidas que dicen de esta manera:
que clérigo ni casado de toda Talavera,

que no tuviese manceba, casada ni soltera;
si alguno la tuviese, excomulgado era".

1695 Con estas razones que la carta decía,
quedó muy quebrantada toda la clerecía;
a algunos de los legos les vino acedía,
para tener acuerdo juntáronse otro día.

1696 Cuando estaban juntos todos en la capilla,
levantóse el deán a mostrar su mancilla;
dijo: "Amigos, yo querría que toda esta cuadrilla
apelásemos del papa ante el rey de Castilla.

1697 Porque aunque somos clérigos, somos sus naturales;
servímosle muy bien, fuimos siempre leales;
además, sabe el rey que somos carnales;
¡creed que se ha doler de aquestos nuestros males!

1698 ¿Que yo deje a Orabuena, la que cobré antaño?
En dejarla yo a ella recibiera gran daño:
dile luego de mano doce varas de paño,
y aun ¡para la mi corona! ²¹⁰ anoche hizo el año.

1699 Antes renunciaría a toda mi prebenda
y además la dignidad y toda mi renta,
que a la Orabuena, mi estimada prenda;
creo que muchos otros seguirán esta senda".

1700 Demandó a los apóstoles y a todo lo que más vale
con gran afincamiento así como Dios sabe,
y con llorosos ojos y con dolor muy grande
"*Vobis enim dimittere*", díjoles, "*quam suave!*"

1701 Habló en pos de éste, luego, el tesorero,
que era de esta orden cofrade derechero;
dijo: "Amigos, si este son ha de ser verdadero,
¡si malo lo esperáis, yo peor lo espero!

1702 Y el mal de vosotros que a mí mucho me pesa,
aparte de ser mío es el mal de Teresa;
pero dejaré a Talavera para irme a Oropesa
antes que abandonar toda mi mesa.

1703 Porque nunca fue tan leal Blancaflor a Flores ²¹¹,
ni ahora es Tristán a todos sus amores:
¡que muchas veces rematar los ardores
y, si de mí la aparto, nunca me dejarán dolores!

1704 Porque suelen decir que el can que en apuro se viere
y con temor de muerte, aun a su dueño muerde:
¡si yo tuviese al arzobispo donde nadie me viere
le daría tal vuelta que siempre se recuerde!"

1705 Habló en pos de éste el chantre Sancho Muñoz;
dijo: "Este arzobispo ¡no sé qué tiene con nos!

Él quiere prohibirnos lo que nos perdonó Dios;
por tanto yo apelo en este escrito: ¡Mirad vos!...

1706   Que si yo tengo o tuve en casa una sirvienta,
¡no hay por qué el arzobispo con esto se resienta!
¿Que no es mi comadre, ni es mi parienta?
¡Huérfana la crié y esto se me desmienta!

1707   En mantener el hombre huérfanas es obra de piedad,
otrosí a las viudas, ¡esto es cosa de verdad!
Pero si el arzobispo sostiene que es cosa de maldad,
¡dejemos a las buenas y a las malas tornad!"

1708   Don Gonzalo, Canónigo, según yo lo entiendo,
es ese, que va sus alhajas luciendo.
Y vanse las vecinas por el barrio diciendo
que las acoge de noche en su casa, aunque yo lo defiendo.

1709   Pero no alarguemos tantos estas razones:
apelaron los clérigos, también los clerizones;
hicieron personalmente, otras reclamaciones
y después, en adelante, otras procuraciones.

ÉSTE ES EL LIBRO DEL ARCIPRESTE DE HITA, EL CUAL LO COMPUSO
ESTANDO PRESO POR MANDATO DEL CARDENAL DON GIL,
ARZOBISPO DE TOLEDO

Laus tibi Xriste, quem liber explicit iste.
Alffonsus Peratiñen [212]

CANTAR DE CIEGOS

1710   Varones buenos y honrados
querednos ayudar
y a estos ciegos desgraciados
la vuestra limosna dar:
somos pobres menguados
que la venimos a demandar.

1711   De los bienes de este siglo
no tenemos nosotros nada,
vivimos en gran peligro
en vida sacrificada;
ciegos, lo feo o lo lindo
del mundo no vemos nada.

1712   Señora Santa María
dale tu bendición
al que hoy, en este día,
no dé la primera ración:

dale al cuerpo alegría
y al alma consolación.

1713 Santa María Magdalena,
ruega a Dios verdadero
por quien diera parte buena
de migaja o de dinero
para mejorar la cena
a nos y a nuestro compañero.

1714 Al que hoy nos estrenare
con migaja o con su pan,
déle, en cuanto comenzare,
buen estreno, San Julián,
y cuanto a Dios demandare
otórgueselo de plan.

1715 Sus hijos y su compaña
Dios y Padre espiritual
de ceguedad tamaña
guarde o dé otra cuita igual;
sus ganados y cabaña
San Antón guarde del mal.

1716 A quien nos dio su migaja
por amor del Salvador,
Señor, dale tu gracia,
tu gloria y tu amor.
Guárdalo de la baraja*
del pecado engañador.

1717 Y que tú, bienaventurado
Ángel Señor San Miguel,
tú seas el abogado
para aquélla o para aquél
que de su pan nos ha dado;
te lo pedimos por él.

1718 Cuando las almas juzgares,
a éstos ponlos en tu diestra
porque dan cena y yantares
a los que sufren miseria;
sus pecados y sus males
échalos a la siniestra.

1719 Señor, merced te clamamos
juntando las manos ambas,
las limosnas, que te damos,
túmalas entre tus palmas;
a quien nos dio que comamos
da paraíso a sus almas.

1720 Cristianos, de Dios amigos,
   a estos ciegos mendigos
   con migajas y bollitos
   queremos socorrer.
   ¡Por Dios, queredlos traer!

1721 Si de Dios no los tenemos,
   ¿de dónde conseguiremos
   para nos desayunar?
   No lo podemos ganar
   con estos cuerpos lisiados,
   ciegos, pobres y cuitados.

1722 Danos vuestra caridad
   y guarde la claridad
   en vuestros ojos el buen Dios,
   por el bien que así nos hacéis,
   gozo y placer obtendréis
   en los hijos que mucho amáis.

1723 Nunca los veáis penar,
   que os los deje Dios criar
   para ser arcedianos;
   sean ricos, sean sanos,
   no les dé Dios ceguedad
   y los libre de maldad.

1724 Que les sobre pan y vino,
   que den al pobre mezquino,
   tengan ganados, dinero
   y ayuden a los romeros,
   que les den paños, vestidos
   y socorran a los tullidos.

1725 Que a vuestras hijas amadas
   las veáis muy bien casadas
   con maridos caballeros
   y con honrados pecheros*,
   con mercaderes corteses
   y con ricos burgueses.

1726 Que vuestros suegros y suegras,
   los vuestros yernos y nueras,
   los vivos y los finados
   de Dios sean perdonados.

1727 A vos os dé buen galardón,
   de los pecados perdón.
   El Ángel esta ofrenda

en sus manos la prenda.
Señor, oye a los pecadores,
por los nuestros bienhechores.
728 Tú recibe esta canción
y oye nuestra oración.
que nos pobres, te rogamos
por quien nos dio que comamos
y por el que dar lo quiso.
Dios, que gran sacrificio hizo,
os dé el Santo Paraíso.
Amén.

FENITO LIBRO, GRACIAS Á DOMINO NOSTRO JESUCGISTO ESTE LIBRO FUE GRABADO
JUEVES XXIII DÍAS DE JULIO DEL AÑO DEL NASÇIMIENTO DEL NUESTRO SALVADOR
JESUXRISTO DEL MILL É TRESIENTOS É OCHENTA É NUEVE AÑOS [213].

SIGNIFICADO DE LAS CITAS LATINAS

Iesus Nazarenus Rex Iudaeorum: Jesús Nazareno Rey de los Judíos.

Intellectum tibi dabo, et instruam te in via hac, qua gradieris; firmabo super te oculos meo: Yo te daré inteligencia y te enseñaré en el camino que seguirás; fijaré mis ojos sobre ti.

Initium Sapientiae timor Domini: El comienzo de la sabiduría es el temor de Dios.

Qui timet Dominum, faciet bona: Quien teme al Señor hará bien.

Et meditabor in mandatis tuis quae dilexi: Y yo meditaba sobre tus mandamientos que me deleitaron.

Qui diligitis Dominum, odite malum: Los que amáis al Señor, odiad lo malo.

Beati mortui, qui in Domino moriuntur; opera enim illorum sequuntur illos: Benditos son los muertos que murieron en el Señor; porque sus obras les sobrevivirán.

Tu reddes unicuique juxt opera sua: Tú recompensarás a cada uno según sus obras.

Nemo sine crimine vivit: Nadie vive sin un crimen.

Quis potest sine facere mundum de inmundo conceptum semine?: ¿Quién puede crear un mundo de siembra inmunda?

Cogitationes hominum vanae sunt: Los pensamientos de los hombres son vanos.

Nolite fieri sicus equus et mulus, in quibus non est intellectum: No seáis como el caballo y el mulo, que no tienen comprensión.

Anima mea illi vivet: quaerite Dominum, et vivet anima vestra: Mi alma vivirá en Él: amad al Señor y vuestra alma vivirá.

Homo natus de muliere: breves dies hominis sunt: Hombre nacido de mujer: los días del hombre son breves.

Anni nostri sicut aranea meditabuntur: Nuestra vida se debe trabajar como la araña [teje su tela].

Viam veritatis: El camino de la verdad.

Fidei Catholicae fundamento: La fe católica es el fundamento.

Quicumque vult: Quien quiera.

Ita Deus Pater, Deus Filius: Así, Dios Padre, Dios Hijo.

Venite exultemus: ¡Venid y regocijémonos!

Te, Amorem, laudamus!: ¡A ti, Amor, te alabamos!

Exultemus et laetemus!: ¡Regocijémonos y alegrémonos!

Benedictus qui venit: ¡Bendito el que viene!

Mane nobiscum, Domine!: ¡Quédate con nosotros, Señor!

Vobis enim dimittere quam suavem!: ¡Qué suave se os hará dejarlas!

1 Nótese la ambigüedad que da al sentido de la cláusula el posesivo "suyo", pues tanto puede referirse al arcipreste, como al autor de la obra, como a Dios por el contenido religioso. Para el significado de las citas latinas, véase el Apéndice al final de este libro.

2 Apócope de Babilonia.

3 Pronúnciese "reiná", conforme al uso de la época, para bien de la rima, así como en el verso siguiente se utiliza "dina" por digna.

4 Falta un vocablo en el manuscrito que suponemos es "indina" por razones de consonancia y el sentido del contexto.

5 Obsérvese la reiteración del adjetivo para dar mayor vigor a la idea de falsedad.

6 Después de lesión falta una palabra en el original, probablemente perdida por un corte del encuadernador, que puede ser "arrancaste".

7 Antiguamente se usaba el artículo delante de los posesivos. Ahora permanece como regionalismo. Entre nosotros, Fernández Moreno, en su soneto "Inicial de oro", trae: "Y me dice: el mi nieto. ¡qué arruca más fina!"

8 Las apelaciones que hasta ese momento se hacían a Dios pasan, sin ninguna transición, a hacerse a la virgen María.

9 El autor quiere significar que el arcángel Gabriel anunció a María que su hijo sería el Salvador y que ella quedó convencida de la afirmación. Conforme al Evangelio de San Mateo, Hemanuel quiere decir: "Con nosotros Dios".

10 "Cobertura y manto" es una redundancia que sólo beneficia a la rima.

11 En contra del diminutivo literario "iello", Juan Ruiz usa los más populares "illo" y "ete", que habrían de prevalecer.

12 "Yaz" es apócope de "yace", como en el renglón siguiente "faz" lo es de "face", conforme a las licencias poéticas acostumbradas en la época.

13 Ajenuz es una planta ranunculácea, muy común en España, que da una semilla negra y áspera por fuera, pero blanca en su interior.

14 Peñavera es una piel muy blanca que se asemeja al armiño.

15 Vido es el pretérito pasado de ver: visto.

16 Fallía: falsedad.

17 Debe pronunciarse reina, lo mismo que más abajo aina.

18 No pares mientes: "no repares" o "no considere".

19 El arbitrio usado por los romanos en la competencia se encuentra en forma semejante en Pantagruel, Libro II, en la polémica de Panurgo y Thaumaste. y hay otra parecida en el Moyen de parvenir, tomo II, pág. 278.

20 Pon es apócope de "pone".

21 Este refrán figura en la clásica colecciónn del maestro Correas y significa que las cosas no son como se ofrecen sino como se las considera.

22 El autor quiere significar que al presentar el bien y el mal, en forma abierta o disimulada, lo hace con intención de que el lector considere ambas cosas y elija la mejor. Este pensamiento se repite

い el cuarto verso de la estrofa **76** y es una aplicación del pensamiento de San Pablo (5.21): "Omnia autem probate: quod bonum est tenete' que figura en la *Epístola a los Tesalonicenses*.

[23] Significa el refrán que no hay que fijarse en las apariencias sino en los resultados.

[24] En estas estrofas el autor usa de la voz *puntos* en una doble acepción, ya como medio de valoración —"por puntos la juzgad", dice el original— o ya como verbo en el sentido de puntear o contrapuntear, vale decir, con puntos que agradan al oído pero nada dicen al entendimiento.

[25] Natura adquiere el sentido de instinto.

[26] *Tora* (Thorá): voz hebrea que significa Ley Es el libro grado de los judíos.

[27] Conocer la nobleza del oro y de la seda quiere decir estar acostumbrada a ambas cosas.

[28] *Muy cumplida de bienes:* quiere expresar "con abundantes medios".

[29] *Pintada moneda:* es la que aparenta valer mucho y no sirve para nada.

[30] Aquí, *castiga* tiene el sentido de "enseñanza, aprendizaje".

[31] Se usa *señor* por "señora", siguiendo una costumbre de la época.

[32] El refrán popular a que se refiere es: "No hay paño sin raja", significando que en todas las cosas no hay perfección ya que siempre se presenta algún punto débil.

[33] Isopote es el nombre que los troveros franceses daban a Esopo. Los temas de su colección de fábulas fueron usados por el arcipreste con harta frecuencia.

[34] Tal como está en el original, conservamos el juego de palabras que hace Juan Ruíz con "Mal va" para que rime con "malva".

[35] En este verso se da a fábula el sentido de refrán o proverbio

[36] La expresión "mujer no santa" se refiere a mujer liviana.

[37] *Súpome el clavo echar:* significa "engañar".

[38] Con toda irreverencia el arcipreste usa el signo sagrado para hacer chistes equívocos en relación con el nombre de Cruz, la mala mujer que lo engaña con el amigo.

[39] En el juego de la cucaña, generalmente uno de los participantes arrastraba al trepar la materia jabonosa, facilitando la subida del que lo seguía que se llevaba el premio. En esta ocasión el arcipreste abrió el camino y Fernand García obtuvo la recompensa

[40] *Clerecía* significa no solamente estado eclesiástico, sino adquirir saber o ciencia.

[41] *Ir a correr monte* es una expresión cinegética, o sea "salir de cacería".

[42] El autor quiere decir situaciones semejantes. Para justificar las fallas de los astrólogos compara sus predicciones con los fueros de los reyes, decretales del papa, etc., que a pesar de ser normas fijas pueden ser cambiadas por voluntad de quien las dictó. Así Dios puede torcer el rumbo de los hechos predichos por los astrólogos.

[43] Los privados son los favoritos de los monarcas.

[44] El arcipreste, que, como muchos hombres de su época, era creyente en los astrólogos, trata de disculpar sus fallas atribuyéndola a la superior voluntad de Dios.

[45] *Buey de cabestro:* a quien debía guiarse para realizar sus actos es un símbolo de torpeza y falta de inteligencia.

[46] Venus, el segundo de los planetas que giran en redor del sol estaba considerado como propicio al amor y a las cosas con él relacionadas.

[47] Estos versos y los que siguen, que exaltan el dominio del amor sobre los seres humanos, se asemejan a otros de Cota en su obra *Diálogo entre el Amor y un viejo*. Por lo demás, los mismos fueron imitados por Juan del Encina en sus églogas y por Lucas Fernández en ciertos pasajes de sus *Farsas*.

⁴⁸ En la Edad Media era común el sufijo "udo" donde ahora usamos "ido", así *atrevudo* por "*atrevido*".

⁴⁹ Este refrán quiere significar que el tiempo y la constancia vencen las resistencias más pertinaces.

⁵⁰ *Antigos* es la forma arcaica de "antiguos".

⁵¹ *Dueña encerrada* tiene el sentido de bien guardada, que no salía sin compañía y en su hogar tenía siempre cuidadoras, y de ahí que para entablar relación debió valerse de mensajes.

⁵² *Vezar* es voz antigua. Equivale a *avezar*, es decir, instruir, enseñar a fondo.

⁵³ Sembrar en la arena del río es sinónimo de trabajo baldío.

⁵⁴ El aliso es un árbol rosáceo, pero de sombra escasa.

⁵⁵ *Carazas*: pan con agujas o alfileres dentro para matar perros.

⁵⁶ Entre nosotros este refrán se dice: "Uno calienta el agua y otro toma el mate".

⁵⁷ *Fablilla* tiene el sentido de proverbio o refrán.

⁵⁸ Estar pensativo o triste.

⁵⁹ Este ejemplo parece haberse inspirado en el fabliaux *Il valet aux douze femmes*.

⁶⁰ *Razón* adquiere en este verso el sentido de "noticia, nueva".

⁶¹ Los autores dan como fuente de esta fábula a la *Ranae regem petierunt*, de Fedro.

⁶² *Soltera*: debe entenderse por sueltas, libres.

⁶³ *Viga de labrar*: es el grueso tronco usado para prensar uvas.

⁶⁴ *Cadena doblada*: o sea "gruesa, reforzada".

⁶⁵ En el original dice "su saña", pero como ello no tiene sentido, algunos autores piensan que debe ser Susaña, o sea Susana.

⁶⁶ *A jornadas trescientas*: vale por "a muy gran distancia".

⁶⁷ *Previene con guiños o con el dedo*: es hacer señales para indicar algo.

⁶⁸ El verso significa que no hay que fiarse de las apariencias.

⁶⁹ El sentido de la estrofa es ambiguo: el primer verso se refiere al cuarteto anterior y da a entender que los pecados antes citados tienen albergue en el Amor, y los siguientes, que los hombres enamorados no se detienen en nada por lograr lo que codician.

⁷⁰ Aquí se hace referencia a la leyenda griega que cuenta que la diosa Discordia, arrojada del Olimpo y al no ser invitada a las bodas de Peleo y de Tetis, resolvió vengarse arrojando en la mesa del festín una manzana de oro con la leyenda "a la más bella". Juno, Palas y Venus disputaron por su pertenencia hasta que Paris, por orden de Júpiter, actuó como árbitro y dio la fruta a Venus, provocando con ello un sinfín de desgracias.

⁷¹ Alude a las llamadas "siete plagas de Egipto".

⁷² En este ejemplo el autor comienza dirigiéndose al codicioso en las dos primeras estrofas para pasar sin explicaciones a imprecar en contra del Amor en las siguientes.

⁷³ *Embarga*: tenía el sentido de embarazar, obstaculizar, impedir.

⁷⁴ Se refiere a la historia del rico y Lázaro que figura en el cap. 16 del Evangelio de San Lucas. Ambos mueren y mientras el rico va al infierno, el mendigo fue llevado al seno de Abraham. El primero, desesperado, clama: "Padre Abraham, ten misericordia de mí y envía a Lázaro que moje la punta de su dedo en agua, y refresque mi lengua; porque soy atormentado en esta llama." Y díjole Abraham: "Hijo, acuérdate que recibiste tus bienes en vida, y Lázaro también males; mas ahora éste es consolado aquí, y tú atormentado."

⁷⁵ El giro, muy usado en la antigüedad, "del somo del alteza" significa desde una gran altura.

⁷⁶ Alusión al adulterio cometido por el rey David con Betsabé y de la artimaña de que se vale para librarse de Urías, su marido. Figura en el libro II de Samuel, cap. 11.

⁷⁷ Según el Génesis, Sodoma y Gomorra fueron las destruidas por sus pecados; las otras ciudades que también perecieron fueron Seboín, Adama y Segor, aunque esta última no fue quemada.

78 Durante la Edad Media se tuvo a Virgilio por nigromántico y adivino en razón, principalmente, de las Églogas 4ª y 8ª.

79 Este episodio fue muy popular en la Edad Media y fue utilizado también, por otros autores.

80 Pese a la autorizada opinión de J. Cejador que dice que la "faya" del original no es "haya" (árbol) sino los crestones y salientes de piedra, que así los llaman en Salamanca, y los despeñaderos junto al río. en Sayago, seguimos, como los antiguos glosarios, dándole el sentido de árbol.

81 Mongibelo, conocido volcán europeo, representa aquí el infierno.

82 En el Génesis, Cap. 30, se lee del recurso de que se valió Jacob para acrecentar sus rebaños perjudicando a Labán, padre de Esaú.

83 *Graja:* hembra del grajo, ave parecida al cuervo, de pico y pata de color rojo.

84 Esta fábula está tomada de Fedro (*Graculus superbus et pavo*) y fue también utilizada por Dante.

85 Génesis, Cap. XIX.

86 *Adivas:* inflamación de la garganta.

87 *Ipocrás:* Hipócrates, famoso médico griego a quien se considera padre de la medicina.

88 Daniel, Cap. V.

89 Jueces, Cap. XVI.

90 *Abogado de fuero:* vale decir, capacitado para defender las causas ante los tribunales.

91 El arcipreste hace en este escrito una jocosa imitación de las fórmulas judiciales de la época.

92 *Abogado de romance:* es el que no sabe latines ni estudió en escuelas las leyes.

93 *La salvajina:* debe entenderse por ir a lugar silvestre, el bosque o la selva. También se entiende por animales salvajes.

94 Para escarnecer a los malos clérigos que profanan las cosas sagradas, el arcipreste mezcla trozos del rezo eclesiástico en latín con la descripción realista y hasta procaz de las acciones de aquéllos, personificados aquí por el Amor. La comprensión del doble sentido de los versos siguientes hace necesaria la traducción de los textos latinos. *Cum his qui oderunt pacem:* con los que odian la paz. *Ecce quam bonum:* ¡qué bueno! *In noctibus extollite:* alzad por las noches. *Domine labia mea:* Señor, mis labios [abrirás]. *Primo dierum omniu:* el primer día de todos. *Nostras preces ut audiat:* para que oiga nuestras preces. *Laudes aurora lucis:* loas en la aurora del día. *Miserere mei:* apiádate de mí. *Deus in nomine tuo:* Dios en tu nombre. *Quicumque vult:* quienquiera que desee. *Os, lingua, mens:* boca, lengua, mente. *In verbum tuum:* en tu palabra. *Factus sum sicut uter:* estoy como odre. *Quomodo dilexi:* cuánto amo. *Suscipe me secundum:* susténta me según... *Lucerna pedibus meis:* lámpara a mis pies. *Quam dulcia!:* ¡qué dulce! *Mirabilia:* maravillosos. *Gressus meos dirige:* endereza mis pasos. *Iustus es, Domine:* Justo eres, Señor. *Virgam virtutis tuae:* la vara de tu fortaleza. *Sede a destris meis:* siéntate a mi derecha. *Laetatus sum:* alegréme. *Illuc enim ascenderunt:* pues allá ascendieron. *Converte nos:* conviértenos. *Custodi nos:* guárdanos. *Quod parasti:* que preparaste. *Ante faciem omnium:* delante del pueblo. *Ado gloria plebis tuae:* adonde está la gloria de tu pueblo. *Salve, regina:* ¡Salve, reina!

95 Misa de novios: quiere dar a entender misa donde los novios puedan cambiar requiebros.

96 Es decir, que se alegra y regocija mucho, como si fuera una fiesta importantísima.

97 *Mujer de gran repuesto:* o sea mujer de grandes caudales y excelente posición social.

98 *Vedegambre:* hierba ponzoñosa que los ballesteros usaban para envenenar sus flechas. Es el eléboro.

99 Hace alusión a la conocida fábula del lobo que quiso engañar cubriéndose con una piel de oveja.

[100] Se refiere a Publio Ovidio Nasón, poeta latino que vivió del 43 al 16 a. J.C. Sus libros *Metamorfosis* y *El Arte de amar* tuvieron mucha resonancia en la Edad Media.

[101] Alusión al falso Ovidio. El *Pamphilus de Amore* es un poema latino, de autor anónimo, muy conocido en su tiempo, que ejerció gran influencia sobre Juan Ruiz, principalmente para el trazado de la figura de Trotaconventos, calcada de la *Vétula* de la obra citada.

[102] *En peña:* sobre la piel de la frente.

[103] *Lágrimas de Moisés:* es una variación de "lágrimas de cocodrilo" refiriéndose al carácter hipócrita atribuido a los judíos.

[104] *Echar la moza en ojo:* hacerle el mal de ojo para someter su voluntad.

[105] Una antigua creencia atribuía al demonio parte en el engendro de las mujeres muy velludas y de ahí el deseo de que el infierno, "huerco" en el original, "las sacuda", vale decir, les haga sufrir tormento.

[106] *Ardit álardo:* expresión que equivale a "ingenioso alarde".

[107] El *Cancionero de Baena* (362) trae estos versos que no sabemos si aluden al ejemplo del arcipreste o repiten una fórmula tradicional:

> *"Señor Juan Alfonso, pintor de taurique*
> *quai fue Pitas Payas, el de la fablilla:*
> *maguer vos andades acá por la villa*
> *a vuestra mujer ay quien la nique."*

[108] *Volo:* quiero; *portaré muita bona:* traeré muchos regalos.

[109] *Arma de prestar* y *ome de prestar* eran expresiones muy usadas en la Edad Media para significar calidad, valimiento. En la actualidad decimos "hombre de valer".

[110] En esta estrofa y las subsiguientes el arcipreste, pese a su condición de clérigo, hace una amarga pintura del estado corrupto de la iglesia y de la justicia.

[111] Roma tiene sentido figurado, ya que la corte papal en ese tiempo estaba en Aviñón.

[112] *Donde el ojo se guiña* es allí donde se hacen señas al juez para que falle en favor de quien lo ha cohechado.

[113] *Villano* debe tomarse por hombre habitante de una villa y no por hombre vil.

[114] Se llamaba *merino* al juez que, nombrado por el rey o el adelantado, tenía amplia jurisdicción.

[115] Ver el Génesis, Capítulo XIX, versículos 31-38.

[116] Maestre Roldán o Rolando, escribió un *Libro de tafurerías* por mandato de don Alfonso el Sabio el año 1277.

[117] Catón el Censor, romano célebre por la austeridad de sus principios (234-149 a. de J.C.). Fue censor en 184 y procuró por todos los medios limitar el lujo que empezaba a corromper a Roma. Escribió un libro sobre los orígenes de Roma que no ha llegado a nosotros y otro sobre agricultura: *De re rustica.*

[118] Tanto A. Bonilla y San Martín como don Marcelino Menéndez y Pelayo están contestes en que una comedia latina, el *Liber Pamphili*, fue parafraseada por Juan Ruiz casi íntegramente en las estrofas que van desde 580 a la 891.

[119] *Tener a la espuela* significa tener bajo su dominio, obligar a hacer algo por imperio de la fuerza.

[120] El "pepión" era una antigua moneda castellana de poco valor.

[121] Este dicho quiere significar que la experiencia vivida por esas personas les hace prevenir se repitan los mismos hechos por otros seres.

[122] En el original faltan los dos primeros versos de esta cuarteta. A juzgar por lo que sigue, en los mismos le pediría amistad y reserva sobre los sentimientos que iba a exponer.

[123] *Dueña de prestar:* mujer de gran valía.

[124] Hay en el arcipreste cierto fatalismo derivado de su carácter supersticioso que asigna al azar un poderío que equipara a la voluntad divina.

[125] Referencia a la Vétula, émula de Trotaconventos, citada en el poema latino *Pamphilus*, de autor anónimo.

[126] Acaso "troxa": mochila. El poeta la utiliza como sobrenombre de las alcahuetas.

[127] *Quedar o ir en agua de borrajas* es perderse o fracasar una cosa.

[128] Trotaconventos se refiere a los amores clandestinos.

[129] *Atalvina:* según la Academia, son gachas que se hacen con leche de almendras, pero aquí tienen la significación de bebedizo.

[130] *Traer de zarcillo:* conducir en hileras y con mansedumbre.

[131] *Sacar buen afrecho:* obtener buena ganancia de un trabajo.

[132] *Tocar el pandero:* toma el sentido de "usar la cabeza" para meditar sobre un asunto.

[133] Se da a *talentos* la significación de "voluntad, intención o propósito".

[134] Por haber conocido el amor y no tener amparo de hombre, las viudas son perseguidas por casados y solteros.

[135] Este cuento es muy parecido al que con el título de Ejemplo VI trae *El Conde Lucanor* del Infante Juan Manuel.

[136] Este verso no se halla en los originales. Podría suplirse con:

"Tendré, cual tuvo el lobo, doloroso escarmiento".

[137] Antiguamente se creía que los estornudos eran señales de buena o mala suerte y se sacaban agüeros de los mismos según la hora, la duración o dirección. En esta fábula el lobo, al ir a comer su tocino, estornuda y se le imagina que ello es señal de más opípara comida por lo que renuncia al mismo y va en busca de mejor manjar para recibir únicamente golpes y cardenales.

[138] Véase nota 11 con referencia a los diminutivos.

[139] "La Rama es la vieja y gruñona madre de doña Endrina", dice Cejador; pero, en este caso, nosotros discrepamos con tan ilustre comentarista ya que por el contexto se desprende que así como se baja la rama para sacar la fruta, así la vieja traería a doña Endrina para don Melón.

[140] *Andar al estricote:* andar en devaneos, a mal traer, a la voluntad ajena.

[141] Dice Cejador: "pollo y verniso o enverniso, el nacido en enero, que es el mejor, y para San Miguel ya anda hecho un gallo, ya flaco de enamorado".

[142] *Largo:* dadivoso, generoso.

[143] Sin ninguna transición pasa, ahora, a hablar doña Endrina.

[144] Vuelve a tomar el hilo del diálogo la vieja.

[145] *Parar mientes:* poner especial atención.

[146] *Otorgar el oficio:* conceder la venia o el permiso.

[147] Esta expresión encierra el deseo de ver muerta a la madre.

[148] *Yaga:* el presente subjuntivo del verbo *yacer* tiene tres formas: *yazca, yazga* y *yaga*.

[149] El refrán original es "romero hito saca zatico", o sea que el peregrino molesto consigue su mendrugo.

[150] Significa que cuando se tiene oportunidad no hay que perderla.

[151] Faltan 32 coplas. En ella posiblemente se narraría la afrenta cometida en contra de doña Endrina, ya que al seguir el relato nos hallamos que la vieja se defiende de los reproches de la dueña y pretende derivar sobre ella la culpa de su mal.

[152] Recuérdense las estrofas de 115 a 122, donde se narra la burla que el mensajero de ese nombre le hizo con Cruz.

[153] Según Sánchez, la villa a que se refiere la copla es Alcalá de Henares.

[154] Infinitos eran los medios que se usaban en esa época para ganar la voluntad de las personas, y la vieja Trotaconventoss, como Urraca y, más tarde, Celestina, eran duchas en usar hierbas, filtros

y otros menjunjes. En esta estrofa tenemos una lista variada de tales medios.

155 San Meder o San Medel es, en realidad, San Emeterio, cuya festividad se celebra el 8 de marzo.

156 Lozoya es el nombre de un puerto en las cercanías del Paular de Segovia. También llevan el mismo nombre un valle, un río, un monte y un pueblo.

157 *Beber la madeja:* es embeberla, mojarla para su hilado.

158 *Sotos albos:* es un lugar de la tierra de Segovia.

159 En el *Glosario* sobre *Juan Ruiz* dice J. M. Aguado: "n. de una serpiente, al parecer monstruosa, cuya piel debía de conservarse en Segovia por ese tiempo, con la correspondiente leyenda sobre su muerte a manos del viejo Rando; piel y leyenda hoy perdidas".

160 Cornejo es un lugar a cuatro leguas de San Ildefonso, donde existe una venta que se nombra en el poema como "casa de Cornejo".

161 Puerto no tiene aquí acepción de embarcadero de mar o río sino de paso entre las montañas.

162 *Odresillo:* instrumento músico antiguo semejante a la gaita gallega.

163 *Cabras de fuego:* quemaduras que se producen en las piernas por estar demasiado cerca del fuego. Debido a su nombre, el arcipreste, con un juego de palabras, alude a su cantidad como "manada".

164 *Canto de soma:* pedazo de pan ordinario.

165 El Vado es una villa del duque del Infantado en el Real de Manzanares. Allí se conserva una imagen que es muy venerada y a la que ya se hace mención en *La montera del Rey don Alonso,* libro III, cap. IX, folio 52.

166 En el Evangelio de San Juan, Cap. 12, vers. 3 se lee: "Entonces María (hermana de Lázaro) tomó una libra de ungüento de nardo líquido de mucho precio, y ungió los pies de Jesús, y limpió los pies con sus cabellos: y la casa se llenó del olor del ungüento. Y dijo uno de sus discípulos, Judas Iscariote, hijo de Simón, el que le había de entregar: ¿Por qué no se ha vendido este ungüento por trescientos dineros, y se dio a los pobres?"

167 Nombre antiguo de la Tora, el libro sagrado de los judíos, que contiene la ley mosaica.

168 *Jueves Lardero:* era el anterior a las Carnestolendas.

169 En Alarcos, cerro de la provincia de Ciudad Real, Alfonso VIII sufrió en el año 1195 una grave derrota ante los moros.

170 Villenchón es una población, en Castilla la Nueva, cerca de Tarancón, muy conocida por sus grandes salinas.

171 Se refiere a las obras de Guillermo Durante, célebre jurisconsulto, tituladas: *Specularum iuris* y *Repertorium iuris.*

172 Enrique, obispo de Ostia fue un gran jurisconsulto.

173 Inocencio IV, llamado antes Sinibaldo de Fieschi, tuvo tan gran autoridad en leyes que lo llamaban "Monarca del derecho".

174 El "Rosario —dice Sánchez— es una obra sobre el decreto de Graciano, que escribió Guido de Baiso, Arcediano de Regio y famoso jurisconsulto que murió en Aviñón en 1313".

175 Hace alusión a que la Cuaresma entra a las doce de la noche.

176 Obsérvese cómo, para beneficio de la rima, acentúa en la o la palabra judíos.

177 *Tener punto a la trisca:* acompañar regocijadamente.

178 Dice Cejador y Frauca: "Es el comienzo de una tonada arábiga que trae Salinas (*De musica libri septem,* salmanticae 1592) ... la letra arábiga es *galbi gharabi* «mi corazón» (es corazón) de árabe... Bien se ve que esta letra es la *nota* del Arcipreste, cantada al son del *rabé.*"

179 Presumiblemente se trata de una danza francesa.

180 *Dueñas de orden:* es decir, las monjas, en los hábitos blancos o negros (prietas).

[181] El *Diccionario de Autoridades* dice que galleta es "un cántaro de cobre manual, con un caño torcido para echar el licor que contiene, de que suelen usar algunas religiones para echar el vino".

[182] Estos caballeros son los tres meses del invierno.

[183] Los meses de primavera.

[184] Los meses del verano.

[18'] Los meses del otoño.

[186] *Puerta de Visagra* es aquella por donde, según cuenta la tradición, entró Alfonso VI, en 1085, cuando conquistó Toledo. Significa puerta del campo y es el ejemplar más antiguo de la arquitectura popular toledana, libre de extrañas influencias.

[187] Hace referencia al desengaño que tuvo con la morisca y que se canta en las coplas 1508-12.

[188] Existe cierta inconexión en el relato y no se sabe si el arcipreste fue rechazado en su pretensión o aceptado por un tiempo hasta que la dueña decidió su casamiento con otro.

[189] Malinas es una ciudad de los Países Bajos célebre por la delicadeza de sus encajes.

[190] *Blanchete:* blanquete, perrillo faldero. Recibieron ese nombre, por ser blancos, los primeros que se introdujeron desde Malta.

[191] Este ejemplo figura también en *El conde Lucanor* del Infante Juan Manuel con el número XXIX.

[192] Algunos autores llaman "Mal de madrina" al embarazo, pero no hay fundamento cierto. Bien podría ser, por el contrario, usado como anticonceptivo, ya que ésos eran los menesteres de las viejas duchas en curar "mal de ojo" y otras supercherías.

[193] Una de las penas antiguas, especialmente en las regiones de dominación árabe, era castigar el robo cortando ya las orejas, ya las manos.

[194] *Dame espacio:* debe entenderse por dadme tiempo.

[195] Este refrán figura en la estrofa 1328.

[196] Esta misma comparación se dijo de doña Endrina en la estrofa 653 b.

[197] *Lesnedrí:* locución arábiga: "No lo he visto o no lo conozco".

[198] Algunos ponen *copla* y otros *coda, acodra* y *codra.* Por el contexto se desprende que junto al billete iba un presente que bien pudo ser ese fruto, ya que la trotera se disculpa "que más traer no pudo".

[199] *Legualá:* voz arábiga: "No quiero".

[200] *Ascut:* ídem: Silencio... ¡calla!

[201] *Amxy... amxy!* ídem: ¡Vete... vete!

[202] *Ataguylaco: ataguyl,* verso árabe de ocho pies, con desinencia despectiva.

[203] *Pechar caloña:* expresión que significa pagar pena, prenda o multa.

[204] *Dar voces al sordo:* hacer cosas fingidas.

[205] Es un error del arcipreste, puesto que el escuerzo es un batracio que no es carnívoro.

[206] Como ya señalamos antes, en la Edad Media no era infrecuente emplear el sustantivo masculino para los femeninos, señor, por señora, cantador, por cantadora, etc.

[207] Según J. Delgado Campos, el autor Puymaigre cita unos versos de Clement Marot, describiendo a su criado, que tienen gran analogía con los del arcipreste.

[208] Conservamos la curiosa manera de rimar "por o" con "tesoro".

[209] Indudablemente el arzobispo de Toledo don Gil de Albornoz (1337-1367), el mismo por cuyo mandato estaba preso cuando escribió el presente libro, según nota del copista al final de estas cantigas.

[210] *Para la mi corona:* es una exclamación tal como "Pardiez", "Par Dios", etc., sin ningún valor ideológico y sólo demostrativa de un estado anímico.

311 Se refiere a personajes de libros de caballería, primero a los protagonistas de la *Historia amorosa de Flores y Blanca Flor* y a renglón seguido al *Libro del esforzado don Tristán de Leonís y de sus grandes hechos en armas.*

312 Nombre latinizado del copista, que debió llamarse en realidad Alfonso Peratíñez.

313 Este colofón es del copista.

A

acedía. Aspereza, violencia.

aceña. Molino harinero de agua, situado dentro del cauce de un río.

adamar. Prenda de amor, filtro de amor.

adefina. Guisado de los judíos españoles, hecho con carne, legumbres, patatas, etc.

adeliñar. Dirigir, guiar.

adivas. Inflamación de la garganta.

aína. Pronto.

aíres. Enojes.

ajabeba. Planta morisca.

alahé. A la fe, a fe.

alano. Perro de raza cruzada, corpulento y fuerte.

albalá. Billete, mensaje escrito.

albardán. Bufón, truhán.

albogón. Aumentativo de albogue: instrumento músico pastoril de viento.

alcandora. Camisa femenina.

aldaba. Alcahueta.

alfayate. Sastre.

alfoz. Valle.

alheletes. Alfileres.

alheña. Planta tintórea.

almadana. Alcahueta.

almagra. Pintura hecha a base de óxido rojo de hierro.

almajar. Una clase de tela. Manto hecho con la misma.

almohalla. Ejército, hueste, tropa.

almohaza. Alcahueta.

amodorrida. Amortecida.

amortecer. Desmayar, dejar como muerto.

andorra. Entendedera, trotera.

antiguos. Ancianos, viejos, personas con experiencia.

añafil. Instrumento árabe de viento.

aojada. Hechizada, que sufre "mal de ojo".

apellidar. Llamar a gritos.

apero. Conjunto de instrumentos o herramientas necesarios para un oficio.

arlote. Perezoso, ocioso, holgazán.

arrufarse. Enojarse.

aseo. Porte.

asedo. Grosero, áspero.

astrosía. Suciedad, desaliño.

atabor. Tambor.

atahona. Molino, tahona.

atalvina. Gachas que se hacen con leche de almendras.

atincar. Bórax, goma de un árbol de la India.

avancuerda. Trotera.

ayuso. Abajo.

azófar. Latón.

azor. Ave de la familia del halcón.

B

bacín. Platillo que se utiliza para recoger limosna.

badil. Entendedera.

baldón. Insulto, bravata, dicho infamante.

baraja. Contienda, riña, reyerta.

barragán. Mozo, joven.

barragana. Manceba.

bausana. Boquiabierto, botarate.

belmez. Vestidura, en este caso mortaja.

bellaco. Rústico.

berraca. Arisca, áspera, bravía.

buhón. Mercader.

C

cal. Apócope de calle.

calagarda. Lazo, emboscada.

canal. El cuerpo sin las entrañas.

canillera. Armadura que cubre los tobillos.

capelina. Yelmo.

capirotada. Comida muy apetitosa que tiene de todo.

caramillo. Flauta.

carboniento. Negro

carral. Barril, tonel.

carranca. Púa del collar del perro.

carrera. Camino principal.

carrizo. Planta gramínea; lugar donde abundan éstas.

cava. Cueva.

catar. Ver, mirar.

cativo. Infeliz, desventurado.

cenceño. Delgado. *Pan—:* sin levadura.

cermeña. Pera de pequeño tamaño.

cestilla. Diminutivo de *cesto:* torpe, incapaz.

clerizones. Monaguillos.

cobertera. Tapadera.

comedir. Pensar, reflexionar.

compaña. Compañía.

compañón. Compañero.

condesado. Guardado.

cordojo. Coraje, andacia.

corta. Apócope de *cortada.*

costumero. Tardo, remolón.

cota. Pequeña elevación.

cuadrillo. Arma arrojadiza, especie de saeta.

CH

chirivía. Planta cuya raíz es comestible.

choto. Cría de la cabra mientras mama.

D

decidores. Calumniadores.

decretales. Cuerpo de leyes del derecho canónico recopilado por el papa Gregorio.

denostar. Enrostrar.

dentera. Sensación desagradable que se experimenta en los dientes.

desaliño. Desarreglo.

descaecimiento. Debilidad, desfallecimiento.

despensero. Mayordomo.

desuso. Debajo.

dina. Digna.

donas. Regalos.

doñear. Cortejar.

ducho. Acostumbrado.

dus. Dulce.

duz. Guía.

duz'. Dulce.

E

embeliñar. Envenenar.

enriza. Azuza, irrita.

entendedera. Alcahueta.

entendedor. Amante.

escote. Parte que corresponde cada uno en un gasto hech en° común.

estambre. Cordel, cuerda, víncul

estepa. Estopa.

estrellero. Astrólogo.

F

fabla. Fábula, refrán, proverbi

falaguera. Halagüeña.

falencia. Falta.

fallía. Falsía.

fallir. Fallecer. Errar.

fardido. Atrevido.

ferrada. Herrada, con hierros.

forado. Agujero.

follía. Locura.

follón. Cobarde.

friura. Fríos.

G

garabato. Gancho, espina, garr

gargantero. Glotón, comedor.

garnacha. Vestido.

garzón. Mozo, joven.

golfín. Juerguista.

guisa. Manera, modo, arreglo.

H

hacina. La mies amontonada e la era para ser trillada.

hato. Ropa. / Atado.

haza. Campo, porción de tierr

hierbera. Vendedora de hierba

hostal. Hospedaje, alojamiento.

I

ijada. Ijar, cavidad colocada er tre las falsas costillas y el hu so de la cadera.

Isopete. Dim. fliar. de Esopo.

J

jáquima. Trotera.

jibia. Molusco parecido al c lamar.

L

laminero. Goloso.
lazería. Miseria, pobreza.
leccionario. Libro de lecciones.
lechiga. Lecho, cama.
letuario. Confitura hecha con miel.
leyó. Enseñó.
loriga. Armadura para el cuerpo.
loro. De color amarillo oscuro o barroso.

M

magadaña. Espantajo.
mandar. Querer, permitir.
mantenencia. Manutención.
maña. Magna.
marfusa. Zorra, astuta.
marfuz. Zorro, engañoso, artero.
masillero. Carnicero.
menga. Mengue, diablo.
menoreta. Monja franciscana.
merino. Juez nombrado por el rey.
mesnada. Ejército, hueste.
mesturero. Chismoso, calumniador.
mezclador. Calumniador.
mielga. Pez de gran tamaño.
milano. Ave rapaz.

N

nado. Nacido.
natural. Físico, astrólogo.
nona. Hora del rezo eclesiástico que se dice ante de vísperas.

O

odresillo. Instrumento musical.
orgullía. Orgullo.
oriol. Ave pequeña.
otear. Mirar, observar desde lo alto.
oxte. Interjección. ¡Vete!

P

pago. Contento.
pajatamo. Polvo de la paja.
partidor. El que divide o reparte una cosa.
paso. Espacioso, tardo, lento.
pastrija. Cuento, patraña.

pavezno. Pavipollo, pollo del pavo.
paviota. Falsa.
pechero. Plebeyo obligado a pagar tributo al señor.
pegata. Alcahueta.
pella. Pelota.
pellote. Parte del vestido.
pepión. Moneda de poco valor.
pestorejo. Parte posterior del pescuezo junto al oído.
pitoflero. Chismoso, entremetido.
posta. Tajada.
postilla. Pústula.
prancha. Broche.
prez. Honor, gloria, estima.
prieta. Negra.
priso. Aprisionado.

Q

quijote. Armadura que cubre el muslo y la rodilla.

R

rabadán. Mayoral que manda a zagales y pastores.
rabé. Rabel, instrumento musical.
rahez. Vil, miserable.
rainel. Cierto hechizo.
regatero. Huraño.
rehez. Vil, miserable.
replicación. Respuesta.
rodo, a. En abundancia.

S

sabedor. Sabio.
salpreso. Salado y prensado.
sandio o sandío. Tonto.
segur. Hacha grande.
señero. Solo.
soldada. Paga.
sosaño. Burla.
sueras. Parte de la montura.

T

tabardo. Casaca de paño.
talante. Intención, voluntad.
tarabilla. Pequeña madera que, al golpear, avisa al molinero que el molino está funcionando. / fig. Alcahueta.
tardinero. Tardo, lento.

tercera. La que media entre dos o más personas para el ajuste o ejecución de una cosa buena o mala.

tornés. Moneda que se acuñaba en Tours.

trainel. Calzador.

trebejo. Piedra de ajedrez, trasto.

trotalla. Cantar bailable.

trotero. Correo.

U

usaje. Uso, costumbre.

V

varga. Cuesta.

varona. Mujer, como femenino de *varón*.

velada. Amante.

venternera. Comedor, tragón.

verdegambre. Eléboro, hierba ponzoñosa.

verdel. Verderón, berberecho.

veyes. Veis.

vicio. Reposo.

vulpeja. Zorra.

Y

yantes. Comas.

Z

zapata. Calzado que llega a media pierna, como el coturno antiguo.

zatico. Pedacito.

zorrón. Abrigo de pieles.

ÍNDICE

COLECCION CLASICOS HUEMUL

CADA TITULO CONTIENE, ADEMAS DEL TEXTO COMPLETO, INTRODUCCION, BIBLIOGRAFIA, NOTAS Y VOCABULARIO

8275— 001